Marie

 Walter Messner, geboren in Trossingen, lebt seit 30 Jahren am östlichen Bodensee, arbeitet dort als Yogalehrer und tanzt seit langer Zeit Tango. Für das Portal »Tango am Bodensee« schreibt er den Newsletter. Darüber hinaus verfasste er auch schon Beiträge für die Zeitschrift »Tangodanza«. Seine Lebensstationen waren Zürich, Wiesbaden und München. Während seiner Reisen besuchte Messner zahlreiche Milongas, die ihm unter anderem den Stoff für dieses Buch lieferten.

WALTER MESSNER

Marie

.

Bibliografische Information der Deutschen Nationalbibliothek:
Die Deutsche Nationalbibliothek verzeichnet diese Publikation in der
Deutschen Nationalbibliografie; detaillierte bibliografische Daten sind
im Internet über http://dnb.dnb.de abrufbar.

Satz, Umschlaggestaltung, Herstellung und Verlag:
BoD - Books on Demand, Norderstedt
ISBN: 978-3-7460-5104-8

1.

Paris im Januar

Ich hätte es wissen müssen. Dennoch überraschte mich die klirrende Kälte, als ich aus dem Bahnhof Gare du Nord ins Freie trat. Bei klarem Himmel zeigte mir Paris an diesem Tag ein ungewohnt uncharmantes Gesicht.

Im Winter nach Paris zu fahren ist eigentlich keine gute Idee – zumal man als Tourist nicht vor Ostern die französische Hauptstadt besucht. Nämlich dann, wenn Paris im Frühling aufblüht, die steigenden Temperaturen nicht nur die Natur wecken, sondern auch die Menschen mit neuem Elan beleben. Doch ich in meiner spontanen Eigensinnigkeit entschied mich anders, denn meine Sehnsucht nach dieser Stadt war stärker als meine Vernunft. Also reiste ich zur »Unzeit« nach Paris, als die Natur noch schlief und die Pariserinnen ihre Reize unter ihren Mützen und Wintermänteln verbargen. Eine Entscheidung aus dem Bauch heraus oder gar die Führung des Schicksals, der ich unbewusst gefolgt bin?

»Warum fährst du immer wieder nach Paris, du kennst doch schon alles« wurde ich des Öfteren gefragt.

Es ging mir nach all den Jahren nicht mehr um die Sehenswürdigkeiten, die Paris zur Schau stellt – es war vielmehr die innige Beziehung, die ich zu dieser Stadt aufgebaut hatte und die ich vertiefen wollte.

Auch Berlin ist unbestritten eine interessante Stadt, doch den Winter dort bräuchte ich nicht. Berlin hat die Spree, Paris die Seine. Was macht den Unterschied?

Nach stundenlangem Sitzen im Zug war ich froh, mich endlich bewegen zu können. Ich ging in sportlichem Tempo durch die Viertel der Bahnhöfe Gare du Nord und Gare de l'Est in Richtung meines Hotels, das in einer kleinen unscheinbaren Seitenstraße lag. Den Weg dorthin kannte ich bereits. Als Quartier hatte ich mir dasselbe Hotel wie letztes Mal ausgesucht. Als ich eintrat, erkannte mich der Herr an der Rezeption gleich wieder. Auch die Bedienung meines Bistros, das sich in einer Straße zwischen meinem Hotel und der nächsten Metrostation befand, freute sich jedes Mal, wenn ich wieder vorbeikam. Diese kleine Geborgenheit brauchte ich, gerade in Paris. In Berlin ist es nicht anders, da hat man seinen Kiez, in dem man bekannt ist.

Ganz ungewohnt im Wintermantel ging ich noch am selben Tag auf Entdeckungsreise. Unbekannte Viertel zogen mich magisch an, aber auch meine Lieblingsplätze wollte ich wieder aufsuchen, mit denen ich besondere Erinnerungen verband. So zum Beispiel letzten Sommer die zufällige Begegnung mit einer jungen Spanierin aus Barcelona, die mich auf dem Cimetière Montparnasse angesprochen hatte. Sie bat mich um Hilfe, als sie auf der Suche nach den Grabstätten von Jean Seberg und Serge Gainsbourg war. An Ort und Stelle sollte ich sie fotografieren, wie sie vor den Gräbern posierte. Wir schrieben uns danach noch ein paar Wochen lang, bis irgendwann der Kontakt versiegte. Ein glücklicher Zufall führte mich am selben Tag, es war wohl gerade der richtige Zeitpunkt, zur Eglise St. Germain de Prés. Denn als ich eintrat, hörte ich einen Jazzpianisten spielen, der in dieser sakralen Atmosphäre für ein Konzert übte. Ich setzte mich in eine Bank und wünschte mir, er möge nicht mehr aufhören. Seine traumhaften Improvisationen ließen mich die Zeit vergessen. Einen Tag später hätte ich ihn gerne wieder gehört, doch da fand in der Kirche eine Hochzeit statt.

Diese außergewöhnlichen Momente genoss ich sehr. Nichts, aber auch gar nichts konnte ich festhalten, diese Begebenheiten waren einmalig. Das hatte mich auch der Tango Argentino gelehrt, denn jeder Moment erzeugt eine neue Situation, auf die man sich einzulassen hat, und wenn einem das gelingt, ist man im Kontakt mit dem Leben. »Man kann nicht zweimal in den gleichen Fluss steigen.« Diese Weisheit geht auf den Philosophen Heraklit zurück und will einem sagen, dass sich alles im Wandel befindet. Genieße den Augenblick, denn er wird sich nicht wiederholen!

Für den letzten Abend meines Aufenthaltes in Paris hatte ich mir vorgenommen, auch in dieser Stadt endlich einmal eine Milonga zu besuchen. Noch zu Hause recherchierte ich im Internet nach einer entsprechenden Veranstaltung. Ich hatte Glück, wurde fündig und notierte mir die Adresse.

Die von mir ausgewählte Location lag verkehrsgünstig, ich hatte nur zweihundert Meter von meinem Hotel zur Metrostation. Die Linie 4 brachte mich, ohne umsteigen zu müssen, bis zur Station »Alésia«.

Meine ersten Tänze auf französischem Boden standen mir nun bevor. Nur das Winterwetter drückte auf meine Stimmung. Die Kälte hatte allerdings etwas nachgelassen, als ich den Metroausgang verließ und nach ein paar Minuten Suche die richtige Adresse fand.

Diese Milonga befand sich im Hinterzimmer einer Brasserie. Als ich diese betrat, lockten mich die Klänge der Tangomusik in den hinteren Bereich des Lokals. Ich war, wie so oft, zu früh dran. Die Milonga hatte noch nicht begonnen. Außer dem DJ und einer älteren Dame an der Kasse befand sich noch niemand im Raum. So setzte ich mich an einen Tisch in unmittelbarer Nähe des Hinterzimmers und bestellte eine Kleinigkeit zum Essen. Während die Tänzer nach und nach eintrafen, versuchte ich mit meinen bescheidenen französischen Kenntnissen mit dem freundlichen Garçon, der mich in Paris willkommen hieß, ins Gespräch zu kommen. Das hob ein wenig meine Stimmung und irgendwann hielt ich den Zeitpunkt für gekommen, meinen ersten Tango auf einem Pariser Parkett zu tanzen.

Mein Puls reagierte mit einer etwas höheren Frequenz, als ich an der Kasse den Eintritt bezahlte. Nach kurzem Abschätzen des Raumes setzte ich mich auf die strategisch günstig gelegene Sitzbank an der Wand. Die ersten Minuten in einer fremden Milonga sind immer besonders spannend, denn es ist der Moment der Orientierung. Mit gleichmäßigen Atemzügen versuchte ich meine Nervosität in Grenzen zu halten. Doch kaum hatte ich damit begonnen, begegneten meine Blicke denen einer blonden Tänzerin, die an der gegenüberliegenden Wand lehnte. Ich nickte ihr zu, sie nickte ebenfalls, und gleich darauf standen wir beide auf der Tanzfläche. Ein gelungener Cabeceo!

Es ist immer wieder erstaunlich, dass das Tangotanzen überall auf der Welt so gut funktioniert, denn sie ließ sich mühelos von mir führen. Nur schade, dass wir uns sprachlich kaum verständigen konnten.

Danach saß ich wieder auf der Bank, gemeinsam mit anderen Tangueros. Wir Männer waren in der Überzahl. So warteten wir, mehr oder weniger geduldig, auf die nächste Tanda. Meine Augen suchten bereits nach einer neuen Tanzpartnerin – und wurden fündig.

Als dann die Tanda mit einem Tango begann, eilte ich zu ihr. Sie saß ein paar Meter links von mir, eine für mich typische Pariserin: Blasser Teint, schwarzhaarig, mit vollen roten Lippen. Diesmal harmonierte es noch besser, trotz einiger lustiger Missverständnisse, die sie mit einem charmanten »oh, là, là« kommentierte.

Restlos zufrieden mit dem bisherigen Verlauf des Abends nahm ich erneut auf der Bank Platz. Ich konnte mit meinen ersten Tänzen zufrieden sein, dementsprechend locker und entspannt sah ich der weiteren Entwicklung entgegen. So blieb ich sitzen, genoss den Moment, die Musik und schaute den Tanzpaaren zu. Man kannte sich in dieser Milonga. Anscheinend kam die Mehrzahl der Tänzerinnen und Tänzer aus diesem Viertel.

Plötzlich stand sie vor mir. Sie kam wie aus dem Nichts. Wieso habe ich diese schöne Frau nicht schon vorher entdeckt? Mit dem Nicken ihres Kopfes und dem festen Blick ihrer grünen Augen machte sie deutlich, dass sie mit mir tanzen möchte. Sekunden später standen wir auf der Tanzfläche und mit den ersten Tönen des Vals' »Desde el Alma« umfasste ich sie. »Marie«, hauchte ihre sanfte Stimme in mein Ohr. Wie lieblich und rauchig zart klang der Name dieser Frau, als sie sich mir vorstellte! Als ich ihr meinen Namen nannte, hörte er sich deutscher an denn je. Doch das schien sie nicht zu stören. Ihr sinnlicher Mund sprach ihn nach und ich erkannte meinen Namen kaum wieder, so wohlklingend und schwebend hörte er sich auf Französisch an: »Pohl«.

Nur kleine Schrittkombinationen waren auf dieser überfüllten Tanzfläche möglich, aber sie bot für uns genügend Raum für eine innige Einstimmung miteinander. Die Zeit hörte auf zu existieren, denn diese Tanda dauerte eine gefühlte Ewigkeit. Nie zuvor erlebte ich beim Tanzen einen solchen Hochgenuss. Maries Duft umhüllte uns wie einen Kokon und ihr Körper schien elektrisch geladen.

Doch die nächste Cortina riss uns gewaltsam aus unserer Umarmung, denn wir hätten noch ewig so weitertanzen können, bis zur letzten Tanda. Diese Gelegenheit wurde von einem Mann ausgenutzt, den Marie wohl gut kannte. Dieser drängte sich vehement zwischen uns, machte seine Besitzansprüche geltend und bestürmte sie mit mehr als nur den üblichen drei Küssen. Ungestüm zerstörte er das zarte frische Pflänzchen unseres Kennenlernens. Mir an den Kragen zu gehen, wäre wohl sein nächster Schritt gewesen. Seine verhärtete Miene verriet mir überdeutlich sein Gewaltpotenzial.

Unsicher und unvertraut mit den Verhältnissen in

dieser mir fremden Umgebung, zudem noch als Auslän-
der, verhielt ich mich in dieser Situation zurückhaltend.
Zwar war ich innerlich aufgewühlt, zeigte es aber nicht
nach außen hin. Notgedrungen zog ich mich zurück und
widmete mich anderen Tänzerinnen. In den Tanzpausen
trafen sich immer wieder unsere bedauernden Blicke. Anscheinend erging es Marie ähnlich wie mir. Das verriet mir
die Mimik, die ihr Missfallen über diesen Vorfall deutlich ausdrückte. Meine anfangs euphorische Stimmung
an diesem Abend sank tief in den Keller und ich sehnte
mich nach der im Hotel deponierten Flasche Corbière.

Deprimiert verließ ich, anscheinend von allen unbe-
merkt, diese Milonga und ging zur Metrostation »Alésia«. Es hatte inzwischen zu regnen begonnen, was meiner Stimmung entsprach.

Sieben Minuten Wartezeit wurde für die nächste Metro in Richtung »Porte de Clignancourt« angezeigt.

Welcher Fremde wird in Paris um Mitternacht von hinten umarmt? Ein Überfall? Ich drehte mich erschrocken
um, bereit, mich zur Wehr zu setzen. Doch ich blickte
in die strahlenden Augen einer schönen Frau. »Paul!«,
formulierte ihr sinnlicher Mund, kaum hörbar.

»Marie, du hier?«, stammelte ich überrascht, aber auch
erfreut.

Die Metro brauste heran. Marie zog mich reaktions-
schnell durch die geöffnete Tür, als ob wir uns einer
Verfolgung entziehen müssten. Rationale Überlegungen
spielten jetzt keine Rolle mehr, wir beide überließen uns
der Führung der Metro. Marie hielt mich fest an der
Hand. Türen gingen auf, gingen zu.

11

Einmal mehr öffneten sich die Türen der Metro – Akkordeonklänge!

Spontan reagierte ich und zog Marie auf den Bahnsteig. Er, jung, schwarzgelockt, in seine Musik versunken, spielte den wunderschönen Vals »Les Forains«. Ich schaute Marie an, sie nickte und wir begannen zu tanzen. Beim folgenden Amélie-Walzer verschmolzen wir dann endgültig in unserem Tanz auf dem Bahnsteig. Nur wenige Passanten nahmen Notiz von uns, manche hielten kurz inne, was wir aber kaum bemerkten. Einfühlsam wählte unser Musiker sein Repertoire aus, denn er merkte, was er mit seinem Spiel bewirkte.

Bevor wir weitergehen wollten, zog ich einen Schein für ihn aus der Hosentasche, meine andere Hand wurde von Marie gehalten.

Sie übernahm nun die Führung in Richtung Sortie »Boulevard Saint-Denis«. Wir stiegen die Treppen hinauf und standen glückselig mitten im nächtlichen Paris.

Es roch nach Regen, die Kälte hatte etwas nachgelassen. Die Lichter der Straßenlaternen spiegelten sich im nassen Asphalt. Auf dem Gehweg stapelte sich der Müll des Tages. Die Rollläden der Geschäfte waren heruntergelassen, großflächig mit Graffiti beschmiert. Kaum jemand war unterwegs – eine triste unromantische Atmosphäre, die wir aber in unserem Glück so nicht wahrnahmen.

Marie und Paris zogen mich in ihren Bann. Wir ließen uns treiben, scheinbar ziellos. War es Zufall oder unbewusste Führung? Mir kam die Gegend auf einmal bekannt vor.

Irgendwann später, bereits nach Mitternacht, saßen

wir beide in einem dieser alten Stadtviertel-Bistros, in Gesellschaft von anderen Nachtschwärmern.

Immer noch aufgedreht vom Tanzen und den Ereignissen dieser Nacht kamen wir nicht zur Ruhe.

Das Getanzte, Gehörte, Erlebte ließ uns nicht los, wir wollten weitertanzen – immer weiter, hinein in einen zeitlosen Raum.

Ähnlich wie uns ging es anscheinend auch einem Straßenmusiker, der sich mit seiner Tageseinnahme einen Vin Rouge genehmigte. Vorsichtig, fast zärtlich setzte der bärtige Alte sein Akkordeon auf dem Stuhl neben sich ab. Doch diesem Straßenmusiker wurde kein Feierabend gegönnt. Es wurden Rufe laut »Spiel, spiel!«

Und er spielte, nachdem er vom Wein getrunken hatte, voller Hingabe vor einem dankbaren und nachtseligen Publikum. Die Wirkung des Weines schien seine Musettes zu beflügeln und wir wussten, wir waren zur richtigen Zeit am richtigen Ort.

Marie traute sich zu fragen: »Monsieur, spielen sie auch Tango?«

Er schaute kurz zu ihr auf, lächelte und begann zu spielen – einen Tango, den ich nicht kannte.

Zwischen Tischen und Stühlen fanden wir eine kleine Fläche zum Tanzen. Wie zuvor bei unseren Tänzen auf dem Bahnsteig fanden wir uns. Raum und Zeit existierten nicht mehr – was geschah, sollte geschehen. Die Musik, sie, ich, unser Tanz, eine Einheit, alles untrennbar miteinander verbunden!

War dies die Erfüllung meiner jahrelangen Bemühungen, Schritte und Figuren zu lernen? Ich konnte nicht darüber nachdenken. Ich konnte überhaupt nicht mehr denken; eine geheimnisvolle Energie schien mich zu bewegen.

Irgendwann später waren wir in meinem bescheidenen Hotelzimmer angekommen und noch ganz außer Atem vom Treppensteigen, hinauf in den 3. Stock. Ich küsste Marie, ihren Kopf in meinen Händen haltend, während sie ungeduldig die Knöpfe meines Wintermantels öffnete. Schicht um Schicht entfernten wir gegenseitig unsere Kleidungsstücke, ließen sie zu einem Häufchen auf den Boden gleiten und waren begierig darauf, unsere Entdeckungsreise fortzusetzen. Jeden freiwerdenden Körperteil begrüßten wir mit unseren begierigen Händen, Lippen und Zähnen.

Verführerische schwarze Spitzendessous trennten mich zuallerletzt von Maries Körper. Ich ließ mir genüsslich Zeit damit, den Verschluss ihres BHs zu öffnen. Als dieser dann zu Boden fiel, ließ sich Marie mit ausgebreiteten Armen rücklings auf das Bett fallen und lud mich mit einer eindeutigen Geste ihrer Hand ein, näherzukommen. Ich lächelte, kniete mich vor ihr nieder und zog ihr die hochhackigen Schuhe aus. Auch ließ ich mir Zeit, sie von unten her zu liebkosen. Marie wand sich vor Lust, wollte aber selbst aktiv werden, was auch ihrem Temperament entsprach und zog mich zu sich hoch – wild und fordernd, diese attraktive Frau entpuppte sich mehr und mehr als Verführerin par excellence.

Zum Schutz gegen die Kälte zog ich die Decke über uns und überließ mich dieser unerwarteten Fügung meines Schicksals. Glücklich und erschöpft sanken wir irgendwann in den Schlaf.

Nach dem späten Aufwachen am nächsten Morgen musste ich mich erst einmal orientieren.

Ich lag im Bett eines Pariser Hotels. Soweit stimmte meine Wahrnehmung. Aber stimmte auch meine Erinnerung an das, was ich gestern erlebt hatte? War alles nur ein schöner Traum?

Marie war nicht mehr hier. Sie musste sich leise, früh am Morgen, aus dem Hotelzimmer geschlichen haben, während ich noch schlief. Ihr schwarzer BH lag neben meinem Kopf auf unserem gemeinsamen Kissen, daneben ein Blatt Papier, hastig beschrieben:

»Mon Cher, sorry, aber ich muss arbeiten. Möchte dich unbedingt heute Nachmittag sehen. Komm bitte um zwei Uhr in den Pavillon zwischen der Metrostation »Luxembourg« und dem Palais im Park. Danke für die schöne Nacht! Bis bald, Marie.«

Diese Nachricht ließ mich in Sekundenschnelle hellwach werden. Im Rekordtempo duschte ich, packte meine Sachen, gönnte mir auf die Schnelle noch meinen üblichen Morgenkaffee im Frühstücksraum und checkte aus. Meinen Koffer wollte ich nicht in den Jardin du Luxembourg mitschleppen und brachte ihn daher mit dem Taxi zum Bahnhof Gare du Nord, in die Gepäckaufbewahrung.

Jetzt hatte ich noch etwas mehr als eine Stunde Zeit, um zum Treffpunkt zu gelangen, und etwa fünf Stunden bis zur Abfahrt meines Zuges.

Die Metroverbindung war günstig, und so kam ich, ohne umsteigen zu müssen, vom Bahnhof zur Station »Luxembourg«.

Durch meine Eile hatte ich auf mein Frühstück im Hotel verzichtet und aß, inzwischen hungrig geworden, in einem der zahlreichen Cafés zwischen dem Park und dem Pantheon ein Croissant.

Überpünktlich machte ich mich auf den Weg nach dem angegebenen Treffpunkt und hatte keine Mühe, den Pavillon zu finden. Wie ich erkennen konnte, trafen sich dort auch andere Paare.

Das Wetter hatte sich nicht geändert, auch heute war es wieder unangenehm feuchtkalt. Die Aufregung über das Wiedersehen mit Marie erhitzte meinen Körper und machte ihn unempfindlich gegen Regen und Kälte.

Auf der anderen Seite des Parks, zur Orangerie hin, übte eine Gruppe Tai Chi, doch deren innere Ruhe konnte sich nicht auf mein aufgewühltes Gemüt übertragen. Unzählige junge Menschen in klassischen, kurzen und schwarzen Mänteln, mit ebenfalls schwarzen, in Schlingen gebundenen Schals, schlenderten von der Sorbonne kommend vorbei. In nahezu jeder dunkelhaarigen Frau sah ich Marie, die unverständlicherweise auf sich warten ließ. In immer größer werdenden Radien zog ich meine Kreise um den Pavillon. Mein Herzklopfen wurde immer stärker. Doch es half nichts, ich verlor allmählich die Kraft meiner Hoffnung.

Inzwischen war der von ihr vorgeschlagene Zeitpunkt längst verstrichen. Meine Freude auf ein Wiedersehen mit Marie schwand zusehends und verwandelte sich zunehmend in Traurigkeit und Enttäuschung, bis ich mir eingestehen musste, dass aus unserer Verabredung nichts mehr wird. Ich war mir sicher, sie wäre gekommen, hätte *er* es nicht verhindert! Wir hatten seine Existenz gestern

Abend verdrängt. Hat er heute seine Besitzansprüche einmal mehr deutlich gemacht?

Ich hatte keine Möglichkeit, mit ihr in Kontakt zu treten. Wir hatten es versäumt, unsere Handynummern auszutauschen. Was für ein Fehler!

So nahm ich die letzte Gelegenheit wahr, um meinen Zug nach Berlin doch noch zu erreichen. Denn am nächsten Tag hatte ich einen wichtigen Auftrag zu erledigen.

Der sehnsuchtsvolle Schmerz tat weh, sehr weh sogar, doch die Vernunft bestimmte letztendlich mein Handeln. In der Gewissheit, im Moment nichts anderes tun zu können, fuhr ich schweren Herzens nach Berlin zurück, in der Hoffnung, dass das Schicksal uns beide bald wieder zusammenführen würde.

Während meiner stundenlangen Zugfahrt fuhren meine Gefühle Achterbahn. Meine Gedanken spielten turbulent eine Szene nach der anderen durch, kamen jedoch über ein erfolgloses Grübeln nicht hinaus. Was geschehen war und was dies für die nächste Zeit bedeuten würde, ging mir nicht mehr aus dem Kopf.

Niemals zuvor habe ich mich so auf Lore, meine WG-Mitbewohnerin, gefreut, denn in ihr hatte ich einen Menschen, mit dem ich über mein Pariser Abenteuer reden konnte. Wir hatten uns auf einer Milonga in der Villa Kreuzberg kennengelernt – auch sie war vom Tango fasziniert. Kurze Zeit später zogen wir in eine 3-Zimmerwohnung in Berlin-Mitte, ganz in der Nähe des Rosenthaler Platzes. Lore war ebenso wie ich geschieden, und wir beide waren bemüht, das Beste aus unserer Situation zu machen.

Der Bus vom Hauptbahnhof hätte mich bis vor die Tür gebracht, doch ich stieg schon eine Haltestelle früher aus, um für mich mehr Zeit zum Ankommen zu haben. Ich ging den Rest der Strecke zu Fuß. Die gewohnte Umgebung meines Viertels tat mir gut, obwohl mich ein typisch grauer, schneefreier Berliner Wintertag empfing. Dieser trübe Himmel passte ganz gut zu meiner Stimmungslage, als wenn sich mein Pariser Erlebnis und das Wetter in Berlin miteinander abgesprochen hätten.

Die kluge, einfühlsame Lore, der ich schon während der Rückfahrt am Telefon von Marie erzählt hatte, fing mich in meinem bedürftigen Zustand so verständnisvoll auf, wie ich es mir gewünscht hatte. Zu meiner Freude und ganz im Gegensatz zum tristen Grau des Himmels hatte sie eine blaue Vase mit roten und gelben Tulpen auf den Wohnzimmertisch gestellt. Es schien, als hätte sie alle Zeit der Welt für mich. Sie zündete Kerzen an, schenkte Tee ein und ließ mich erzählen.

Ihr Fazit, nachdem sie sich alles angehört hatte: »Ich habe das Gefühl, dass eure Geschichte noch lange nicht zu Ende ist, und du noch viel Geduld brauchen wirst. Den nächsten Schritt wird sie tun müssen und ich bin gespannt darauf, wie er ausfallen wird.«

2.

Berlin im Mai

In einer Nacht von Samstag auf Sonntag.

Ich war noch am Lesen, als Lore nach Hause kam.

Sie klopfte an meine Zimmertür: »Paul, bist du noch wach?«

»Ja!«

»Kannst du bitte mal rüberkommen?« Ihre Stimme klang anders als sonst – es musste wichtig sein.

Ich zog mir schnell etwas an und ging durch den Flur hinüber in unser Wohnzimmer. Lore erwartete mich. Sie wirkte irgendwie anders und schaute mich mit ernster Miene an.

»Ja, was ist?«

»Setz dich bitte und beschreibe mir, wie Marie und ihr Lover aussehen.«

Mir wurde plötzlich ganz heiß. War Marie etwa in Berlin und suchte mich?

»Du hast sie doch nicht gesehen, oder?«

Lore bremste meine aufkeimende Hoffnung mit einer Handbewegung.

»Ich weiß es nicht, vielleicht. Wie sieht sie denn aus?«

Marie zu beschreiben war für mich eine Wohltat. Ich hatte ein deutliches Bild vor meinem geistigen Auge.

»Sie sieht der Schauspielerin Audrey Tautou ähnlich, ist etwas kleiner als du, schlank, hat schwarzes, schulterlanges Haar, Mittelscheitel, einen blassen Teint und ein hübsches Gesicht mit vollen, roten Lippen. Sie ist ein auffälliger Typ und hat eine lebhafte, anziehende Ausstrahlung.«

»Ist sie so um die vierzig?«

»Ja, und fast immer schwarz gekleidet.«

»Und ihr Partner? Er spricht spanisch und scheint dem Aussehen nach Argentinier zu sein.«

»Ja, er ist etwa gleich groß wie sie, schlank, mit langen, glatten, brünetten Haaren, die zu einem Pferdeschwanz zusammengebunden sind. Seine Ausstrahlung ist eher unangenehm. Als Filmregisseur würde ich ihm die Rolle eines Schurken geben.«

»Okay, halte dich fest – die beiden sind in Berlin!«

»Das darf doch nicht wahr sein! Du hast sie tatsächlich gesehen – und wo?«, fragte ich aufgeregt und ungeduldig.

»Ich war doch noch im ›Tango tanzen macht schön‹. Von der Garderobe aus habe ich mitbekommen, wie sie an der Kasse versucht haben, sich mit Spanisch und teilweise Englisch verständlich zu machen.«

»Hast du denn etwas über sie erfahren, zum Beispiel wo sie wohnen und wo sie morgen hingehen werden?«

»Nein, das leider nicht. Aber vielleicht könntest du die beiden morgen Abend im *Max und Moritz* antreffen. Ich denke, eher dort als woanders. Falls nicht, musst du die anderen Milongas in Berlin abklappern, und das sind sonntags nicht gerade wenige.«

»Gut – wenn sie noch hier ist, werde ich sie finden!«

Nun war ich doch etwas erleichtert. Ich setzte mich zu Lore und drückte sie dankbar.

›Mein Gott, mein Gott!‹ In dieser Nacht konnte ich kaum schlafen. In solchen Situationen scheint der Zeiger der

Uhr stehenzubleiben. An diesem Sonntag konnte mich auch gar nichts auf andere Gedanken bringen, denn ich fieberte dem Abend entgegen. Ich wusste nicht, was ich in diesen vielen Stunden bis zum Beginn der Milonga mit mir anfangen sollte.

Gegen neun machte ich mich dann endlich auf den Weg und kam etwa eine halbe Stunde später mit der U 8 in Kreuzberg an.

In großer Anspannung durchquerte ich den vorderen Teil des Wirtshauses. Immer deutlicher wurden die Klänge der Tangomusik, als ich mich dem Tanzsaal näherte. Nachdem ich an der Kasse bezahlt hatte, hielt ich inne, um mit meinen Augen den Raum nach Marie abzusuchen.

Wir sahen uns gleichzeitig!

Ihr Aufschrei übertönte die Musik. Marie ließ ihren Tanzpartner mitten auf der Tanzfläche stehen und kam auf mich zugestürmt, umarmte und drückte mich, dass mir fast die Luft wegblieb. Ich muss wohl dagestanden sein wie ein Ölgötze, überrascht von dieser überwältigenden Situation und dieser ungestümen Frau, die ich mir doch so sehr herbeigewünscht hatte.

»Mein lieber Paul – endlich habe ich dich gefunden!«

Tief in seinem Stolz gekränkt blieb ihr eifersüchtiger Tanzpartner verloren auf der Tanzfläche zurück. Seine Wut stand ihm ins Gesicht geschrieben.

Bevor ich endlich reagieren und auch liebe Worte zu Marie sagen konnte, stürmte er auf uns zu, riss uns gewaltsam auseinander und bedrohte mich mit seinem Messer. Seine aggressiv artikulierten Sätze in Spanisch konnte ich zwar nicht verstehen, aber mir war klar, was er mir sagen wollte: Ich soll verschwinden und Marie für immer in Ruhe lassen.

Sicherheitshalber machte ich einen Schritt nach hinten und schaute ihn grimmig an. Doch in Anbetracht seiner Gewaltbereitschaft zog ich es vor, mich nicht auf eine Konfrontation einzulassen. Trotzdem oder gerade deswegen entstand in mir eine Entschlusskraft, die mir sagte, beim nächsten Zusammentreffen würde er keine Chance mehr haben, denn mit Gewalt konnte er Marie letztendlich nicht an sich binden.

Bei meinem erzwungenen Abgang musste ich eine weinende und verstörte Marie mit diesem Widerling zurücklassen. Mein Herz tat mir weh bis in den hintersten Winkel.

Welches Gefühlschaos ich innerhalb von fünf Minuten erleben musste: Anspannung, Freude, Angst und am Ende auch Trauer! Das musste ich erst einmal verdauen. Aufgewühlt und zitternd landete ich in einer der zahlreichen Kneipen in der Oranienstraße. In dieser lauen Frühlingsnacht saß man draußen auf den Gehsteigen. Drinnen oder draußen, egal, ich wollte mich betrinken und allein sein.

Hinterher war mir jedenfalls nicht mehr klar, wie ich es überhaupt geschafft habe, nach Hause zu kommen. Meine Erinnerung daran blieb jedenfalls auf der Strecke.

Ziemlich angesäuselt und mit schwerer Zunge berichtete ich noch in der Nacht Lore, die aufgeblieben war, von meinem Abenteuer. Sie runzelte nachdenklich ihre Stirn, was so viel bedeutete, dass sie bereits auf der Suche nach einer Lösung war.

»Du brauchst jemanden, der dir hilft!«

»Wie meinst du das?«

»Sollten sich die beiden noch ein paar Tage in Berlin aufhalten, so werden sie vermutlich am Dienstag ins *Clärchens Ballhaus* gehen. Wenn du wieder so hingehst wie heute, wirst du ein weiteres Desaster erleben. Also musst du es anders anstellen. Vielleicht kann ich dir helfen, besser gesagt, ein Leibwächter könnte dir helfen.«

»Ein Leibwächter, ist das nicht etwas übertrieben? So jemanden bei einer Security Firma zu engagieren, das kann ich mir nie und nimmer leisten.«

»Klar, aber ich kenne einen, der in so einer Firma arbeitet und mir noch etwas schuldig ist. Vielleicht hat er ja Zeit und begleitet dich.«

Lore telefonierte lange mit einem gewissen Olaf und verhandelte zäh. Danach berichtete sie mit Siegermiene, dass er kommen würde. Am Dienstag um 21 Uhr wollte mich dieser Olaf abholen.

Er kam pünktlich. Ein Respekt einflößender Herr, etwas größer als ich, stand vor mir. Er trug einen eleganten grauen Nadelstreifenanzug, hatte sehr kurz geschnittene Haare und war geschätzte 45 Jahre alt, also etwas jünger als ich.

»Guten Abend Herr Berger oder darf ich Paul sagen?«

Ich grüßte ebenfalls und sagte: »Klar doch!«

»Mein Name ist Olaf. Wir sollten unsere Vorgehensweise besprechen.«

Ich führte ihn in mein Zimmer. Lore war natürlich auch zu Hause und setzte sich zu uns. Während des Gesprächs lernten wir einander kennen und hatten gleich einen guten Draht zueinander. In seiner Begleitung dürfte nichts schiefgehen, dachte ich mir. Denn so einen wie ihn möchte ich nicht als Gegner haben, das war zumindest mein Eindruck von ihm: Direkt, sportlich, souverän, kräftig, gutaussehend und mit einem gewissen Charme.

Wir spielten mehrere Situationsvarianten durch und waren schließlich bereit für unsere Aktion, wobei sich trotz sorgfältigster Planung immer noch Unvorhergesehenes ereignen könnte. Doch das war für Olaf als Personenschützer ja nichts Neues.

Nur ungern blieb Lore zurück. Sie wünschte uns viel Glück mit beidseitigem Daumendrücken.

»Passt gut auf euch auf!«

Mit entschlossenen Schritten gingen wir hinunter durch das Treppenhaus zu seinem Fahrzeug, das im Parkverbot am Straßenrand parkte.

Die ersten Schritte unseres Vorhabens waren klar. Wir fuhren mit seinem eleganten schwarzen Porsche Cayenne, dem Fuhrpark seines Arbeitgebers entliehen, zum Ballhaus. Olaf parkte direkt vor dem Eingang. Er würde aus strategischen Gründen keinen Meter zu weit entfernt parken, Strafzettel hin oder her.

Auf dem Weg durch den Vorgarten bis zum Eingang fühlte ich mich aufgehoben wie in Abrahams Schoß. Trotzdem vibrierte mein ganzer Körper vor Aufregung, als wir am Eingang des Saales ankamen.

Olaf hielt sich wie abgesprochen etwas abseits von mir, denn wir sollten erst mal nicht in Beziehung zueinander gebracht werden, so unsere Taktik.

Mein Herz schlug heftig, als ich Marie mit dem Argentinier tanzen sah. Sie entdeckte mich noch vor ihm, hielt sich heute aber klug zurück. Doch keine Minute später fiel sein Blick auf mich. Er löste sich von Marie, ließ sie auf der Tanzfläche stehen und kam mit hasserfüllter Miene auf mich zu, während er gleichzeitig ein Messer zückte. Olaf schob sich, aus dem Nichts kommend, wie eine Wand zwischen uns, drehte blitzschnell den Arm des Gegners nach hinten und nahm ihm das Messer ab. Das musste sehr wehtun, offenbarte zumindest der Stöhnlaut, den er von sich gab, als er in die Knie ging, um dem Schmerz auszuweichen. Olaf ließ ihn in dieser demütigenden Haltung und redete währenddessen auf Französisch eindringlich auf ihn ein.

Seine anwesenden Landsleute waren nicht bereit, sich mit ihm zu solidarisieren, denn er war ein Messerstecher, mit dem sie nichts zu tun haben wollten, was ihrem Ruf auch geschadet hätte.

Wie vereinbart nahm ich Marie an der Hand und wir drei liefen so schnell, wie ihre hochhackigen Tangoschuhe es zuließen, hinaus auf die Straße. Bevor wir ins Auto stiegen, drehten wir uns fast gleichzeitig noch mal um und schauten zurück. Doch der Argentinier war nicht zu sehen.

»Wir fahren jetzt ins *Bebop*. Er wird uns eher im *Tangoloft* vermuten, falls er uns verfolgen sollte. Tauscht eure Handynummern und Mailadressen als erstes aus – für den Fall, dass wir uns verlieren!«

Olaf, ganz der Profi, dachte an alles.

Marie und ich saßen hinten im stark abgedunkelten Fond des Cayenne und drückten uns fest, während Olaf die Adresse im Navi eingab.

Unter anderen Umständen hätte ich Marie das nächtliche Berlin gezeigt, aber hier ging es nicht um eine Sightseeing Tour »Berlin bei Nacht«.

Die sympathische weibliche Stimme aus dem Navi führte uns auf dem direkten Weg nach Kreuzberg: Durch Friedrichshain, dann über die Oberbaumbrücke, anschließend sollten wir gleich rechts abbiegen.

Auch hier fand er einen, dem Eingang nahegelegenen Parkplatz. Verständlicherweise hatten wir keinen Sinn für die romantische Szenerie, die sich uns darbot: Die Spree, auf der die gegenüberliegenden Gebäude sich spiegelten und auf den Wellen tanzten.

Nachdem ich an der Kasse für uns drei bezahlt hatte, schlug ich Marie einen der noch unbesetzten Tische im hinteren Bereich des *Bebop* vor. Olaf setzte sich diskret und strategisch günstig etwas abseits, mit Blick zum Eingang und zu uns. Die Ruhe und Souveränität, die er dabei ausstrahlte, übertrug sich auf unsere Stimmung.

Vorher meinte er noch: »Lasst euch zwei Stunden Zeit, dann fahren wir wieder zurück.«

Auf dem Weg zu unserem Tisch begegnete ich drei mir bekannten Tänzerinnen. Sie begrüßten mich mit einem freundlichen Nicken, schauten uns interessiert nach und steckten tuschelnd ihre Köpfe zusammen.

»Wir hätten auch in meine Wohnung fahren können, aber Lore ist zu Hause und außerdem hätten wir dann nicht nach zwei Stunden wieder zurückfahren wollen«, meinte ich augenzwinkernd.

»Oui d'accord, wir können uns auch beim Tanzen nahe sein.«

Unsere Telefonnummern und Adressen hatten wir bereits ausgetauscht und Marie erzählte mir, wie es dazu kam, dass sie beide nach Berlin reisten. Sie schwärmte Paco, so hieß ihr Freund, von dieser Stadt vor. Berlin wäre die Tangometropole Nummer zwei nach Buenos Aires. Diese List anwendend hatte sie sich erhofft, mich wiederzusehen, indem sie ihn neugierig auf die Milongas in Berlin machte. Schließlich leben viele seiner Landsleute in dieser Stadt. Irgendwann hatte sie ihn überzeugt, denn allein hätte Paco sie nicht nach Berlin reisen lassen.

Die freiheitsliebende Marie und dieser Macho, der sie an der kurzen Leine hielt. Wie konnte eine solche Beziehung überhaupt zustande kommen? Dass sie ihm gefiel, das konnte ich verstehen. Aber was fand sie an ihm Schätzenswertes, außer der Tatsache, dass er ein guter Tangotänzer ist?

Das erste Stück einer Non-Tango Tanda lockte uns auf die Tanzfläche. Cristina Branco sang den zu Herzen gehenden Fado »Uma outra Noite«. Dieses melancholische Lied vereinte unsere Liebe mit unseren Körpern im Tanz, als ob es diese lange Zwangspause nie gegeben hätte.

Ein guter DJ hat ein Gespür für die Stimmung auf der Tanzfläche, so glücklicherweise auch an diesem Abend. Er schob das rhythmisch vertrackte Akkordeonstück »Tarab« von Danças Ocultas nach. Ich wartete erst einmal ein paar Takte ab und begann mit verzögertem Gehen, hielt inne, um zwischendurch mit schnellen Schritten dem vorgegebenen Rhythmus zu folgen. Im Grunde genommen führte ich nicht, denn wer führt schon, wenn sich beide miteinander und der Musik verschmolzen haben. Marie nahm sich den von mir gegebenen Raum für Verzierungen und ließ sich von der geheimnisvollen Melodie, verpackt in einem fremdartigen Takt, inspirieren.

Paris grüßte mit Akkordeonstücken von Richard Galliano. In den beiden letzten Stücken der Tanda ließ der DJ mit seiner Musik die Erinnerung an unsere damalige Verliebtheit aufleben, die seit meiner Abreise aus Paris bis vor ein paar Tagen lediglich als Sparflamme dahinvegetierte – was verwunderlich klingt. Eine reine Schutzmaßnahme meiner Gefühlswelt, da ich nicht wissen konnte, ob ich Marie jemals wieder begegnen würde.

Doch Gallianos »Chat Pitre« verwandelte, wie durch einen Blasebalg angefacht, die mittlerweile gewaltig angewachsene Flamme zu einer Stichflamme und entführte uns in eine Welt, in der wir uns aufgehoben fühlten.

Abwechselnd langsames und schnelles rhythmisches Gehen, Moulinetten-Ansätze, stoppen, Rückschritt, dann drehen und weitergehen – diese Schritte entstanden aus unserer Bewegungsharmonie heraus, bis dieses Stück vom melancholischen Vals »Les Forains«, auf den wir schon im Januar in der Metrostation »Strassbourg Saint-Denis« getanzt hatten, abgelöst wurde.

Olaf spürte, was mit uns geschah, und nur ungern gab er mir das Zeichen zum allmählichen Aufbruch, indem er auf seine Uhr deutete. Marie, die während des Tanzens ihre Augen geschlossen hielt, wollte dies nicht wahrhaben, und wir brauchten die untanzbare Cortina, um uns aus unserer Umarmung lösen zu können.

Unsere Gefühlslage entsprach jener, die wir im Januar schon mal erleben mussten.

Olaf, dem das während der Fahrt nicht entging, bemühte sich, uns mit Fragen zum Tango abzulenken. Diese Milonga, seine erste, beeindruckte ihn sehr, besonders die Innigkeit unseres Tanzes.

Marie und ich verabschiedeten uns auf dem Rücksitz des Cayenne, fest ineinander verschlungen, mit einem nicht enden wollenden Kuss. Wir wussten, wir sind untrennbar miteinander verbunden, und gerade deshalb schmerzte unsere körperliche Trennung so sehr.

Ich selbst wollte nicht mehr mit ins *Clärchens* hineingehen.

Es war ihre letzte Nacht in Berlin. Marie versprach mir, ihre Beziehung mit Paco so bald wie möglich zu beenden.

Olaf bereitete unserem qualvollen Abschiednehmen ein jähes Ende, indem er die Tür auf Maries Seite öffnete. Sie gingen gemeinsam den Weg zum Eingang, während ich, an den Wagen gelehnt, Marie in mein visuelles Gedächtnis einbrannte. Ein letztes Winken von ihr, ein unendlich trauriger Blick, und schon entschwand sie aus meinen Augen in eine ungewisse Zukunft.

Olaf erzählte mir, als er zum Auto zurückkam, wie er die traurige und verängstigte Marie bis in den Saal begleitet hatte. Die Stimmung dort war immer noch geprägt von dem Vorfall, den wir ausgelöst hatten.

Olaf hatte sich den inzwischen zurückhaltenden Paco

noch einmal vorgenommen und ihm mit Konsequenzen gedroht, falls er sich an Marie rächen würde.

Am Rosenthaler Platz verabschiedete ich mich dankbar und herzlich von ihm. Wir versprachen, in Verbindung zu bleiben und tauschten unsere Handynummern aus, denn diese Geschichte war vermutlich noch lange nicht zu Ende.

Zwei Wochen später kam die erlösende Nachricht per SMS von ihr: »Komm schnell, mon cher, ich bin endlich frei für dich! Marie.«

Das Flugticket Berlin Tegel – Paris Orly hatte ich Stunden danach gebucht, denn mein großzügiger Chef hatte mir für ein paar Tage freigegeben.

Schon am nächsten Tag fuhr ich mit dem Taxi zum Flughafen. In drei Stunden würde ich bei ihr sein!

Doch die Anzeigetafel im Flughafen stellte sich dem entgegen: »Alle Flüge nach Paris fallen bis auf Weiteres wegen eines Streiks des Sicherheitspersonals an den Pariser Flughäfen aus.«

Am Schalter meiner Fluggesellschaft konnte man mir keine Auskunft darüber geben, wie lange dieser Streik dauern würde. Die Dame zuckte nur bedauernd die Schultern.

Geschockt, doch von der Sehnsucht getrieben, nahm ich mir ein weiteres Taxi und ließ mich zum Hauptbahnhof bringen. Ich erkundigte mich nach der schnellsten Verbindung nach Paris. Dieser Zug würde über Köln gehen, dort hätte ich zwei Stunden Aufenthalt, gab mir eine freundliche Bahnbedienstete Auskunft. Ich buchte ohne zu zögern.

Als ich endlich einsteigen konnte und meinen reservierten Platz fand, ließ ich mich erschöpft in den Sitz im Großraumwagen fallen.

3.

Köln im Juni

Während meines Zwischenhaltes in Köln wollte ich mir etwas die Beine vertreten und die mir zur Verfügung stehende Zeit dafür nutzen, mich ein wenig in der Bahnhofsgegend umzusehen. Die meisten Großstadtbahnhöfe haben den Vorteil, dass sie sich mitten im Zentrum einer Stadt befinden, so auch in Köln.

Leider hatte ich an diesem Tag kein Wetterglück. Als ich durch die Glastür auf den Bahnhofsvorplatz trat, schlugen mir Wind und Regen heftig ins Gesicht.

Unübersehbar und in eindrucksvoller Größe erschien unvermittelt vor mir der gewaltige Dom, dessen Anziehungskraft mich sofort in seinen Bann zog.

Ich folgte dem Ruf der Glocken, die die graue Wetterwand und die dadurch noch dunkler wirkende Fassade des Doms machtvoll durchdrangen. Doch zuerst musste ich die Treppen hinaufsteigen, mich zwischen den mit bunten Regenschirmen bewaffneten asiatischen Touristengruppen hindurchschlängeln, um im Dom Schutz vor Regen und Wind zu finden. Davor, neben einem Abfallbehälter, lag wie eine tote Krähe ein zerfledderter Regenschirm; er konnte seinen Zweck nicht mehr erfüllen. Auf einen Spaziergang hatte ich bei diesem Wetter keine Lust und öffnete die massive Tür am nächstgelegenen Seiteneingang.

Die Höhe der Kuppel wirkte Respekt einflößend auf mich. Feierliches Glockengeläut erfüllte den gesamten

Innenraum – es bildete den angemessenen akustischen Rahmen für eine Hochzeit, die gerade dort stattfand. Um nicht zu stören und um selbst nicht gestört zu werden, wandte ich mich nach dem Eingang gleich nach links in die Abgeschiedenheit der etwas versteckten Gruppe von Bänken. Dort hatte ich den vielfachen Schein der Teelichter zwischen mir und dem Altar, vor dem die Trauung zelebriert wurde.

Nach wenigen Minuten verlor ich mich in Gedanken, die sich mit Fragen beschäftigten, auf die ich momentan keine Antwort hatte.

Ob diese glücklich wirkenden Brautleute dort vorne wohl ähnliche Prüfungen bestehen mussten wie Marie und ich schon nach wenigen Tagen? Hatte es der Lebensplan, falls es einen geben sollte, vorgesehen, dass Marie und ich als Paar zusammenkommen würden? Einerseits verstanden wir uns so gut, liebten uns leidenschaftlich – andererseits gab es doch große Widerstände, bedingt durch ihre Partnerschaft und die räumliche Distanz. Hätte ich mich nicht in ihre Beziehung hineindrängen dürfen? Bekam ich nun meine Quittung dafür? Würde deswegen aus uns niemals ein Paar werden? Ist es auch wirklich jene Marie, wie ich sie kenne, oder projiziere ich auf sie die Liebe und Sehnsucht zu meiner ehemaligen Frau, die mich verlassen hatte und die Marie in Art und Aussehen auffallend gleicht? Sollte ich auf diese Hinweise des Lebens hören, die Konsequenzen ziehen und mich von ihr trennen, oder sollte ich weiterhin um sie kämpfen? Schließlich hatte Marie ihre Beziehung mit Paco bereits beendet!

Aber bei all den Fragen, die mir ständig durch den Kopf gingen – welche Wahl hatte ich überhaupt?

Solche Gedanken machte ich mir auf dieser harten Holzbank im Seitenschiff des Kölner Doms, während sich das Hochzeitspaar unter den Augen des Priesters die Ringe für eine gemeinsame lebenslange Zukunft ansteckte.

Der vereinte, gewaltige Klang aller Kirchenglocken beendete die Hochzeitsszeremonie und auch mein Grübeln. Denn je dröhnender der Klang auf meine Sinne einwirkte, desto stiller wurde mein Geist. Eine universelle Kraft nahm von mir Besitz und meine Gedanken kamen zur Ruhe. Und diese Kraft war machtvoller und tiefer als das beeindruckende Geläut aller Glocken zusammen. Einem Wesen gleich, das aus reinem Bewusstsein besteht, saß ich in tiefer Versenkung reglos auf der Bank, während die Hochzeitsgesellschaft, begleitet von Orgelklängen, den Dom in Richtung Ausgang verließ. Ich blieb noch so lange sitzen, bis die Glocken verklungen waren.

Diese spirituelle Erfahrung der Stille sollte mich nie mehr verlassen und mich in schwierigen Zeiten meines Lebens stets begleiten.

Inzwischen bis auf ein paar Touristen alleingelassen, erhob ich mich von meiner Bank, ging zu den Kerzen und zündete eine für Marie und mich an. Dann verließ ich den Dom, denn es war höchste Zeit zu gehen. Die Abfahrtszeit meines Zuges nach Paris rückte näher und ich musste ja noch meinen Koffer aus der Gepäckaufbewahrung holen. Ich strebte dem Ausgang zu, schritt durch das Spalier der mächtigen Säulen des Längsganges hindurch und erfreute mich an den einzigen Farbtupfern im Innern des ansonsten düsteren Doms, nämlich den leuchtenden hohen Fenstern.

Die kurze Strecke zum Bahnhof hinüber ging ich sehr bewusst. Auf dem Weg öffnete ich meine Sinne und nahm nasse Geräusche wahr. Das Plätschern des Springbrunnens neben dem Dom vermischte sich mit dem Regen und auch mit Geräuschen von Autoreifen auf regennasser Straße. Geisterhaft glitten Züge über die Rheinbrücke und verschwanden entweder im Hauptbahnhof oder hinter dem Dom in Richtung rechtes Rheinufer.

Im Abteil des Zuges, den ich gerade noch erreichte, hatte ich eine Kölnerin als Sitznachbarin. Wir kamen schnell ins Gespräch und sie wurde so dem kontaktfreudigen Ruf ihrer Stadt gerecht. Interessiert stellte sie mir eine Frage nach der andern und hatte bald den Grund meiner Reise herausgefunden. Sie erzählte mir von den unzähligen Liebesschlössern, die am Geländer des Fußweges, parallel zu den Bahngleisen, auf der Hohenzollernbrücke angebracht sind. Liebespaare besorgen sich ein Schloss, lassen ihre Namen eingravieren, befestigen es am Geländer. Dann werfen sei gemeinsam den Schlüssel einem Ritual folgend in den Rhein. Eine eindeutige und klare Symbolik! Die Vorstufe eines kirchlichen Eheversprechens, eine Art Verlobung oder ein Schritt danach, um das Ganze mit dieser Zeremonie in unmittelbarer Nähe des Doms zusätzlich zu untermauern.

Aus eigener Erfahrung, sozusagen als gebranntes Kind, bezweifle ich die Haltbarkeit von derartigen Treueschwüren, die Sache mit den Schlössern ist ohnehin nicht so meins. Dennoch würde ich Marie vorschlagen, bald mit mir nach Köln zu fahren – eben für dieses Ritual.

4.

Paris im Juni

Im Thalys, einer Art ICE, reisten nicht wenige Franzosen mit. Der Wohlklang ihrer Sprache war für mich ein akustischer Vorgeschmack auf Paris. Wann wollte ich endlich damit beginnen, französisch zu lernen? Inzwischen gab es Grund genug, einen Kurs zu belegen.

Ich fuhr also mit dem Zug von Köln zum Pariser Bahnhof Gare du Nord.

Bei der Einfahrt in den Bahnhof empfingen mich die windhundartigen Schnauzen der französischen TGVs, die, so meine Fantasie, ungeduldig darauf warteten, von der Leine gelassen zu werden. Meine Wiedersehensfreude versuchte ich in Grenzen zu halten, denn die Erinnerung an mein vergebliches Warten im Jardin du Luxembourg besetzte unauslöschlich jede Zelle meiner Erinnerungen. Aber wie ich mir selbst eingestehen musste, hatte ich meine Gefühle doch nicht so unter Kontrolle, wie es meine Vernunft mich glauben ließ. So stand ich nach meiner Ankunft an der langen Vorderfront des Bahnhofs und hielt aufgeregt Ausschau nach Marie. Um sie nicht zu verpassen, lief ich von einem Ende zum andern. Doch das half nichts, Marie war nicht da.

Ich weiß, bei jeder Verabredung kann es zu Missverständnissen kommen, die leicht mit einem Handyanruf geklärt werden können. Doch in diesem wichtigen Moment reagierte ihr Handy nicht, als ich versuchte, sie zu erreichen. Eine plötzliche Eingebung sagte mir, sie könnte die beiden Bahnhöfe, die sehr nahe beieinanderliegen, verwechselt haben. Möglicherweise wartete sie am Bahnhof Gare de l'Est auf mich.

Nach einer weiteren glücklosen Viertelstunde des Wartens am Gare du Nord hastete ich mit meinem Gepäck weiter, mich an Passanten slalomartig vorbeidrängelnd, die mir im Weg standen. Ich kannte den leicht abschüssigen, etwa einen Kilometer langen Weg zum Gare de l'Est. Die Zeit verging gnadenlos. Währenddessen wurde es allmählich dunkel.

Paris zeigte sich mir an diesem Abend von seiner romantischen Seite, doch all die bunt dekorierten und beleuchteten Schaufenster in dieser nächtlichen Stimmung nahm ich nicht wahr. Dem wollte ich mich erst mit all meinen Sinnen öffnen, wenn ich Marie an meiner Seite haben würde.

Der Eingangsbereich dieses Bahnhofs empfing mich freundlicher und bot sich schon deshalb eher als Treffpunkt für zwei Verliebte an. So ging ich mit meinem Rollkoffer unruhig auf dem Vorplatz zwischen riesigen Blumentöpfen und Taxis hin und her. Ich wollte es einfach nicht wahrhaben. Wartete ich schon wieder vergeblich?

Erschöpft und ziemlich resigniert setzte ich mich schließlich auf den Sockel einer der Eingangssäulen. Die Ellbogen auf den Koffer gestützt vergrub ich meinen Kopf in den Händen. Wie Stunden zuvor im Kölner Dom tauchte ich in die Stille ein und verweilte für einen zeitlosen Moment in der Versenkung.

Plötzlich spürte ich, wie sich etwas Feuchtes zwischen meine Hände drängte und mein Gesicht ableckte. Ein

Reflex ließ mich zurückweichen und wir schauten uns in die Augen. Dieser Golden Retriever wollte mich trösten und konnte gar nicht ablassen von mir.

Froh, ein mitfühlendes Wesen bei mir zu haben, umarmte ich den haarigen Kopf und flüsterte Maries Namen als ununterbrochenes Mantra in seine Schlappohren, bis eine weibliche Stimme im scharfen Befehlston die Worte »Marie, au pied!« rief. Meine Trösterin zuckte zusammen und ließ mit eingezogenem Schwanz von mir ab.

Marie? Der Hund hieß auch Marie? Ein Zeichen des Schicksals!

Scheinwerfer kamen auf mich zu, blendeten, Bremsen quietschten, eine Taxitür öffnete sich.

»Paul, Paul!«. Eine aufgeregte Frau kam auf mich zugestürzt, verlor in der Eile ihre Handtasche, die ihr der Taxifahrer sogleich hinterhertrug. Ich reagierte nicht und verharrte in der Umarmung meines Koffers. Doch die Urgewalt dieser Frau riss mich aus meiner Versenkung und stellte mich auf die Beine.

Marie blieb einen halben Meter vor mir stehen und sagte atemlos:

»Ich kann es noch nicht glauben, du bist hier!«

»Du musst mich zwicken, sonst glaube ich es auch nicht.«

»Zwicken, was heißt das?«

»Schau, so geht das!«

»Aïe, das tut weh!«

Und so zwickten wir uns gegenseitig, lachten, waren völlig aus dem Häuschen und benahmen uns wie Kinder. Marie, meine Hundefreundin, die nun, an der Leine gehalten, plötzlich wieder interessiert vor uns stand, reagierte irritiert und konnte sich nicht zwischen Schwanzwedeln und Beschützenwollen entscheiden, bis wir dann endlich zur Besinnung kamen. Einige Menschen waren neugierig stehengeblieben und standen kopfschüttelnd um uns herum. Ich bezahlte den ungeduldigen Taxifahrer und wir gingen gemeinsam beschwingt weiter.

Maries Lebensfreude steckte mich an. Sie trug meinen Rucksack, ich zog den Koffer hinter mir her.

Akkordeonklänge zogen uns magisch an; wir folgten ihnen und erkannten ihn sofort wieder, unseren Straßenmusikanten. Er saß gegenüber einer gut besuchten Brasserie auf einer Bank. Hier war also sein Quartier. Sein Blick und sein Kopfnicken bedeutete, dass er uns wiedererkannt hatte. Als Beweis dafür spielte er als nächstes Stück unseren Tango. Wir tanzten ihn wie damals während unserer ersten Nacht und bekamen spontanen Beifall von den Passanten, die stehengeblieben waren. Nun war ich angekommen. Marie schaute hechelnd, lebhaft mit dem Schwanz wedelnd, zu uns hoch.

»Geh'n wir zu dir oder zu mir?«, fragte ich sie schmunzelnd.

Ich hatte für alle Fälle ein Zimmer im Hotel gebucht.

»Meine Wohnung möchte ich dir bei Tag zeigen, dann kannst du, wenn du aus dem Fenster schaust, den Park sehen. Er ist in dieser Jahreszeit wunderschön und nicht so trist wie damals im Januar.«

»Lass uns zuerst in mein Hotel gehen, meinen Koffer abgeben, dann essen gehen und miteinander reden. Warte lieber hier in der Rezeption auf mich! Denn wenn du mit auf mein Zimmer gehst, kommen wir heute nicht mehr weg.«

Marie lächelte verstehend und wandte sich den ausliegenden Prospekten zu.

Nach solch einer langen Zeit der Abstinenz hatten wir große Lust darauf, miteinander zu kuscheln. Doch der Tango lehrte uns auch, wie man verzögert, Spannung aufbaut und nicht gleich jedem Impuls Folge leistet.

Marie erzählte mir, wie es zur Trennung mit Paco gekommen war. Er sei ein sehr guter Tangotänzer und sein südländisches Temperament, das sie anfangs so faszinierend fand, störte sie ab dem Moment, als er eifersüchtig wurde und ihren Freiraum immer mehr einschränkte – so wie im Januar, als er sie in ihrer eigenen Wohnung einsperrte. Sehr heftig wurde es dann, als sie den Schlussstrich zog und sicherheitshalber tagelang nur noch zum Arbeiten ihre Wohnung verließ. Als Paco durchdrehte und ihre Wohnungstür aufbrechen wollte, rief sie die Polizei. Eine Verwarnung half, so dass er sich erst mal zurückzog.

Meine Erlebnisse in der Zwischenzeit hörten sich nicht so dramatisch wie die ihrigen an. Ich erzählte ihr von Lore, meiner Mitbewohnerin, meinem Tangounterricht, meinen Konzertbesuchen und von Berlin. Auch richtete ich ihr Grüße von Olaf aus, mit dem ich Kontakt gehalten hatte.

»Spioniert Paco dir nach?«

»Einmal habe ich ihn gesehen, als er mir auf dem Weg zu meiner Wohnung folgte. Aber er hat mich nicht angesprochen.«

»Dann müssen wir vorsichtig sein!«

Nachdem wir in meinem Lieblings-Bistro um die Ecke zu Abend gegessen hatten, zeigte ich ihr noch dieses interessante Viertel, das wir auf dem Weg zu meinem Hotel passieren mussten. Maghrebiner, Schwarzafrikaner und Asiaten beherrschten das Straßenbild und bestimmten die bunte Vielfalt der Geschäfte. Friseursalons, Nagelstudios, Perückenläden und Änderungsschneidereien reihten sich in den Straßen unzählig aneinander. Wer Bedarf an derlei Dienstleistungen und Schönheitsartikeln hat, hatte hier die Qual der Wahl. Diese Geschäfte waren die Treffpunkte der Anwohner dieses Stadtteils. Während die exotischen Frauen ihr Aussehen pflegten, standen ihre Männer relaxed in Gruppen beieinander und unterhielten sich lebhaft in fremdartig klingenden Sprachen.

Etwas später, als wir dann endlich im Bett meines Hotelzimmers lagen, schob ich Marie etwas von mir und fragte sie mit ernster Miene:

»Versprichst du mir, dass du morgen früh, wenn ich aufwache, noch da bist?«

»Oui, bien sûr!«

In dieser Nacht lernte ich die zärtliche Seite Maries kennen. Wir hatten noch ein paar gemeinsame Tage vor uns und standen nicht unter irgendeinem Druck, der uns belastete.

Ich bin dann derjenige gewesen, der sich behutsam aus ihrer Umarmung löste und das Zimmer auf Zehenspitzen verließ. Ich lag schon lange wach, war begierig darauf, Paris aufs Neue zu entdecken, und zudem frühstückshungrig. Später wollte ich ihr einen Espresso ans Bett bringen. Ich reduzierte mein gewohntes Duschen auf eine Katzenwäsche und zog mich leise an, um Marie nicht zu wecken.

Ich musste vom 4. Stock bis hinunter zum Frühstücksraum die Treppe benutzen, denn das preisgünstige Hotel hatte keinen Aufzug. Die Fenster im Treppenhaus zeigten auf eine unscheinbare Straße und gaben den Blick frei auf die Nachbarhäuser, vor denen Fahrräder abgestellt waren.

Paco! Wie vom Donner gerührt blieb ich auf einer Treppenstufe stehen und hielt den Atem an. Er lehnte an der gegenüberliegenden Hauswand und starrte, getarnt mit einer Sonnenbrille, gebannt zum Eingang des Hotels. Seine langen ungepflegten Haare, diesmal trug er sie offen, ließen ihn noch wilder und schmuddeliger erscheinen, als ich ihn in Erinnerung hatte. Vorsichtig, um nicht von ihm entdeckt zu werden, schlich ich mich am Treppengeländer entlang nach unten.

Nur Olaf, auch wenn er nicht hier war, konnte mir in dieser Situation helfen. Ich holte mein Handy hervor und gab seine Nummer ein. Schon nach dem dritten Klingelton meldete sich seine kraftvolle Stimme. Ich schilderte ihm die prekäre Situation und sagte ihm auch, dass die Polizeiwache des Quartiers gleich nebenan liegen würde.

Olafs Stimme beruhigte mich etwas: »Paul, du darfst jetzt keinen Fehler machen! Gib mir doch gleich die Telefonnummer der Polizei durch! Ich werde dort anrufen, dass sie ganz genau beobachten, was sich nachher auf der Straße abspielen wird. Im Notfall müssen sie dich vor ihm schützen. Ich werde in telefonischem Kontakt mit ihr bleiben, während du in zehn Minuten hinausgehen wirst. Bleib aber auf deiner Straßenseite! Paco wird ganz sicher auf dich zukommen. Dann musst du ihn mit einem gezielten und für ihn unerwarteten Schlag überraschen, denn er wird sicher wieder ein Messer bei sich haben. Wenn er in günstiger Distanz zu dir steht, schlag ihm blitzschnell mit der Faust in den Magen oder tritt ihm mit dem Knie in die Eier! Am besten beides, kurz hintereinander. Also dann, sei auf der Hut! Du wirst nicht allein sein!«

Durch den Herrn an der Rezeption erfuhr ich die Nummer der Polizei und gab sie an Olaf weiter.

Mir blieben also noch ein paar Minuten übrig, in denen ich für eine kurze Meditation innehielt. Mein Atem beruhigte sich – tief und gleichmäßig sein Rhythmus – Stille.

Ich war bereit, als der Zeitpunkt meines Einsatzes kam. Entschlossen ging ich vor die Tür, dann gleich ein paar Schritte nach links, ohne Paco zu beachten. In dem Moment, als er langsam auf mich zukam, war ich ganz bei mir, konzentrierte mich wie ein Karatekämpfer, bereit für die kommende Auseinandersetzung.

Paco stand einen halben Meter vor mir, schweigend, mit grimmiger Miene. Ansatzlos ging meine Faust nach vorne, aber genauso schnell bewegte sich seine linke Messerhand. Somit musste ich meine Hand blitzschnell umlenken, packte sein linkes Handgelenk und hielt es fest. Er drückte mich nach hinten an die Hauswand und würgte mich mit seiner rechten Hand. Ich war chancenlos, denn ich hatte keinen guten Stand, um mein rechtes Knie zum Einsatz zu bringen.

»Je te tue!« Er war wild dazu entschlossen. Ich verstand

zwar seine Worte nicht, die er zwischen zusammenge-
pressten Zähnen hervorstieß, aber unmissverständlich
ihre Bedeutung.

Plötzlich wurden wir durch wütendes Hundebellen ab-
gelenkt. Marie hatte mich beim Gassigehen in meiner
bedrohlichen Lage wiedererkannt und lief bellend auf
uns zu. Ein günstiger Moment – Paco war irritiert. So
fand ich endlich einen guten Stand und trat ihm wuchtig
mit meinem rechten Knie in den Schritt. Das kommt
für jeden Mann einer Katastrophe gleich. Paco brach
zusammen, umtänzelt von einer aufgeregten Marie.

Dann endlich, nachdem alles geschehen war, kamen
meine Retter aus der Polizeistation gestürzt und nahmen
Paco fest.

»Au pied!« Diesen Befehlston kannte ich bereits. Ich
hatte gerade noch Gelegenheit, dankbar über Maries Fell
zu streichen, bevor sie sich für die verbleibende Gassirunde in ein braves Lamm verwandelte, was ihrem Na-
turell auch eher entsprach.

»Hallo Olaf, warum haben die denn so lange gewartet,
fast hätte mich der Idiot erstochen!«

»Das Telefon war belegt, so dass ich erst später durch-
kam. Aber wie ich gehört habe, hast du deine Sache gut
gemacht. Bravo Paul! Jedenfalls wird Paco nach diesem
Vorfall, auch wegen seines Vorstrafenregisters, mit Sicherheit verurteilt werden. Dann habt ihr endlich Ruhe
vor ihm! Aber wo ist eigentlich Marie?«

»Sie wird noch schlafen, denke ich.«

»Sag ihr nichts davon! Sag ihr stattdessen, du wärst
joggen gewesen, und bring ihr einen Espresso ans Bett!«

»Mach ich. Wann sehen wir uns wieder?«

»Ruf mich an, wenn du zurück bist! Bis dahin wünsche ich euch beiden eine gute Zeit!«

»Danke für alles, Olaf!«

»Keine Ursache Paul. Mach's gut!«

Auf der Wache nahm die Polizei meine Personalien auf, während Paco, mit Handschellen gefesselt, in gekrümmter Körperhaltung auf einem Stuhl in der Ecke saß.

»Er wird noch heute in Untersuchungshaft kommen, der Staatsanwalt wird Anzeige gegen ihn erstatten. Wir müssen Sie jetzt als Zeugen vernehmen«, meinte der wachhabende Polizist und fragte mich in einfachem Englisch: »Sprechen Sie auch französisch?«

»Leider nur deutsch und englisch.«

»Wir haben einen Kollegen hier, der aus dem Elsaß stammt. Er kann übersetzen.«

Diesem Beamten erzählte ich alles, was ich über Paco wusste – dass er Marie in ihrer eigenen Wohnung festgehalten hatte und später auch die Türe aufbrechen wollte. Seine gewalttätigen Aktionen in Berlin erwähnte ich ebenfalls.

Die Pariser Polizei wollte sich in den nächsten Tagen bei Marie melden, um weitere Informationen einzuholen. Auf jeden Fall würden wir noch eine Einladung zur Verhandlung erhalten.

Als ich den Besprechungsraum verließ, begegnete ich wieder meiner Hundefreundin und ihrem elegant gekleideten Frauchen, die gleich nach mir verhört wurde. Ein aufmerksamer Polizist entdeckte sie am Tatort und unterbrach die Fortsetzung ihrer Gassirunde.

Vor dem Spiegel in der Rezeption richtete ich mein Aussehen so weit her, dass Marie mir mein Joggen abnehmen konnte. Der Frühstückshunger war mir inzwischen vergangen und ich bestellte in der Kaffeeküche zwei Tassen Espresso, die ich mit aufs Zimmer nahm.

»Wo bist du denn gewesen, lieber Paul? Du verschwindest einfach so, du Schlimmer! Du hättest mir ja wenigstens eine Notiz hinterlassen können.«

»Sei mir nicht böse, ma Chérie! Ich dachte, du würdest noch schlafen. Aber schau mal, was ich uns mitgebracht habe!«

»Oh, Espresso, du kennst schon meine Wünsche – wunderbar, danke. Komm doch näher!«

Sicherheitshalber setzte ich das Tablett mit den Tassen neben dem Bett ab.

»Komm schnell!«

Maries Wohnung lag im dritten Stock in der Rue de Médicis, gegenüber des Jardin du Luxembourg.

Sie schlang von hinten ihre Arme um meine Taille, als wir aus dem Fenster ihres Wohnzimmers blickten, legte ihre Wangen an meine und zeigte hinaus.

»Schau, von diesem Fenster aus konnte ich dich sehen, als du damals auf mich gewartet hast. Im Januar hatten die Bäume kein Laub. Es war schrecklich. Paco war bei mir und ich kam mir so hilflos vor, als ich dir bei deiner verzweifelten Suche zuschauen musste.«

»Kann ich bis Sonntag bei dir bleiben?«

»Du musst, ich will in diesen Tagen keine Minute ohne dich sein! Nachher treffen wir uns im Pavillon. Ich möchte, dass sich unsere Verabredung vom Januar heute erfüllt. Und am Abend gehen wir in unsere Milonga, in der wir uns kennengelernt haben. Denn der Zufall wollte es so, dass heute Mittwoch ist.«

»Geh du voraus zum Pavillon, ich komme dann nach. Wir tun so, als ob wir, wie damals, verabredet wären.«

Meine schmerzhaften Erinnerungen kamen wieder hoch. Doch wir hatten nun eine andere Jahreszeit, und das machte den Unterschied. So war ich bereit für unsere nachgestellte Begegnung.

Der Park zeigte sich diesmal von seiner romantischsten Seite. Erinnerungen an Gábor von Vaszarys Jugendromane versetzten mich in meine damalige Gefühlslage. Lazi und Paul, zwei junge Burschen aus Budapest, hatten ihre Heimat verlassen, um ihren Traum vom großen Glück in Paris zu verwirklichen. Doch das Schicksal hatte das so nicht vorgesehen. Sie vegetierten nahezu mittellos in billigen Hotels, der Welt der Conciergen. Hungrige Mägen hatten sie, dafür aber verliebte Herzen, denn sie lernten Paulette und Gilberte kennen. Häufiger Verabredungspunkt war der Jardin du Luxembourg.

Endlich kam sie durchs Tor, entdeckte mich, rief meinen Namen und lief los. Wie ich ihr spontanes Temperament liebte!

Der Pavillon sei auf Dauer nicht der passende Ort für uns, meinten wir übereinstimmend und gingen weiter. Wir ließen uns treiben, egal wohin, Hauptsache, wir waren beieinander. So führte mich Marie durch Baumalleen hindurch – ziellos, wie mir schien. Behutsam setzten wir unsere Schritte auf das Licht- und Schattenspiel, das die

Sonnenstrahlen durch das Blätterwerk auf den Boden projizierten, verfolgt von unseren eigenen Schatten.

Am nächsten Ausgang angekommen, verließen wir den Park.

»Du hast doch etwas vor – wohin gehen wir?«

»Sei doch nicht so neugierig, lass dich einfach überraschen!«, meinte sie ausweichend.

Wir schlenderten an Schulen vorbei, drängelten uns zwischen rauchenden, schwarz-blau gekleideten Schülergruppen hindurch. Ihr Pausenhof war wohl die Straße.

Der Boulevard Raspail half mir, meine Orientierung wiederzufinden, und zwar an der Stelle, an der wir den Boulevard Montparnasse überquerten.

»Gleich sind wir da!« Marie steuerte entschlossen auf einen Eingang zwischen hohen Mauern zu.

Als wir durch das Tor traten, lag der beeindruckende Cimetière Montparnasse vor uns, den ich während meiner früheren Aufenthalte in Paris jedes Mal besucht hatte.

Die Nachmittagssonne schien auf Mausoleen ebenso wie auf einfache Gräber. Dieser Friedhof war durch lange Wege zwischen den Gräbern geordnet und damit sehr übersichtlich. Über den zahlreichen Bäumen, welche die Wege säumten, richtete sich der imposante Tour de Montparnasse auf, der wie ein Friedhofswächter in dunklem Anzug von oben herabzuschauen schien.

Marie bog gleich nach dem Eingang rechts ab und zog mich mit sich. Nur wenige Meter später blieb sie stehen, vor einem eher schlichten Grab aus hellem Marmor.

»Hierher komme ich sehr oft.«

»Jean Paul Sartre, Simone de Beauvoir«, las ich laut vor.

»50 000 Menschen kamen damals zu Sartres Beerdigung. Hast du schon etwas von ihm gelesen?«

So wie sie ihre Frage betonte, hatte sie wohl nicht mit einem Ja von mir gerechnet.

»*Der Ekel, Geschlossene Gesellschaft* und noch etwas Philosophisches«, antwortete ich stolz.

»So, so, dann musst du ihm auch etwas aufs Grab legen. Hast du dein Metroticket noch?«

Wie bei einer Fahrkartenkontrolle hatte ich es bereits in der Hand.

»Du hast sicher schon alles von den beiden gelesen, dein Bücherregal ist voll von diesen Büchern. Was legst du für sie hin?«

»Zwei ganze ungerauchte Zigaretten. Keine Stummel wie die andern!«

Auf der Grabplatte lagen bereits frische Sträuße, aber auch verwelkte Blumen, Zigarettenstummel und Metrotickets. Wir legten feierlich unsere Gaben dazu und gedachten der beiden in angemessener Stille.

»Paul, ich bin sehr müde, lass uns ein bisschen schlafen gehen, die Nacht wird sicher lang.«

Marie sagte das mit einem listigen Blinzeln ihrer hellwachen Augen.

Ob man sich hier auf einem Friedhof küssen darf?

Marie, die Unkonventionelle, schien meine Gedanken gelesen zu haben. Sie zog mich zu sich heran und küsste mich leidenschaftlich. Ihr weicher Mund formulierte danach: »Sartre und Castor haben sicher nichts dagegen.«

»Castor?«

»Sartres Kosename für Simone.«

Maries Wohnung, im dritten Stock gelegen, hatte ihren ganz eigenen Charakter. Zur Straßenseite hin lagen Wohn- und Schlafzimmer; auf der anderen Seite befanden sich Bad und Küche, deren Fenster auf den Hinterhof blicken ließen. Alle Zimmer waren vom Flur aus erreichbar. Reproduktionen von Edward Hopper dekorierten die Wände des Wohnzimmers. Ihre Möbel waren Einzelstücke, wahrscheinlich auf Pariser Flohmärkten zusammengekauft. An jedem freien Platz standen und hingen berstend volle Bücherregale. Irgendwo dazwischen, beim Fenster, drehte eine prächtige Zimmerlinde ihre Blätter zum Licht hin. Obwohl ich selbst Kunde eines schwedischen Möbelhauses bin, gefiel mir ihr Geschmack – ich fühlte mich wohl hier. Allmählich wurde ich neugierig auf ihr Schlafzimmer.

Doch ich sollte es erst einmal nicht sehen dürfen, nur ertasten, riechen, schmecken.

Marie, die mich immer wieder von Neuem mit ihren Ideen überraschte, verband meine Augen mit einem schwarzen Schal. Natürlich mit meinem Einverständnis. Sie fasste mich an den Schultern, drehte mich ein paarmal um meine Körperachse und führte mich zielsicher an den Händen hinter sich her in einen anderen Raum.

Hellwach und sehr aufmerksam waren meine Sinne, sie registrierten: Flauschiger Teppichboden, der Duft von Sandelholz, angenehme Raumtemperatur. Mein Vertrauen in Marie wuchs. Ich ließ es widerstandslos geschehen, als sie mein Hemd öffnete, ebenso den Reißverschluss meiner Hose, und mich genüsslich auszog.

Die vergangenen Minuten waren für mich äußerst reizvoll. Nun hatte ich nur noch den einen Wunsch: Paul und Marie im Bett. Doch sie ließ sich Zeit für ihr Ritual, Kerzen anzuzünden, eine Flasche Wein zu öffnen, deren Inhalt in Gläser zu gießen und sich dann selbst, ganz langsam, auszuziehen, wie meine Ohren registrierten. Meine Sinne erzählten mir dies alles, während ich ziemlich unbeholfen und orientierungslos im Raum stand und neugierig darauf wartete, was geschehen würde.

Die sonst so gesprächige Marie aber blieb schweigsam. Stattdessen gab sie mir Hilfestellung mit ihren Händen und half mir dabei, angstfrei in die Horizontale zu gelangen. Ich bewegte mich zunächst wie behindert, fühlte mich dann aber sicherer, als ich die Matratze unter mir spürte. Etwas später erfüllte sich mein sehnlichster Wunsch: Kuscheln!

Endlich entfernte die gnädige Marie meine Augenbinde und zum Vorschein kam erst einmal ihr hübsches Gesicht, umrahmt von weinroter Bettwäsche. Die Korbmöbel und die Palme mit ihren zahlreichen Fächern hätte ich zwar auch noch entdecken können, doch sie interessierten mich in diesem Moment nicht – ich hatte ganz andere Prioritäten.

Ich, typisch Mann, wollte mich sogleich auf Marie stürzen, doch sie bremste mein stürmisches Verlangen mit vorgehaltener Hand. Mit ihrer anderen hielt sie mir ein Glas Rotwein entgegen. Diese rituelle Hürde musste ich noch nehmen. Mit zitternder Hand nahm ich das

Glas entgegen; die bordeaux-farbene Bettwäsche verzieh die verschütteten Tropfen des gleichnamigen Weines.

Nicht ihr Wecker riss uns aus dem Nachmittags-schlaf – vielmehr ein Haar von ihr, das sich in meine Nase verirrt hatte, reizte mich zu einem explosionsartigen Niesanfall.

»À tes souhaits« war ihre höfliche Antwort mit verschlafener Stimme. Dann der Blick auf die Uhr, es war schon neun! Schnell aufstehen, wir wollten doch noch tanzen gehen.

Im routinierten Ablauf duschten wir und zogen uns passend für den Tangoabend an. Sie, wie gewohnt, ganz in Schwarz, das ihr so gut stand und schmucklos bis auf die großen Creolen. Ich entschied mich für meinen dunkelgrauen Anzug ohne Krawatte.

Zu Fuß gingen wir durch den nächtlichen Park bis zum Place Denfert Rocherau. Dort nahmen wir die Me-tro. Die folgende Strecke war uns bereits bekannt, nur in umgekehrter Richtung. An der Station »Alésia« mussten wir nicht nach dem richtigen Ausgang suchen – Marie kannte ihn.

Ich spürte, auch sie war nervös, als wir die Brasserie betraten.

Die Kassiererin erschrak etwas, als sie Marie erblickte. Mich ignorierte sie, kassierte aber trotzdem den Eintritt von mir.

»Besorgst du uns bitte etwas zu trinken?«

»Vin rouge?« Sie nickte.

Ich ging hinaus an die Theke, um die Getränke zu holen.

Wieder zurück mit den Gläsern in den Händen suchte ich einen freien Tisch im hinteren Teil des Raumes. Dabei sah ich, wie Marie sich mit dem DJ unterhielt.

Die Milonga war in vollem Gange, nur ich kam mir irgendwie überflüssig vor. So ging ich auf die beiden zu. Marie stellte mich dem DJ vor, aber auch er beachtete mich kaum. Was war geschehen?

Irritiert zog ich Marie auf die Tanzfläche und fragte sie, was denn los sei.

»Lass uns erst mal tanzen, dann erzähle ich dir alles.« Doch wir waren beide nicht bei der Sache und beendeten die Tanzrunde bereits vor dem letzten Tango.

»Vor einer Stunde sind drei Männer hier gewesen, sie haben sich nach Paco und mir erkundigt. Es waren anscheinend Freunde von ihm, die man hier aber noch nie gesehen hat.«

»Argentinier?«

»Nein, Franzosen.«

»Haben sie erfahren, dass Paco festgenommen wurde?«

»Anscheinend nicht, sonst würden sie ihn nicht vermissen.«

»Marie, du musst ab jetzt gut auf dich aufpassen. Ich weiß nicht, was die vorhaben und wozu die fähig sind, wenn sie erst mal hören, was geschehen ist.«

Von jetzt an war die Leichtigkeit unseres Zusammenseins dahin und die rosarote Wolke unseres Glücks schien sich mehr und mehr in eine Gewitterwolke zu verwandeln. Denn wir sahen im Auftauchen von Pacos Freunden eine echte Bedrohung.

Ungeachtet dessen versuchten wir diesen Abend zu genießen.

Marie war, wie ich erfahren musste, bei den Tänzern sehr begehrt und wurde ohne Rücksicht auf meine Anwesenheit immer wieder aufgefordert. Aber auch ich hielt mich nicht zurück und forderte fast durchweg attraktive Tänzerinnen auf. Einige von ihnen kannte ich bereits von meinem Besuch im Januar. Ihr charmanter Ausruf »Oh là, là«, der stets dann kam, wenn eine Figurenkombination schiefging, begeisterte mich immer wieder aufs Neue.

So war auch ich allmählich in dieser Milonga angekommen. Als sich der DJ, der auch Veranstalter dieser Milonga war, an mich wandte, hatte sich das anfängliche Gefühl des Ausgeschlossenseins endgültig verloren.

»Ihr beide müsst vorsichtig sein! Wenn Pacos Freunde erfahren, dass er wegen euch im Gefängnis sitzt, werden sie ihn rächen wollen. Das traue ich denen auf jeden Fall zu.«

»Danke, nur weiß ich nicht, was wir tun können, um das zu verhindern.«

»Geht zur Polizei!«

In den noch verbleibenden Tagen und Nächten blieben wir keine Minute getrennt. Unser Zusammensein war das Wertvollste, das ich bisher erlebt hatte. Wir kochten gemeinsam in Maries geräumiger Küche und verbrachten Stunden in unserem Lieblingscafé am unteren Ende der Feinschmeckermeile Rue Mouffetard. Der Blick von der Terrasse auf die malerische Kulisse mit Springbrunnen und Bäumen vor der Kirche Saint Médard war traumhaft.

Wir mieden die Pariser Milongas, entdeckten stattdessen neue Viertel und Plätze, die weder Marie noch ich kannten. Wir lernten uns in dieser intensiven Zeit immer besser kennen und es ging uns gut, sehr gut sogar! So könnte es im Paradies sein, dachte ich mir.

Bei einem unserer zahlreichen Streifzüge erzählte ich ihr von den Liebesschlössern auf der Kölner Rheinbrücke und wie gerne ich mit ihr dort hinfahren würde, um unser Schloss anzubringen.

»Wir müssen nicht nach Cologne fahren, mon Cher. Das machen wir hier in Paris an der Pont des Arts, bei der Ile de la Cité«, rief sie begeistert aus.

Am nächsten Tag feierten wir den Kauf eines kleinen silbernen Schlosses, in das wir unsere Namen eingravieren ließen.

Marie trug an diesem besonderen Tag ausnahmsweise Perlenschmuck, passend zum bevorstehenden romantischen Ereignis, zu dem auch noch die Sonne wohlwollend ihren Segen gab.

Ausgelassen suchten wir nach einer der wenigen freien Stellen am Geländer. Als wir endlich das kleine Schloss angebracht und gemeinsam feierlich den Schlüssel in die träge dahinfließende Seine geworfen hatten, wollte ich meine Braut wie nach dem Ringtausch bei einer Trauung küssen. Doch Marie schob mich einmal mehr sanft von sich, zelebrierte das Öffnen ihrer Handtasche und zauberte ein Fläschchen Champagner daraus hervor.

»Auf uns, unsere Liebe und unsere Zukunft!«

Maries Augen füllten sich mit Tränen der Rührung, sodass sie mich und die vorbeieilenden Passanten nur noch als verschwommene Gestalten wahrnehmen konnte.

Darüber vergaßen wir ganz die prekäre Lage, in der wir uns befanden. Zur Polizei wollten wir vorerst nicht gehen, aber wir verhielten uns sehr vorsichtig und schauten uns immer wieder um. Ganz besonders in der Nähe von Maries Wohnung, in der wir nachts nur noch Kerzen anzündeten. Kein Lichtschein sollte Maries Anwesenheit verraten.

»Paco hat keine Freunde. Das müssen seine Arbeitskollegen gewesen sein, die in derselben Spedition arbeiten wie er und mit denen er ab und zu Karten spielt. Er hat ein paarmal von ihnen erzählt, aber ich habe sie nie kennengelernt.«

Es war uns in diesen Tagen kaum mehr möglich, unbeschwert zu sein. Die bisherige Leichtigkeit unseres Zusammenseins verlor sich angesichts dieser vermeintlichen Bedrohung. So sah ich auch meiner bevorstehenden Abreise mit großer Sorge entgegen, denn ich hatte Angst um Marie. Wenn ich erst mal zurück in Berlin sein würde, könnte ich sie nicht mehr beschützen.

Am Samstagabend gingen wir noch einmal in mein Viertel. Das Bistro »La petite Louise« gab uns jene Geborgenheit, nach der wir uns sehnten. Es gab den unsichtbaren Feind in Paris, aber auch die sichtbaren Freunde. Alle vom Personal kannten uns – wir fühlten uns aufgehoben wie in einer Großfamilie.

Unsere letzte gemeinsame Nacht verbrachten wir in meinem Hotel.

Obwohl ich Marie versprochen hatte, sie in drei Wochen wieder zu besuchen, beschlich mich das seltsame

Gefühl, diese Nacht könnte unsere letzte gemeinsame gewesen sein.

Nur mit großer Kraftanstrengung konnte ich mich am nächsten Morgen aus unserer innigen Umarmung lösen. Auch Marie wollte diesen Abschied nicht und hielt meine Hand immer noch fest, als ich schon neben dem Bett stand. Diesmal war ich der Vernünftigere von uns beiden und löste mich, wenn auch nur ungern, von ihr.

Warum müssen wir jedes Mal leiden, wenn wir uns verabschieden? Warum verlangt jeder glückliche Moment unseres Zusammenseins diesen hohen Preis des Leids?

Ich erinnerte mich an die Fragen, die ich mir vor Tagen im Kölner Dom gestellt hatte.

Unser Spaziergang zum Gare du Nord wurde zur Qual.

»Wir telefonieren jeden Tag. Versprichst du es mir?«

»Anders würde ich es gar nicht aushalten. Wenn ich in Berlin angekommen bin, rufe ich dich gleich an. Bist du dann zu Hause?«

»Ja klar. Für alle Fälle hast du ja meine Handynummer.«

»Ist dein Akku aufgeladen?«

So vergeudeten wir, verlegen wie wir waren, kostbare Minuten.

Auf dem Bahnsteig, kurz vor der Abfahrt meines Zuges, sagten wir uns noch, was aus der Tiefe unseres Herzens kam:

»Ich liebe dich, wie ich noch nie einen Mann geliebt habe!« Tränen liefen über ihre Wangen.

»Ich liebe dich auch, für immer!« rief ich etwas theatralisch und hätte am liebsten losgeheult.

Der Pfiff des Schaffners und die unmittelbar folgende Abfahrt des Zuges erlösten uns von unserem leidvollen Abschied. Der Thalys setzte sich gnadenlos in Bewegung und trennte Marie und mich.

Nie werde ich das Bild vergessen, wie sie verlassen auf dem Bahnsteig stand und mir nachschaute.

Während der stundenlangen Zugfahrt machte ich mir Gedanken darüber, wie es mit uns weitergehen könnte. Hätte ich als gelernter Grafiker und nun in der Position als Art Director überhaupt eine Chance, in Paris eine Anstellung zu bekommen? Oder könnte Marie als Sekretärin ohne Deutschkenntnisse in Berlin überhaupt arbeiten? Doch ich ahnte, dass es letztendlich nicht um die Beantwortung dieser Fragen ging. Meine Grübelei bekam mal wieder eine Eigendynamik wie in einer Endlosschleife. Tief im Innern wusste ich, dass nicht wir entscheiden würden, sondern das Leben für uns entscheiden würde.

5.

Berlin im Juli

Nach meiner Rückkehr telefonierten wir jeden Tag miteinander, oft sogar mehrmals. Unsere aufregenden Tage in Paris waren vorbei, so kehrte bei uns beiden allmählich wieder der Alltag ein. Paco saß immer noch in Untersuchungshaft. Von seinen Freunden hatte Marie weder etwas gehört noch sie gesehen. Trotzdem wiederholte ich meine Warnung, sie solle weiterhin vorsichtig sein.

Zehn Tage noch und ich würde sie wieder besuchen. Wir beiden wünschten uns, die Zeiger der Uhren sollten sich bis dahin schneller drehen.

Aber schon am vierten Tag nach meiner Abreise ging Marie nicht mehr ans Telefon, sie rief auch nicht mehr an. Seltsam! Ich konnte mich kaum noch auf meine Arbeit konzentrieren. Daher versuchte ich andere Wege, um sie zu erreichen. Aber auch meine SMS und Mails blieben unbeantwortet. Diesmal konnte es nicht am leeren Akku ihres Handys liegen, Marie war einfach nicht mehr zu erreichen. Ich war nun in großer Sorge um sie und hatte den Verdacht, dass ihr Schweigen mit den Freunden Pacos zusammenhängen könnte. Sämtliche möglichen Szenarien kreisten in meinem Kopf. Aus dieser Besorgnis heraus fasste ich den Entschluss, sie zu suchen.

Lore, die Besonnene, hielt mich zurück, weil ich gleich am nächsten Tag nach Paris fliegen wollte.

»Frag doch vorher bei ihren Freunden oder Arbeitskolleginnen nach, bevor du Hals über Kopf losfährst.«

»Wen soll ich denn anrufen? Ich habe zwar beim Tango einige Bekannte von ihr kennengelernt, allerdings weiß ich deren Telefonnummer nicht.«

»Warte noch einen Tag und wende dich dann an die Berliner Polizei!«

Schweren Herzens ließ ich mich von ihr überzeugen und zügelte meine Ungeduld.

Am Abend desselben Tages klingelte es an der Wohnungstür.

»Ich geh' schon!«, rief Lore.

Von meinem Zimmer aus hörte ich eine Männerstimme, die an der Tür nach mir fragte.

»Paul, kommst du bitte mal?«

Ich ging durch den Flur zur Tür.

»Guten Abend. Herr Berger?«

»Ja, und wer sind Sie?«

Die beiden Herren in Zivil zeigten mir ihre Dienstausweise.

»Wir sind von der Berliner Kriminalpolizei aus Ihrem Bezirk und möchten mit Ihnen über Frau Marie Augier reden. Dürfen wir reinkommen?«

»Ja, selbstverständlich! Was ist geschehen?«, stammelte ich sichtlich erschrocken.

Die neugierig gewordene Lore blieb im Flur stehen, in der Hoffnung, von dort aus mithören zu können.

»Bitte nehmen Sie doch Platz!« Ich wies mit der Hand auf das Sofa. Sie setzten sich ungemütlich auf den vorderen Teil der Sitzfläche. Wenigstens öffneten sie die

Knöpfe ihrer Sakkos. Der Ältere der beiden, anscheinend der Ranghöhere, ergriff das Wort.

»Wann hatten Sie das letzte Mal Kontakt zu Frau Augier?«

Beide Polizisten beobachteten meine Reaktionen sehr genau, während sie mich befragten. Galt ich in ihren Augen etwa als Verdächtiger?

»Vor zwei Tagen etwa. Seitdem ist sie nicht mehr erreichbar. Aber was ist denn los, warum werde ich von der Berliner Polizei befragt?«

»Sie ist also nicht bei Ihnen zu Besuch?«

»Leider nein, wie Sie sehen.«

»Frau Augier wurde von ihrem Arbeitgeber als vermisst gemeldet. Es besteht der Verdacht einer Entführung.«

»Entführung? Wie bitte?«

»Ihr ehemaliger Freund Paco ist inzwischen aus der Untersuchungshaft entlassen worden. Frau Augier hatte ihren Arbeitskolleginnen davon erzählt, auch dass sie Angst vor seiner Rache habe.« Die beiden Polizisten wechselten sich bei der Befragung ab – ein eingespieltes Team.

»Über ein Amtshilfeersuchen von Europol erhielten wir den Auftrag, bei Ihnen nachzufragen, denn Sie stehen der Vermissten anscheinend nahe.«

Ich erzählte ihnen von Paco, ihrem ehemaligen Freund – im Grunde war das nichts anderes, als ich bei der Polizei in der Rue de Nancy bereits ausgesagt hatte. Ich erwähnte auch die drei Männer, die sich nach Paco erkundigt hatten, von denen Marie wiederum meinte, es könnten seine Arbeitskollegen gewesen sein.

»Wo arbeitet dieser Paco?«

»In einer Spedition. Mehr weiß ich nicht.«

»Das könnte ein wertvoller Hinweis sein. Die Pariser Kollegen werden dem nachgehen.«

Es klopfte an der Tür. Lore fragte, ob wir einen Tee trinken möchten. Die Polizisten verneinten. Nach ein paar Minuten gesellte sich auch Lore zu uns. Auch sie wurde befragt, ob sie Marie und Paco kennen würde. Lore berichtete von ihrer kurzen Begegnung im *Tango tanzen macht schön* und auch davon, was ich ihr erzählt hatte.

Nach nicht ganz einer Stunde erhoben sich die Polizisten.

»Herr Berger, Sie haben uns mit Ihrer Aussage sehr geholfen. Wir werden Ihre Angaben an die Kollegen in Paris weitergeben und hoffen, dass Frau Augier gefunden wird. Wir möchten Sie nur noch bitten, wegen des Spurenabgleichs morgen früh zur freiwilligen Abnahme Ihrer Fingerabdrücke und der DNA in die Polizeidirektion 3 zu kommen.«

Der Jüngere der beiden händigte mir seine Visitenkarte aus.

»Werde ich es erfahren, wenn man Marie gefunden hat?«

»Wir wissen leider nicht, ob die französische Polizei uns weiterhin mit einbeziehen wird.«

In dieser Ungewissheit ließen sie mich zurück, als sie sich verabschiedeten.

Lore umarmte und drückte mich, um mich zu trösten.

»Lass uns heute Abend noch ins *Max und Moritz* gehen, damit du auf andere Gedanken kommst!«

»Mir ist überhaupt nicht nach Tanzen zumute.«

»Komm einfach mit, dann sehen wir weiter. Du kannst doch nicht zu Hause bleiben und dich dauernd zermürben. Ich gehe jetzt ins Bad und richte mich her.«

»Wie lange brauchst du noch?«

»Bin gleich fertig.«

Als sie nach einer halben Stunde aus dem Bad kam, war ich total überrascht und fragte: »Wer sind Sie denn?«

Ich kannte Lore nur als unscheinbare Frau, die bislang ihr Aussehen vernachlässigt hatte. Doch diese Frau, die gerade unser gemeinsames Bad verließ, hatte wenig mit meiner bisherigen WG-Partnerin zu tun. Doch sie war es!

Lore trug ein schwarzes, hautenges und rückenfreies Satinkleid, dazu schwarze Tangoschuhe mit extrem hohen Absätzen. Sie hatte ihr brünettes Haar hochgesteckt. Lange Ohrhänger glitzerten verführerisch, zahlreiche Armreifen klimperten bei jeder Bewegung. Ihr Makeup ließ sie mir fremd, aber auch begehrenswert erscheinen. Lore schien sich ihrer Wirkung auf mich durchaus bewusst zu sein!

»Beeil dich! Du bist ja schließlich keine Frau.«

Natürlich wollte ich bei solcher Eleganz kleidungsmäßig mithalten. Daher entschied ich mich für meinen schwarzen Zweireiher mit weißem Hemd, aber ohne Krawatte. Meinen Dreitagebart ließ ich stehen, er sollte mir einen verwegenen Touch verleihen.

Lore schien mit mir und der Wahl meiner Kleidung zufrieden zu sein.

Die U8 brachte uns zum Moritzplatz, denn von dort war es nicht mehr weit. Schade, dass wir an diesem herrlichen Sommerabend nicht zur Milonga am Spreeufer gegangen waren. Doch die Entscheidung, ins *Max und Moritz* zu gehen, machte in meiner Situation Sinn.

Selbstbewusst durchquerten wir den vorderen Teil dieses altehrwürdigen Wirtshauses. Man kannte uns ja bereits und begrüßte uns deshalb an der Kasse mit netten Worten. Nachdem wir uns im Saal umgeschaut hatten, einigten wir uns auf einen Stehtisch, ganz in der Nähe des DJ. Die Milonga war bereits gut besucht und ich besorgte uns vorne in der Wirtschaft eine Flasche Rotwein.

Wie ich die Musik dieses DJ genoss! Ganz besonders mochte ich die Tangostücke des Orchesters Lucio Demare. Diese rhythmische, aber auch melodiöse Musik mit den Sängern Carlos Miranda, Raúl Berón und Horacio Quintana gab mir ideale Impulse, die ich als Tänzer zum Führen benötigte. Immer wenn er Demare spielte, zeigte ich ihm den erhobenen Daumen – ein Kompliment, das ihn freute.

Am heutigen Abend hatte ich einen besonderen Wunsch: »Recuerdos de Paris« von Francisco Canaro. Der DJ suchte nach diesem Tango, fand ihn und spielte ihn etwas später im Rahmen einer Canaro-Tanda. Diesen Tango musste ich mit Lore tanzen. Sie überraschte mich einmal mehr an diesem Abend. Jeden meiner Impulse deutete sie richtig, reagierte etwas verzögert und tanzte mit guter Körperspannung. Außerdem nutzte sie jede Gelegenheit, die ich ihr bot, für Verzierungen. Und so gaben wir uns der schmachtenden Musik Canaros hin.

Mal ging ich in unserem Tanz auf die Streicher ein, welche die Melodie spielten, mal auf die frechen Antworten der Bläser, dann aber auch wieder auf den voluminösen Einsatz des Orchesters beim Grundthema. Wir verschmolzen in dem magischen Moment, als Francisco Maida mit seinem einfühlsamen Gesang die Stimmung dieses Tangos auf die Spitze trieb.

Der DJ schob anschließend noch meine anderen Lieblingstangos nach – »Condena« und »Rincon Florido«, ebenfalls von Canaro. Lore und ich blieben während der Cortinas in Körperkontakt.

Wir beide erlagen dem Zauber dieses Abends und vergaßen die Zeit bis zum allerletzten Tango, »La Cumparsita«.

Natürlich kamen bei mir auch Erinnerungen hoch an den Abend im Mai, als ich Marie hier begegnet war und Paco mich bedrohte. Vor allem machte ich mir große Sorgen um sie.

Doch schließlich gelang es Lore mit ihrer liebevollen Art, mich auf andere Gedanken zu bringen.

Ich versuchte es nicht zu deuten, was mit uns geschah, als wir Hand in Hand zur U-Bahnstation gingen und auch in der U-Bahn unsere Hände immer noch hielten.

Wollte mich Lore nur trösten oder bedeutete ihr Verhalten vielleicht mehr?

Und das, nachdem wir schon seit einem Jahr in unserer WG zusammenlebten.

Ich befand mich in einem unbeschreiblichen Gefühlschaos.

Später im Treppenhaus wurden wir verlegen, lösten

unsere Hände voneinander und dachten vermutlich beide, wie diese Nacht wohl weitergehen würde.

»Geh du schon mal ins Bad, ich brauche sicher länger als du«, schlug sie vor.

»Danke für den wunderschönen Abend! Was hätte ich ohne dich gemacht?«

Während Lore in ihr Zimmer eilte, fügte sie, während sie sich im Türrahmen noch einmal umdrehte, hinzu: »Wenn du mich brauchst, ich werde immer für dich da sein.«

Wir vermieden den Gutenachtkuss, weil wir wussten, dass es dann um uns geschehen gewesen wäre.

Wie es wohl weitergehen wird mit Marie, Lore und mir? In dieser unruhigen Nacht kamen meine Gedanken und Gefühle nicht zur Ruhe.

Es wurde hell. Lore klapperte mit dem Geschirr in der Küche, der verlockende Duft von Kaffee drang durch sämtliche Ritzen der Tür und erreichte schließlich meine Nase. Auf diese verführerische Art und Weise empfing mich der neue Tag.

Lores erfrischende Stimme »Paul, aufstehen!« erreichte mein Ohr.

So schwungvoll wie sonst morgens kam ich heute nicht aus dem Bett. Denn am liebsten wollte ich den Kopf in den Sand stecken und mich unter der Bettdecke vor dem, was noch auf mich zukommen sollte, verkriechen.

»Paul, kommst du endlich?«

Trotz meiner Müdigkeit spürte ich Lores Tatendrang und sprang aus dem Bett.

»Komme gleich!«

Ins Bad wollte ich erst später gehen. Also zog ich nur den Pyjama an, fuhr mit den Fingern durch meine Haare und bewegte mich in Richtung Küche.

Wie stehen wir beide nun zueinander, fragte ich mich noch etwas schläfrig in der Diele. Lore in ihrer natürlichen Art lieferte sogleich die Antwort, in dem sie aufstand, mich innig umarmte und mir noch einen zärtlichen Kuss auf die Wange gab.

Sie war wohl die Klügere von uns beiden, hatte in jeder Situation immer die richtige Antwort parat – während ich mich häufig in Gedanken verfing, was Lösungen eher verhindert als fördert.

»Lass uns erst mal frühstücken! Danach können wir darüber reden, wie es weitergehen soll.«

So aßen wir schweigend unsere frischen Croissants, die Lore bereits aus der Bäckerei um die Ecke im Weinbergsweg geholt hatte. Ich schaute sie an. So hübsch, wie sie mir gegenübersaß! Adrett gekleidet mit knielangem schwarzen Rock und enger weißer Bluse, die ihre, von mir bisher nicht beachteten Brüste auffallend zur Geltung brachte – dazu ihre langen Haare, die sie zu einem Knoten zusammengesteckt hatte. Ihr neuer Style, auch fürs Büro. Lore hatte sich inzwischen zur Chefsekretärin hochgearbeitet.

»Hast du schon darüber nachgedacht, was du unternehmen willst?«, fragte sie mich.

»Ich werde nach Paris fahren und Marie suchen. Auch wenn ich nicht weiß, wie ich es anstellen soll.«

»Meinst du, dein Chef wird dir freigeben?«

»Ich werde ihn heute fragen. Er ist bisher immer sehr

entgegenkommend gewesen, aber ich sollte seine Großzügigkeit nicht überstrapazieren. Seine Entscheidung wird von der Auftragslage abhängen.«

»Ich weiß nicht, was ich dir wünschen soll.«

»Aber sag mal, wie geht es dir mit all dem? Du warst die ganze Zeit über so hilfsbereit und bist immer für mich dagewesen. In den letzten Monaten hat sich alles nur um meine Befindlichkeiten gedreht.«

»Gut, dass du mich das fragst! Ich komme so allmählich an meine Grenzen und muss mich entscheiden, wie es mit mir selbst weitergehen kann. Gestern Abend ist mir endgültig klar geworden, dass ich dich liebe. Aber ich werde diesen Zustand nicht mehr lange ertragen können, weil du Marie liebst.« Lores Stimme bebte. Sie verdeckte mit beiden Händen ihr Gesicht, um die Tränen zu verbergen. Tief berührt von ihren Gefühlen und ihrem Geständnis ging ich um den Tisch herum zu ihr, nahm sie in die Arme und drückte sie fest an mich. Schluchzend umarmte sie auch mich und ließ ihrem Schmerz freien Lauf. Nun weinten wir beide und mein gepeinigtes Herz konnte sich endlich erleichtern.

So nah wie wir uns in diesem Moment körperlich und seelisch waren, küssten wir uns in einer scheinbar endlosen Innigkeit, die ich zuvor nur mit Marie erlebt hatte.

Wegen dringlicher Aufträge für die kommenden Tage konnte mein Chef das Urlaubsgesuch jedoch nicht genehmigen. Ungeduldig musste ich abwarten, bis ich endlich sein Okay erhielt und meine Reise ins Ungewisse buchen konnte.

Lore entschied sich, mit Anita, ihrer besten Freundin,

zwei Wochen am Bodensee zu verbringen. Sie wollte diese Reise vor allem nutzen, um über sich und ihre Zukunft klar zu werden.

Der Tag von Lores Abreise rückte immer näher. Als sie dann an einem Samstagmorgen in ihrem hellblauen Sommerkleid, das mir so gut an ihr gefiel, mit ihrem Koffer im Flur stand und an meine Tür klopfte, um sich zu verabschieden, wurde mir mulmig im Magen. Schon die Tage zuvor war ich traurig, als ich daran dachte, eine Zeitlang ohne sie leben zu müssen. Lore zog sich seit ihrem Liebesgeständnis an mich immer mehr zurück und ich ahnte, dass sich etwas verändern würde, allerdings in einer Weise, wie ich es mir nicht wünschte. Mit einem Kloß im Hals gab ich ihr mein Gefühl auf die Reise mit.

»Ich werde dich sehr vermissen und möchte dich gar nicht gehen lassen.«

»Aber du fährst doch auch bald«, klang es fast vorwurfsvoll.

»Ich weiß«, gab ich verlegen zu.

»Bitte ruf mich nicht an! Ich möchte in aller Ruhe entscheiden, ob ich noch weiter hier wohnen kann.«

»Du willst doch nicht ausziehen«, rief ich erschrocken.

»Nein, das will ich nicht, aber vielleicht muss ich, weil ich es sonst nicht aushalte.« Tränen traten ihr in die Augen, sie konnte vor Rührung nicht mehr weiterreden. Und ich wusste in diesem Moment nicht, was ich ihr hätte Tröstliches sagen können.

Statt uns weiter um Worte zu bemühen, umarmten wir uns. Ihre Tränen flossen über unsere beider Wangen. Wie so oft in diesen Tagen öffnete sich einmal mehr mein Herz für sie. Lore löste sich aus unserer Umarmung, wischte mit dem Taschentuch über ihr Gesicht, ohne auf ihr Augen-Make-up Rücksicht zu nehmen, und schaute mir so traurig in die Augen, dass ich sie spontan küsste.

Unten auf der Straße hupte es, was wir aber gar nicht hören wollten und deshalb auch nicht darauf reagierten. Doch das immer eindringlicher werdende Hupsignal riss uns schließlich auseinander, indem Lore mich von sich schob. Sie ging wortlos mit ihrem Gepäck zur Tür hinaus, ohne sich noch einmal nach mir umzudrehen, was mir sehr weh tat. Unter anderen Umständen hätte ich ihr beim Koffertragen geholfen, doch ich blieb wie gelähmt stehen. Währenddessen hörte ich sie mit schweren Schritten das Treppenhaus hinuntergehen. Unten an der Haustür kam ihr die wartende Anita entgegen, nahm ihr den Koffer ab und verstaute ihn im Auto. Ich ging ans Fenster und sah, wie Lore in sich gekehrt einstieg. Wenigstens Anita schaute vor dem Einsteigen noch einmal zu mir hoch und verabschiedete sich mit einem spärlichen Winken.

Nach Lores Abreise litt ich wie ein Hund. Kann ein Mann zwei Frauen gleichzeitig lieben? Anscheinend gehörte ich zu jener Spezies. Doch bei beiden Frauen bescherte mir mein Schicksal eine problematische Situation. Marie war quasi verschollen, vielleicht sogar entführt, und Lore entzog sich mir. Durch diese komplizierte Lage verlor ich die Energie, die ich noch benötigte, um Marie zu suchen. Ich gestand mir ein, dass ich Hilfe brauchte. Olaf, wer sonst, fiel mir ein!

Wir verabredeten uns in seinem Stammlokal, einer Musikkneipe in der Yorkstraße. Im August sitzt man dort draußen. Olaf hatte sich extra alleine an einen Tisch gesetzt, obwohl er mit den meisten Stammgästen gut bekannt war. Die Jazzband hatte noch nicht begonnen zu spielen, sodass ich ihm in aller Ruhe von den letzten Ereignissen erzählen konnte. Die Art und Weise, wie er darauf reagierte, erinnerte mich an die Gelassenheit buddhistischer Mönche. Dementsprechend hörten sich auch seine Ratschläge an:

»Wenn du nicht in der Lage bist, eine Lösung zu finden, wird sich das Leben darum kümmern. Du musst nur loslassen können, denn dein Verstand und deine Möglichkeiten haben ihre Grenzen.«

»Woher bekomme ich dann die Kraft, die ich jetzt brauche?«

»Wenn du loslässt, kommt die Kraft, die du bisher mit deinem Denken blockiert hast. Das heißt nicht, dass du dir keine Gedanken machen sollst, denn die haben ihre Berechtigung, aber eben auch ihre Grenzen. Wende dich in Paris zuerst an die Polizei, auch wenn sie dir in Berlin bisher keine Auskunft geben konnte! Schau auch bei Maries Wohnung vorbei, ob ihr Name noch am Eingang steht! Besuche die Tangolokale und erkundige dich nach ihr! Mehr kannst du nicht tun. Aber es ist richtig, alles versucht zu haben. Das Leben wird dir zeigen, was letztendlich eintreten wird – auch was Lore anbelangt.«

Plötzlich kamen die Erinnerungen an meine Fragen hoch, die ich mir im Kölner Dom gestellt hatte. Ich musste feststellen, dass ich bislang darauf noch keine

Antwort erhalten hatte – oder vielleicht doch, sie aber als solche nicht erkannt habe. Olaf hatte recht, wenn er sagte, der Verstand habe seine Grenzen, ich solle loslassen und in mein Schicksal vertrauen. Ich versuchte, diese Erkenntnis zu verinnerlichen. Und auf einmal war sie wieder da, diese Stille, kraftvoll, alles durchdringend, nicht innen, nicht außen, immer da, stets bereit für mich, wenn ich mich für sie öffnete.

6.

Paris im August

Kaum waren ein paar Wochen vergangen, saß ich wieder im Zug nach Paris, diesmal um Marie zu suchen. Ich hatte vor, die Polizeistation neben meinem Hotel aufzusuchen, um mich nach dem aktuellen Stand der Ermittlungen zu erkundigen. Ich wollte bei Maries Wohnung vorbeischauen, einfach so, sie könnte ja wieder zuhause sein, obwohl ich nicht daran glaubte. Die wohl letzte Möglichkeit, die mir noch blieb, war, mich auf den Pariser Milongas nach ihr zu erkundigen.

Wie immer, wenn ich mich in Paris aufhielt, wohnte ich im selben Hotel, in der Nähe des Gare de l'Est.

Noch am gleichen Abend, es war ein Donnerstag, machte ich mich voller Tatendrang auf den Weg, um mit meiner Suche nach Marie in der Milonga *El Colectivo* zu beginnen. Nachdem ich mich in meinem Hotelzimmer eingerichtet hatte, ging ich zu Fuß bis zur Metrostation »République«. An diesem Knotenpunkt vieler Metros braucht es eine gute Orientierung, um die richtige Linie zum Bestimmungsort zu finden.

Ich nahm die Linie 3 in Richtung »Mairie des Lilas« und stieg an der Haltestelle »Jourdain« aus. Diese liegt im Osten von Paris. Die Gegend um die Metrostation, ganz in der Nähe befinden sich eine Kirche und gut besetzte Straßencafés, hat ein gewisses Flair. Sie ist für Pariser Verhältnisse ziemlich hügelig. Mit Hilfe des ausgehängten Plans der näheren Umgebung fand ich schnell zur Rue des Rigoles. Alleenbäume säumten meinen Weg bis zum Place des Grandes-Rigolets. Danach wurde es eher nüchtern. In einem tristen Wohngebiet fand ich die gesuchte Adresse.

Das *El Colectivo* war in einer Tanzschule untergebracht. Den netten jungen Frauen am Eingang, bei denen ich den Eintritt und mein Getränk bezahlte, zeigte ich das Foto von Marie, doch sie konnten sich nur schwach an sie erinnern. Jedenfalls sei sie in den letzten Wochen nicht hier gewesen, so die Auskunft. Ich ließ mich davon nicht entmutigen und ging nach hinten in den Tanzsaal. Eine Milonga, in der nicht deutsch gesprochen wird, ist für mich immer eine Herausforderung. Doch diesmal hielt das Schicksal eine nette Überraschung für mich bereit. Denn als ich Catherine, eine sympathische, wenn auch ungestüme Tänzerin, aufforderte und mich als Berliner vorstellte, sprach sie überraschenderweise deutsch mit mir, gefärbt von einem herrlichen französischen Akzent. Sie hatte ein paar Jahre zuvor in Leipzig gelebt. Leider kannte sie Marie nicht, als ich ihr das Foto zeigte. Inzwischen hatte ich meinen Platz auf der untersten der treppenförmig übereinander angeordneten Sitzstufen nahe dem Eingang gefunden. Links neben mir saßen zwei Italienerinnen aus Bologna. Ihnen zeigte ich das Foto nicht, genoss aber die Tänze mit ihnen. Die Sitznachbarin zu meiner Rechten hieß Monique – unser gemeinsames Schicksal bestand aus einer Milonga-Tanda. Jetzt kam ich endlich wieder in den Genuss einiger »oh, là, là«, diesmal in einer tieferen Stimmlage. Recht gut überstanden wir unsere Tanzrunde. Abschließend meinte sie »You are a brave man«. Es war frustrierend, auch Monique kannte Marie nicht, aber sie zeigte auf eine Gruppe von Argentiniern. »Frag doch sie! Die kommen schon lange hierher und müssten sie kennen, falls sie schon einmal hier gewesen ist.« Diesem Rat wollte ich folgen, wartete aber noch etwas ab.

Gegen halb zwölf kamen dann die guten Tänzer. Ich schaute ihnen fasziniert beim Tanzen zu und genoss die Art und Weise, wie sie mit perfekt gesetzten Schritten und korrekter Haltung den Tango Argentino zelebrierten. Selbstbewusst gaben sie sich auch außerhalb der Tanzfläche, umringt von den jungen Schönen der Pariser Tangoszene. Ich selbst tanzte eine verkorkste Vals-Tanda, musste danach ewig lang meinen Pulli suchen, der hinter eine Sitzstufe gerutscht war. Ich wollte gerade aufbrechen, als mir die Argentinier einfielen, die ich noch nach Marie fragen wollte. Einige befanden sich auf der Tanzfläche – zu den andern, die miteinander plaudernd herumstanden, gesellte ich mich. Ich schob mich an den jungen hübschen Tänzerinnen vorbei, fragte einen von ihnen auf Englisch »Do you know her?« und zeigte ihm Maries Foto.

»Why do you ask me?«

»She's the girlfriend of Paco, both are friends of mine«, log ich.

»I haven't seen them for weeks. How can I help you?«

»On which Milongas could I find them?«

»I don't know, I only dance at this location.«

Das genügte, mehr war aus diesem zurückhaltenden Typen nicht herauszubekommen. Frustriert verließ ich die Milonga in Richtung Metrostation. Eine der Italienerinnen schaute mir bedauernd nach, wir hatten gute

Tänze miteinander. Ich deutete auf meine Uhr, als Zeichen, dass ich leider gehen musste.

Auf der Rückfahrt verließ ich die Metro am falschen Ende des großflächigen Place de la Republique, was den Spaziergang zu meinem Hotel erheblich verlängerte. Aber das spielte für mich keine Rolle mehr, denn für den heutigen Abend wünschte ich mir nur noch ein hochprozentiges Getränk. So entschied ich mich, vor dem Schlafengehen noch mein Lieblingsbistro aufzusuchen.

»Bonsoir Paul. Schön, dass du wieder in Paris bist! Wo ist Marie?«

Solch eine Simone wie hier hätte ich gerne in allen Städten, in die ich regelmäßig komme. Doch sie ist ein Unikat, genauso wie Marie, von deren Verschwinden ich ihr erzählte, nachdem sie vorher ein paar Gäste bedient hatte. Doch nun nahm sie sich Zeit für mich.

Simone, Mitte dreißig, mit langen, braunen und zurückgesteckten Haaren, war sichtlich betroffen von unserer Geschichte und reagierte mit einem von Herzen kommenden Mitgefühl. Deshalb verstand sie auch meinen Wunsch nach etwas Hochprozentigem. Sie zählte alle Getränke mit höherem Alkoholanteil auf. Grappa oder Ouzo, die ich normalerweise bevorzuge, standen leider nicht zur Verfügung – dafür aber Himbeerschnaps. Diesen Begriff verstand ich und nickte. Er war stark und teuer, erfüllte aber seinen Zweck. Das aufmunternde Lächeln von Simone tat mir ebenfalls gut, als sie mir das Glas hinstellte.

»Santé!« Es blieb nicht bei diesem einen Himbeergeist, denn der Alkohol tat mir im Moment gut, auch wenn er kein bisschen zur Lösung meines Problems beitragen konnte. Ich dachte nur »Jetzt ist jetzt!« und verfiel ins Grübeln.

Was braucht der Mensch eigentlich? Zuwendung, Anerkennung, Liebe, Freiheit, Zuversicht, Erfüllung. Suchte ich das? Ohne Zweifel! Aber konnte mir die Beziehung mit Marie das alles bieten? Oder gab es noch mir bisher unbekannte Seiten in unserer Beziehung, die sich dieser Anspruchsliste entgegenstellten?

Die Promille in meinem Blut relativierten sämtliche Versuche, Antworten auf eben diese Fragen zu finden, indem sie meine geistigen Aktivitäten von Minute zu Minute in zunehmendem Maße lähmten.

Als ich nach Mitternacht in meinem Hotel ankam, verfluchte ich einmal mehr die Tatsache, dass kein Aufzug vorhanden war und ich mich in die dritte Etage hinaufquälen musste. Ich legte meine Sachen nicht wie gewohnt auf den einzigen Stuhl im Zimmer, sondern ließ sie einfach auf den Boden fallen.

Meinen schmerzenden Kopf behandelte ich am nächsten Morgen mit einer Schmerztablette. Allerdings sollte so nicht gerade jeder meiner Pariser Tage enden.

Für heute wünschte ich mir ein Erfolgserlebnis. Während des Frühstücks machte ich mir Gedanken, wie ich weiter vorgehen könnte. Allzu viele Möglichkeiten gab es ja nicht mehr, eigentlich blieben mir nur noch zwei: Bei der Polizeistation nebenan vorbeizuschauen, vor der mich Paco im Juni mit dem Messer erstechen wollte, und er – Gott sei Dank – nach missglücktem Versuch festgenommen wurde. Die andere war, zu Maries Wohnung zu gehen. Stand ihr Name noch auf dem Klingelschild?

Und was würde geschehen, wenn ich bei ihr klingelte? Nach diesen Versuchen würde mir nur noch der Zufall helfen können.

Währenddessen frühstückte ich und zerstreute mich mit Blicken auf die hübsche Rezeptionistin, die mir einen zweiten Kaffee brachte, und auf den Fernseher, der mir die Nachrichten von »France 2« präsentierte.

Vielleicht hatte ich Glück und der Polizist aus dem Elsass, der im Juni nach Pacos Überfall auf mich dolmetschte, hatte gerade Dienst.

»Bonne journée, Madame« wünschte ich der Dame an der Rezeption. Dasselbe wünschte sie mir auch mit einem charmanten Lächeln, das mich für das Fehlen des Aufzugs entschädigte. Schade, am Nachmittag würde sie von ihrem Kollegen abgelöst werden.

Und siehe da, als ich nach wenigen Schritten in die Polizeistation kam, entdeckte ich ihn – er saß an seinem Platz.

»Monsieur Hittinger, bonjour, können Sie sich noch an mich erinnern?«

»Ah, der Herr aus Berlin. Wie geht es ihnen? Sind sie auf der Suche nach Ihrer sympathischen Freundin? Setzen Sie sich doch!« Seine Hand machte eine einladende Bewegung.

Ich setzte mich auf den Stuhl auf der anderen Seite seines Schreibtisches und erzählte ihm, was sich in der Zwischenzeit ereignet hatte.

»Ich erinnere mich, die Kollegen vom Quai des Orfèvres haben vor ein paar Wochen die Akten vom damaligen Fall angefordert. Leider kann Kommissar Maigret diesen Fall nicht mehr übernehmen.« Er lachte schallend über seinen Witz, bis er sich an die Ernsthaftigkeit meiner Situation erinnerte, seine Lippen schloss und die Mundwinkel senkte.

»Wir haben übrigens herausgefunden, dass diese drei Freunde von Paco keine Landsleute von ihm sind, sondern Arbeitskollegen aus der Spedition. Das ist die einzige Spur, die wir haben und dieser werden die zuständigen Kollegen auch nachgehen. Ich werde mit ihnen telefonieren und nachfragen.

Kommen Sie doch morgen früh noch einmal vorbei! Vielleicht habe ich dann etwas für Sie.«

Mit diesem angebotenen Wurstzipfel, der vielleicht einen Hund locken konnte, aber nicht mich, verabschiedete sich Hittinger von mir. Ich war so schlau wie zuvor. Nun blieb mir nur noch eine Möglichkeit, nämlich Maries Wohnung aufzusuchen.

Diese Strecke kannte ich im Schlaf. Von der Station »Château d'Eau« mit der Linie 4 zum Gare du Nord, dann umsteigen. Als ich am Metroausgang »Luxembourg« die Treppen hinaufstieg und die Umgebung vor mir lag, in der ich im Juni die glücklichsten Tage und Nächte meines Lebens mit Marie verbracht hatte, konnte ich meinen Erinnerungsschmerz nicht mehr zurückhalten, der bislang durch meine Aktivitäten verdrängt worden war.

Ich entschied mich, dieses Vorhaben forsch anzugehen. Als ich losging, blieb ich erst mal auf der Seite des Parks, bis ihre Wohnung vis-à-vis vor mir lag. In meiner Fantasie sah ich Marie, wie sie bei geöffnetem Fenster auf dem Sims lehnt und mir zuwinkt, ich solle doch hochkommen. Das wäre der Idealfall gewesen. Doch heute war nicht der Tag für solche Glücksmomente und ich ging die letzten Schritte über die Straße zu ihrem Hauseingang.

»M. Augier« immerhin! Jetzt wollte ich es wissen und drückte entschlossen den Klingelknopf. Einmal, zweimal, dreimal – und immer lang anhaltend. Nichts, keine Reaktion! Ich wartete lange fünf Minuten vor ihrer Tür und gab mit einem Gefühl der Hoffnungslosigkeit auf.

Alle meine Versuche, Marie auf meine Art und Weise zu finden, blieben erfolglos. Eigentlich hätte ich heute noch nach Hause fahren können. Doch ein allerletzter Strohhalm blieb mir noch: mein morgiges Treffen mit Inspektor Hittinger.

Auch wenn meine Strategie nicht von Erfolg gekrönt war, so wollte ich doch gerne noch ein wenig in der Nähe von Maries Wohnung bleiben. Wo auch immer sie sich momentan befand, hier fühlte ich mich ihr am nächsten. Ich ging nebenan ins *Le Rostand*, eine Brasserie, die wir öfter gemeinsam besucht hatten.

»Kaffee wie immer?« Das gefiel mir. Der elegant gekleidete Garçon erkannte mich wieder.

Ich wollte Lore, meiner lieben WG-Mitbewohnerin, einen Brief schreiben und bat den Garçon um ein Blatt Papier und einen Kugelschreiber. Zwar befand sich Lore zu diesem Zeitpunkt mit ihrer Freundin Anita auf Urlaubsreise am Bodensee und würde erst ein paar Tage später als ich zurückkommen, doch ich brauchte jetzt jemanden, dem ich mich mitteilen konnte. Als mich meine Mutter an Weihnachten in Berlin besucht und damals auch Lore kennengelernt hatte, gab sie mir den Rat: »Die Lore wäre eine gute Frau für dich, sie hat alles, was ein Mann braucht und sie mag dich. Sowas spürt eine Mutter. Lass sie nicht zu lange warten!« An diesen Rat erinnerte ich mich jetzt und aus diesem Gefühl heraus schrieb ich ihr.

Während einer Schreibpause legte ich schwungvoll meinen Kugelschreiber auf der glatten Oberfläche des runden Bistrotisches ab. Ich merkte zunächst gar nicht, dass er rollte und rollte, über die Tischkante kippte, auf den Boden fiel, weiter rollte und erst durch den hohen Absatz eines weißen Schuhes, rechts neben mir, gebremst wurde. Es war der Schuh einer hübschen Frau, die am Tisch neben mir saß. Reflexartig bückten wir uns beide gleichzeitig, um ihn aufzuheben. Der Zufall wollte es, dass unsere Köpfe heftig zusammenstießen.

»Oh! Sorry, pardon, das wollte ich nicht«, folgte spontan meine dreisprachige Entschuldigung. Wir hielten beide unsere Köpfe. Sie schaute mich vorwurfsvoll an, unsere Augen begegneten sich auf kürzester Distanz. Grüngrau die ihrigen, blau die meinen. Diese Augen gehörten einer attraktiven Frau: dunkelblondes, langes und offenes Haar, weißes Sommerkleid, Ende dreißig, Anfang vierzig.

»Sie sind mir so einer. Wenn das keine Absicht war!« Sie hatte bereits mitbekommen, dass ich Deutscher bin. Und ich hörte wiederum am Klang ihrer Sprache, dass sie aus der Pfalz stammen musste. Paris schien für mich ein gefährliches Pflaster zu sein, die Nationalitätensammlung meiner Widersacher erweiterte sich um eine Deutsche. Das Blatt wendete sich allerdings schnell und die Antipathie des ersten Moments schlug in gegenseitige Sympathie um.

»Ich heiße Conny und bin aus Bad Dürkheim,« stellte sie sich vor.

»Paul aus Berlin. Als der Ältere von uns beiden schlage ich vor, dass wir uns duzen. Okay?« Conny, die unkomplizierte Pfälzerin, nickte zustimmend und wir gaben uns die Hände.

»Was machst du hier, Urlaub oder arbeiten?« Sie begann mit den üblichen Floskeln der klassischen Konversation.

Ich spielte nur zu gerne mit und bemerkte mit routiniertem Blick, dass sie keinen Ehering trug.

»Ich verbringe ein paar Tage in Paris und fahre übermorgen wieder zurück.« Den wirklichen Grund meiner Reise behielt ich für mich. »Und du?«

»Ich mache hier in einer Klinik eine sechswöchige Fortbildung. Nächste Woche ist sie vorbei.«

»Schade?«, fragte ich neugierig.

Conny überlegte …

»Irgendwie schon, zu Hause lerne ich in den Cafés kaum interessante Männer kennen.« Sie lächelte spitzbübisch und ich fing den Ball auf.

»Darf ich mich angesprochen fühlen oder meinst du speziell die französischen Männer?« Ich wollte schnell auf den Punkt kommen.

»Wer weiß?« Sie wollte es mir nicht direkt sagen, doch ich wollte es wissen.

»Möchtest du heute Abend mit mir ausgehen?« Ich blickte entschlossen in ihre grüngrauen Augen, worauf sie laut zu lachen anfing. Lachen und nein sagen, passt das? Ich war gespannt, gab mich aber locker.

»Paul, Paul, bist du immer so schnell?«

»Mhm, ich habe nicht mehr viel Zeit, übermorgen fahre ich zurück.«

»Wäre es schlimm, wenn wir uns nicht mehr sehen würden?«

»Ja, sehr schlimm!« Meine Mimik unterstrich die Wichtigkeit meiner Aussage.

»Du Charmeur! Gut, wenn du so lange warten kannst, bis ich Feierabend habe. Mein Dienst beginnt gleich und er geht bis neun. Anschließend nach Hause fahren und das tun, was Frauen tun, bevor sie ausgehen.«

»Du machst dich schön für mich?«

Statt zu antworten stand sie lächelnd auf und gab mir ein Küsschen auf die rechte Wange.

»Gegen halb zehn, hier im *Rostand*?« Ohne auf meine Antwort zu warten, verließ sie mit diesem typischen eleganten Gang einer High-Heels-Trägerin das Café. Was für ein starker Abgang! Mit begehrlichen Blicken schaute ich ihr nach, bis der letzte Zipfel ihres weißen Kleides um die Ecke verschwunden war.

Conny ging nach links – Maries Wohnung lag rechts von mir. Es fiel mir schwer, meinen Kopf nach rechts zu wenden, denn ich hatte ein schlechtes Gewissen. Ich flirte hier in ihrer Nachbarschaft auf Teufel komm raus, und das, obwohl Marie vermisst wird. Was bin ich denn für ein Mensch?

Welch eine Frage, ich kannte mich doch. Ich möchte mich nicht als jemanden bezeichnen, der Unangenehmes verdrängt oder gar oberflächlich ist, auch wenn meine Lebensphilosophie durchaus in diese Richtung geht, nämlich möglichst problemfrei durchs Leben zu kommen. Dies wird mir allerdings nicht immer gestattet. Meine Lebenseinstellung änderte sich, nachdem sich meine Frau von mir getrennt hatte. Ich selbst sehe mich als Stehaufmännchen und als einen, der kämpfen kann – nach einer kurzen Phase des Durchhängens. Mit diesen Einsichten konnte ich meine Schuldgefühle etwas relativieren.

Ich steckte den nicht zu Ende geschriebenen Brief an Lore in die Tasche.

Allmählich bekam ich Hunger, den wollte ich mit einer kleinen Mahlzeit im Bistro in der Nähe meines Hotels stillen. Simone hatte frei, sodass ich in aller Ruhe essen konnte. Danach meldete sich mein Bedürfnis nach einem Mittagsschläfchen. Im Hotel angekommen schaffte ich mit letzten Kräften die drei Stockwerke hinauf zu meinem Zimmer.

Es waren noch so viele Stunden bis zu meiner Verabredung mit Conny, daher wollte ich diese Wartezeit schlafend verkürzen. Ob ich ihr heute Nacht die Open Air Milonga an der Seine zeigen und den Tango Argentino schmackhaft machen soll? Denn heute Abend hatte ich vor, an die Quais der Seine zum Tanzen zu gehen. Irgendwann befreite mich der Schlaf von meinen Gedanken.

Als mich der Wecker schlagartig in die Gegenwart zurückholte, realisierte ich, dass ich mich in Paris befand. Und kurz darauf fiel mir alles wieder ein – auch Conny, mit der ich mich verabredet hatte. Dieser Gedanke war ein Wachmacher, der sich mit einer ausgiebigen Dusche und einem Glas Champagner noch verstärken sollte. Für den Fall, dass wir die Open Air Milonga besuchen würden, zog ich meine schwarze, weit geschnittene Tangohose an, dazu ein kurzarmiges weißes Hemd. Ich wusste zwar nicht, was sie tragen würde … doch das dürfte passen. Noch ein Glas Champagner und ein Sandwich dazu, besser konnte ich nicht vorbereitet sein.

Es wurde Zeit aufzubrechen. Ich ging zur nahegelegenen Metrostation. Auf dem Weg dorthin sah ich immer einen Schwarzafrikaner, der unter einem Regenschirm auf einer Decke lag und eine Zigarre paffte. Auch jetzt war er wieder oder immer noch da, stolz wie ein König auf seinem Diwan liegend. Im letzten Winter jedoch vermisste ich ihn, er hatte sein Quartier wohl anderswo aufgeschlagen.

Pünktlich brachte mich die Metro zum Verabredungsort. Conny war noch nicht da, so ging ich ein paar Schritte weiter bis zu dem Haus, in dem sich Maries Wohnung befand. Wie erwartet brannte kein Licht. Ich drückte einige Male auf den Klingelknopf – doch es tat sich nichts.

Conny und ich begegneten uns vor dem Café. Wie selbstverständlich umarmten wir uns.

»Du siehst schick aus«, lobte sie mich von oben bis unten betrachtend. Ich tat automatisch dasselbe bei ihr und war sprachlos. Conny trug ein kurzes, enges, schwarzes Kleid mit dezentem Blümchenmuster und hochhackige schwarze Pumps. Eine schwarze Lederhandtasche vervollständigte ihr geschmackvolles Outfit. Ihre Haare waren zu einem Nackenknoten zusammengesteckt. Durchaus – sie hatte Geschmack und Stil!

»Du sagst gar nichts. Gefalle ich dir etwa nicht?« Jetzt wollte sie aber etwas von mir hören.

»Tut mir leid, ich kann nicht, mir fehlen die Worte.«

Das ist eine typische Art von mir, Komplimente zu machen.

»Die Berliner Schnauze findet keine Worte, und ich dachte, ich bekomme ein schönes Kompliment von dir.« Sie spielte die Enttäuschte, die gleich wieder umdrehen wollte.

»Hey, du bist zum Fressen schön, aber damit werde ich noch ein bisschen warten.« Dafür bekam ich doch noch ein Küsschen.

»Was hast du da in deiner Tasche?«

»Tangoschuhe!«

»Möchtest du mit mir tanzen gehen?« Sie hatte mit dem üblichen Programm wie zum Essen ausgehen gerechnet.

»Ja, begleite mich bitte! Ich will dir etwas Besonderes zeigen.«

Die neugierige Conny willigte ein und wir gingen zur nahen Metrostation. Nur einmal mussten wir umsteigen in Richtung Gare d'Austerlitz.

Es war bereits dunkel, als wir uns auf den Weg an die Seine machten, um die Milonga zu suchen. Ich kannte diese Uferseite noch nicht. Der holprige Weg war für Connys Schuhe eine Herausforderung.

»Darf ich?« Ohne auf mein *Ja* zu warten, hängte sie sich bei mir ein. So gingen wir Arm in Arm weiter. Welch ein prickelndes Gefühl, diese attraktive Frau zu spüren. Innerlich lächelnd erinnerte ich mich an die ersten Minuten im Café, als sie mich regelrecht ignoriert hatte.

Die ersten paar hundert Meter an der Seine entlang deuteten in keiner Weise darauf hin, dass hier irgendwo eine Milonga stattfinden würde. Doch auf einmal durchdrang Musik den Geräuschpegel des Pariser Abendverkehrs. Meine Ohren lauschten angestrengt, hörten jedoch keine Tangomusik. Als dann auch noch meine Augen feststellten, dass hier kein Tango getanzt wurde, zogen wir erst mal weiter. Nur wenige Meter später erschien eine Ausbuchtung, halbkreisförmig, umrahmt von Steinstufen, was an ein Mini-Amphitheater erinnert.

Wir waren angekommen und schauten von oben hinunter auf die vollbesetzte Tanzfläche. Auch die Ränge waren gut besetzt, sodass wir Mühe hatten, noch zwei Plätze für uns zu finden. Conny blieb immer noch eingehakt und drückte ihren Körper an meinen.

»Das ist aber nicht der Tango, den ich kenne.«

»Ja, das ist noch die ursprüngliche Form, der Tango Argentino.«

»Das gefällt mir, der Tanz wirkt sehr intim. Leider kann ich ihn nicht tanzen. Wie schade! Fordere doch jemand auf, damit ich sehen kann, wie gut du tanzt!« Sehr großzügig von ihr – Respekt!

Ich schaute mich um, welche Tänzerin ich wohl auffordern könnte.

»Schau, dort drüben, die ist hübsch, und sie trägt auch noch ein schönes Kleid!« Conny deutete unauffällig mit ihrem Zeigefinger nach rechts. Diese Tänzerin gefiel mir auch. Ich betete: »Bitte gib mir keinen Korb!«

Ich wartete auf die nächste Tanda, stand auf, schlängelte mich zwischen den Sitzreihen hindurch und forderte durch Kopfnicken die von uns Auserwählte auf.

Glück gehabt! Sie lächelte, nickte und erhob sich. Als wir uns auf der Tanzfläche gegenüberstanden, sagte ich mein übliches Sprüchlein, nämlich dass ich englisch sprechen würde und aus Deutschland käme. »I also speak English and I'm from here«, lautete ihre Antwort.

Wenn mir bewusst ist, dass ich beobachtet werde, tanze ich besser – und ich wurde beobachtet. Conny war fasziniert von diesem Tanz, vor allem auch neugierig, welche Figur ich dabei machen würde. Schon nach den ersten Schritten merkte ich, dass mir meine Tanzpartnerin mühelos folgen konnte. Nur, wir hatten bei diesem Gedränge auf der Tanzfläche wenig Platz, um uns entfalten zu können. So musste ich mich zügeln, mich sozusagen auf das Wesentliche reduzieren und die Spannung auch beim Innehalten aufrechterhalten.

»Du tanzt einfach toll! Sehr beeindruckend dieser Tango Argentino!« Begeistert empfing mich Conny, als ich zu ihr zurückkehrte.

»Ich bin übrigens auch zum Tanzen aufgefordert worden, musste aber dem netten Herrn leider einen Korb geben.« Ein Kompliment für sie, das ihre Stimmung noch mehr hob. Mit dem ersten Teil des Abends schien sie zufrieden zu sein. Aber ich wollte hier nicht ewig mit ihr verweilen. Wohin konnten wir noch gehen, am besten zu Fuß? Bis zum Quartier Latin würde Conny es eventuell mit ihren Schuhen schaffen.

Ein letzter Blick auf die Tanzenden, auf die Seine, in der sich die Lichter von der gegenüberliegenden Seite her spiegelten, und auf die Boote, die festlich beleuchtet und nahezu lautlos vorbeizogen. Ein Anblick, vergleichbar mit Berlins Open Air Milonga am Spreeufer, vis-à-vis vom Bode-Museum. Hier in Paris hat man die Île St. Louis in Sichtweite, in Berlin ist es die Museumsinsel. Es herrschte eine ausgelassene Stimmung am Seine-Ufer, an vielen Plätzen wurde getanzt. Wir beide staunten, wie ausgelassen die Franzosen den Rock 'n' Roll tanzten. Auf dem Weg zum Place St. Michel begegneten und überholten uns immer wieder Lichterfahrt- und Paris-bei-Nacht Busse. Während die Pariser im August die Stadt verlassen, strömen die Touristen hinein.

Conny griff nach meiner Hand, denn auf den Gehsteigen brauchte sie mich als Stütze nicht mehr, wohl aber den Körperkontakt, genauso wie ich auch. Zeitlich etwas verzögert erfüllte sich nun das, was sie sich für diesen Abend eigentlich erwartet hatte – wir gingen in ein Restaurant. Am Place St. Michel, unweit der Notre Dame, setzten wir uns in die Brasserie La Gentilhommière, die uns mit ihrer orangefarbenen Beleuchtung magisch anzog.

»Ich möchte dir nachher noch das Quartier Latin zeigen, das in den Wochen, seitdem ich hier bin, mein Viertel geworden ist. Hier kaufe ich ein und hier ist auch mein Stammlokal. Doch jetzt habe ich einen Riesenhunger!«

»Schön, dann bist Du also nachher meine Reiseleiterin! Aber jetzt lade dich erst mal zum Essen ein.

D'accord?«

Conny bestellte den »Salade Niçoise«, ich den Thunfischsalat.

Beim Dessert »Mousse au Chocolat« waren wir dann wieder auf einer Linie. Wir beide verstanden uns blendend, wir hatten dieselbe Wellenlänge und die Chemie zwischen uns stimmte. Unser Essen schmeckte vorzüglich. Die Zeit schien stehengeblieben zu sein. Ein gelungener Abend – was wollten wir mehr? Bis es in ihrer

Handtasche piepste. Hektisch suchte sie nach ihrem Handy.

»Entschuldige mich bitte, ich muss die Klinik zurückrufen.« Ihre Stimme hatte diesen erotischen Klang, als sie in fließendem Französisch in ihr Handy sprach. Doch während des Gesprächs veränderte sich ihr Gesichtsausdruck.

»Es tut mir so leid, in der Klinik haben sie einen Notfall. Ein Problem mit einer neuen Patientin, deshalb muss ich sofort hinfahren. Das ist Teil meiner Fortbildung. Es tut mir leid, ich habe mich so auf unseren Abend gefreut. Rufst du mich morgen an?« Sie griff nochmals in ihre Handtasche, zog ihre Visitenkarte heraus und gab sie mir. Nach ein paar Küsschen schlängelte sie sich mit eleganten Schritten um Tische und Stühle herum eilig dem Ausgang zu. Sie drehte sich noch einmal um, winkte mir zu und stieg in das vorderste der bereitstehenden Taxis ein. Wieder ein toller Abgang, auf den ich allerdings gerne verzichtet hätte. Ich bestellte ein weiteres Glas Vin Rouge, blieb noch eine halbe Stunde lang sitzen und ließ den Tag Revue passieren. Dann wurde es Zeit zu gehen, um noch die letzte Metro zu erreichen. Vor mir auf dem Tisch lag Connys zurückgelassene Visitenkarte. Ich nahm sie in die Hand und las:

Dr. Cornelia Ahrendt
Psychologin

Die Überraschung war perfekt, denn ich hatte sie eher für eine Krankenschwester gehalten. Sorry, Conny!

Morgen werde ich dich anrufen. Ich verlangte die Rechnung und fuhr mit der letzten Metro zurück in mein Hotel.

7.

Irgendwo auf dem Lande südlich von Paris

Rue de Médicis, an einem Spätnachmittag. Schon seit mehr als einer halben Stunde stand der Lkw einer Spedition auf dem Parkplatz vor Maries Hauseingang. Drei Männer saßen schweigend, zugleich aber auch aufmerksam in der Fahrerkabine des Lasters. Der mittlere von ihnen beobachtete die Passanten, die von vorne kamen, die beiden außen Sitzenden starrten in die Rückspiegel. Eine Absprache war nicht mehr notwendig, denn ihre Vorgehensweise für die bevorstehende Aktion hatten sie bis aufs kleinste Detail geplant. Sie warteten auf Marie Augier.

»Da ist sie, sie kommt gerade um die Ecke! Geht schnell auf eure Posten!« Der Mann auf der Fahrerseite hatte sie im Rückspiegel entdeckt. Wie sie in den Tagen zuvor beobachtet hatten, fuhr Marie stets nach Feierabend mit der Metro nach Hause. Manchmal erledigte sie noch Einkäufe, dann wurde es schon mal später. Sie nahm auch heute den Metroausgang »Luxembourg«.

Der Weg zu Maries Wohnung führte entlang des Jardin du Luxembourg, parallel zu einer von Platanen gesäumten Straße. Den beiden Männern blieb lediglich eine Minute Zeit, um die hintere Tür des Lasters zu öffnen. Währenddessen ging der dritte auf den Hauseingang zu und tat so, als ob er einen Namen am messingfarbenen Klingelschild suchen würde.

»Excusez-moi, sind Sie Madame Augier?«, fragte der

Mann freundlich, als Marie an der Haustür ankam und den Hausschlüssel in ihrer Handtasche suchte. Marie nickte.

»Wir sind von einer Spedition und haben eine Lieferung für Sie.« Er deutete zum Lastwagen hin.

»Es tut mir leid, aber ich erwarte keine Lieferung. Was soll es denn sein?«

»Wenn Sie bitte mitkommen würden, dann können wir das klären«, meinte der etwas untersetzte und breitschultrige Mann mit dem spärlichen Haarwuchs.

»Kommen Sie bitte mit!« Er ging zur Rückseite des Lasters, während er Marie mit der Hand winkte, sie möge doch nachkommen. Zögernd folgte sie ihm. Die beiden anderen waren in der Zwischenzeit auf die Ladefläche gestiegen und schoben gemeinsam einen großen, schweren Karton nach vorn.

»Sehen Sie, hier steht als Adressat Ihr Name.« Marie beugte sich etwas vor, um besser lesen zu können. In diesem Moment umfasste sie der Breitschultrige mit seinem kräftigen linken Arm von hinten; mit seiner rechten Hand drückte er ihr einen mit Chloroform getränkten Lappen aufs Gesicht. Maries heftige Gegenwehr erstarb innerhalb von Sekunden und die drei Männer, alle in professionelle blaue Overalls gekleidet, kippten sie mit geschickten Bewegungen über die Laderampe. Dies geschah so schnell und unauffällig, dass es weder von Passanten noch von vorbeifahrenden Autofahrern bemerkt wurde. Während sich der Breitschultrige, er schien der Chef des Trios zu sein, ans Lenkrad setzte, verschlossen die beiden anderen die hinteren Türen von innen und setzten sich neben die bewusstlose Marie.

Der Lastwagen fuhr im zähen Abendverkehr die Strecke über den langen Boulevard Raspail bis zur Porte d'Orléans, bog auf die Peripherique in Richtung Gentilly ab und nahm kurz darauf die Abfahrt zur A 6 in Richtung Süden. Es herrschte immer noch Feierabendverkehr, sodass die Entführer nur stockend vorankamen.

Endlich wurde die Abfahrt Milly-la-Forêt angezeigt. Von hier waren es nur noch wenige Kilometer bis zu dem Gehöft, in das sie Marie bringen wollten. Links und rechts der Straße hätte der Fahrer ausgedehnte Sonnenblumenfelder sehen können, die immer wieder durch Mischwaldhaine unterbrochen wurden – doch dafür hatte er in dieser Situation keine Augen. Sie waren nicht mehr weit vom Ziel entfernt, als sich der Verkehr einmal mehr staute.

Etwa hundert Meter vor sich sah der Fahrer Polizisten auf der Straße stehen und den Verkehr regeln. Hoffentlich suchen sie uns nicht, dachte er mit Unbehagen. Ursache für den Stau war ein Unfall. Doch bereits nach zehn Minuten konnte der Lkw unbehelligt weiterfahren. Kurz vor Milly-la-Forêt bog er rechts in einen unbefestigten Weg ein. Jetzt wurde die Fahrspur eng und holperig. Der Lastwagen kam immer dann ins Schlingern, wenn er von den tiefen Fahrspurrillen abkam. Zunächst ging es geradeaus, bis der Weg schließlich nach rechts abbog. Linker Hand breitete sich ein schier endloses Maisfeld aus, zur Rechten erhob sich ein undurchdringlicher Mischwald, der offensichtlich seit Jahrhunderten sich selbst überlassen worden war und kaum einen Sonnenstrahl durchdringen ließ. Einige Minuten später tauchte ein altes Gebäude auf – sie waren am Ziel angekommen.

Der Lastwagen hielt vor einem blau gestrichenen Tor. »ATTENTION AU CHIEN« verkündete ein kreisrundes Blechschild am Tor. Offensichtlich wusste der Fahrer, dieser Hund existiert nicht, denn er stieg aus und öffnete das unverschlossene Tor.

Er fuhr bis zur Längsseite des aus Naturstein erbauten Gebäudes – ein stummer Zeitzeuge des vergangenen Jahrhunderts. Der Verputz bröckelte überall. Efeu wuchs an verschiedenen Stellen die Wände hoch und klammerte sich an die Dachrinne. Das Ziegeldach war mit Moos überwuchert.

Der Fahrer hielt an, ging zur Laderampe und öffnete die Flügeltür.

»Wie geht es ihr, schläft sie noch?«

»Sie wird unruhig. Gut, dass wir endlich da sind!«

»Wartet, bis ich die Tür geöffnet habe!« Ein überdimensionaler Schlüssel, den er aus der Tasche zog, passte in das altertümliche Schloss der Kellertür. Diese befand sich im hinteren Teil des Gehöfts. Die massive Holztür klemmte und knarrte, als der Fahrer sie mit seiner kräftigen Schulter nach innen drückte. Er ging hinein, die Treppe hinunter in den Gewölbekeller und zündete die mitgebrachte Kerze an, denn Elektrizität gab es in diesem alten Gebäude nicht.

Gestern nach Feierabend war er schon einmal an diesem Ort gewesen, um alles Notwendige vorzubereiten: eine Matratze mit Kopfkissen und Laken, ein Handtuch, ein Löffel, ein Teller und eine Tasse. Außerdem noch zwei Rollen Toilettenpapier. Mehr Komfort war für Marie nicht vorgesehen.

Die Gehilfen des Breitschultrigen fassten Marie an den

Armen, er nahm ihre Beine. So schafften sie sie in das Verließ, legten sie auf der Matratze ab und deckten sie mit dem Laken zu. Auf dem Tisch daneben lag bereits eine Tupperdose mit Erbseneintopf, außerdem eine Eineinhalb-Liter-Flasche Eau Minérale .

»Mach ein Foto von ihr! Paco hat das verlangt«, sagte der Anführer zu einem der beiden.

Währenddessen kritzelte er ein paar Sätze für Marie auf ein Blatt Papier: »Du kommst hier nicht raus, aber wir versorgen dich täglich mit Essen und Trinken. Mehr brauchst du nicht! Du wirst genügend Zeit haben, darüber nachzudenken, was du Paco angetan hast.«

»Drückt ihr noch mal den Lappen kurz ins Gesicht, damit sie durchschläft! Seid aber vorsichtig und nehmt nicht so viel, das ist ein giftiges Zeug! Morgen früh wird ihr klarwerden, in welcher Situation sie sich befindet.«

Einer der Gehilfen blies die Kerze aus. Die drei verließen, ohne sich noch einmal umzudrehen, den Raum über die Steintreppe. Der Schlüssel drehte sich geräuschvoll im Schloss und Marie blieb gefangen zurück.

Ihr war zum Brechen übel, als sie durch heftige Kopfschmerzen aufgewacht war. Zögernd öffnete sie ihre Augen. Sie nahm verwundert und ungläubig wahr, dass sie sich in einer fremden Umgebung befand. Vorsichtig drehte sie ihren schmerzenden Kopf nach allen Seiten – was sie dabei sah, ließ sie erschauern. Sie lag auf einer Matratze inmitten eines düsteren Kellergewölbes. Behutsam erhob sie sich und entdeckte auf dem Tisch neben ihr die Nachricht. Doch weil ihr schwindlig wurde, ließ sie sich wieder, mit dem Blatt Papier in der Hand, auf die Matratze zurücksinken. Was sie da las, bestätigte ihre schlimmsten Befürchtungen: Sie war eine Gefangene – eine Gefangene ihres früheren Freundes Paco.

Ich muss hier raus, war Maries erster Gedanke, doch das Schwindelgefühl und der rasende Schmerz in ihrem Kopf hinderte sie daran, zur Tür zu gehen.

Die beiden Fenster im Raum waren mit Eisenstäben vergittert, sodass sie als Fluchtweg ausschieden. Die Tür über der Treppe war ganz sicher verschlossen, das war ihr klar. Seltsamerweise überfielen sie weder Panik noch Verzweiflung. Sie hatte ausschließlich rationale Gedanken, die sich mit der fast aussichtslosen Möglichkeit, fliehen zu können, beschäftigten.

Nur bruchstückhaft konnte sie sich an ihre Entführung erinnern, als sie von den drei Männern, die sich als Spediteure ausgegeben hatten, überwältigt worden war. Der untersetzte Mann mit dem spärlichen Haarwuchs war ihr noch am ehesten im Gedächtnis haften geblieben. Er hatte sie am Hauseingang angesprochen.

Marie bekam Durst. Immer noch vom Kopfschmerz geplagt stand sie vorsichtig auf und füllte ihre Tasse mit Wasser aus der Plastikflasche. Als sie sich nach einer gewissen Zeit sicherer fühlte, stieg sie vorsichtig die Treppe hoch, um festzustellen, ob die Tür tatsächlich verschlossen war. Und so war es.

An diesem Morgen wie auch an den folgenden Tagen wechselte ihre Stimmung zwischen deprimiert sein und kämpfen wollen.

Was hat Paco mit ihr vor und wie lange hat er die Absicht, sie hier festzuhalten? Überlegungen wie diese gingen ihr durch den Kopf. Wenn er sie freiließe, würde sie ihn anzeigen. Auf dieses Risiko konnte er sich nicht einlassen. Wollte er also auf Nummer sicher gehen, müsste er sie von seinen Gehilfen umbringen lassen. Um das zu verhindern, muss sie fliehen, andernfalls wird sie hier, an diesem Ort, sterben.

Aber Fenster und Tür standen als Fluchtweg nicht zur Verfügung. Falls es noch eine andere Möglichkeit geben sollte, würde sie sie finden. Dazu gehörte als allererstes, diesen Kellerraum genauestens zu untersuchen. Zunächst schaute sie durch die vergitterten Fenster nach draußen. Auf der einen Seite, rechts vom Eingang, sah sie eine bewachsene Mauer – dahinter eine Reihe von Bäumen, mit unzähligen Misteln bewachsen, die vielleicht eine Straße oder einen Fluss säumten. Auf der anderen Seite stand ein Schuppen, aus Natursteinen erbaut. Anscheinend befand sie sich im Keller eines verlassenen Gehöfts, weit abseits eines bewohnten Ortes. Später würde sie auf den Stuhl steigen und versuchen, durch die Fenster noch mehr von der Außenwelt wahrzunehmen. Vielleicht ließen sie sich sogar öffnen, sodass sie sich an Geräuschen orientieren und sich bemerkbar machen könnte.

Marie verspürte Hunger. Um diese Zeit hatte sie normalerweise längst ihr spärliches Frühstück, bestehend aus einem Croissant und Espresso, hinter sich. Sie öffnete die Tupperdose. Kalter Erbseneintopf. Es gab keine Möglichkeit, dieses Essen zu erwärmen, so würgte sie den unappetitlichen Eintopf hinunter, spülte den Behälter danach unter dem Wasserhahn ab und setzte sich zum Nachdenken auf den Stuhl.

Schließlich kam ihr Paul in den Sinn. Er würde sicher

alles versuchen, um sie zu finden. Dieser Gedanke gab ihr Hoffnung und eine neue Perspektive. Paul könnte die Polizei auf die Fährte von Pacos Kollegen bringen. Marie war sich inzwischen sicher, dass ihre Entführer in derselben Spedition wie Paco arbeiteten. Sie erinnerte sich an den Laster, zu dem der Breitschultrige sie gelockt hatte.

Marie machte sich auch Gedanken über ihren Tagesablauf. Sie würde diese endlos langen Tage strukturieren müssen, um nicht Gefahr zu laufen, sich hängen zu lassen. Marie kannte sich und wusste, sie würde immer wieder während der Zeit ihrer Gefangenschaft in ein Stimmungsloch fallen. Um das möglichst zu verhindern, nahm sie sich vor, ihre gewohnten Yogaübungen fortzusetzen und zu meditieren.

Nun aber wollte sie diesen Raum, in dem sie sich befand, aufs Genaueste untersuchen. Die Kämpferin, die in ihr steckte, wollte keine Möglichkeit zur Flucht ungenutzt lassen.

Matratze, Tisch und Stuhl befanden sich in der Mitte des Raumes auf einem gestampften Lehmboden. Sie schob die Matratze an die Wand, rechts vom Eingang – Tisch und Stuhl daneben, unter eines der Fenster. Nun hatte sie genügend Platz für ihre Übungen. Der Wasserhahn befand sich auf der gegenüberliegenden Seite. Eine Rinne im Boden verlief an der Wand entlang zur hinteren Ecke, in der sich ein Gulli befand. Sollte das etwa ihre Toilette sein? Sie müsste sich an die Wand lehnen, danach mit dem Wasserbehälter nachspülen.

An der hinteren Wand, gegenüber der Tür gelegen, fand Marie Gartengeräte wie Schaufel, Harke und Rechen, die an einem Gestell an der Wand aufgehängt waren, außerdem noch andere Gegenstände, die man für die Gartenarbeit benötigt.

Die Unterkante des Fensters befand sich in Kopfhöhe. Marie stieg auf den Stuhl, um mehr über die äußere Umgebung ihres Gefängnisses zu erkunden. Die Fensteröffnungen waren klein, quadratisch und mit Eisenstäben gesichert – zwei senkrecht, zwei waagrecht. Sie hatten einen Griff und ließen sich öffnen. So war es auf beiden Seiten. Marie öffnete beide Fensterflügel und lehnte sich auf die Fensterbank, die eine Tiefe von fast einem halben Meter hatte. Selbst als sie auf den Stuhl stieg und hinausschaute, konnte sie nicht viel mehr entdecken – nur Bäume, die in Reih und Glied eine Allee bildeten. Diese überragten die Mauer, die das Grundstück umgab. Möglicherweise säumten sie einen Weg oder ein Flussufer oder beides. Mehr war mit den Augen nicht auszumachen. So verlegte sie sich aufs Hören. Für eine Großstädterin wie sie war es hier draußen ungewohnt still, bis auf das Zwitschern der Vögel, die anscheinend als einzige Lebewesen in dieser Einsamkeit ihren Lebensraum gefunden hatten. Doch ab und zu war ihr, als würde sie Geräusche von entfernt vorbeifahrenden Autos wahrnehmen, aber nur dann, wenn sie vom Wind herübergetragen wurden.

Als sie durch das andere Fester blickte, musste sie frustriert feststellen, dass der Schuppen den Horizont und damit auch ihre Sicht begrenzte. Dazwischen wuchs wildes Gestrüpp. Eine karge Vegetation, in der Blühendes kaum gedeihen konnte.

Marie wurde nicht schlau aus dem, was sie sah, und wunderte sich, dass es in der Umgebung von Paris solch einsame Orte überhaupt geben konnte. Anscheinend war dieser nahe gelegene Platz von den Entführern bewusst so gewählt, denn sie wollten ja täglich vorbeikommen, um ihr das Essen zu bringen. Wie ist Paco ausgerechnet auf diesen Ort gekommen?

Marie befielen mehr und mehr Gefühle von Einsamkeit.

Sie begann ihr heutiges Tagesprogramm mit Yogaübungen im Stehen. Dehnungen, die den Körper öffnen und die Atmung anregen. Atemübungen mit diagonalen Arm- und Beinbewegungen. Marie fühlte sich dadurch erfrischt und ihr Geist wurde trotz ihrer misslichen Lage etwas ruhiger. Bereit für die abschließende Meditation setzte sie sich auf den kühlen Lehmboden. Sie verschränkte ihre Beine, richtete ihren Rücken auf und wandte ihren Blick nach innen. Ihr Körper befand sich zwar in Gefangenschaft, ihr Geist jedoch sollte frei bleiben.

In ihre innere Stille drang das leise Geräusch eines Motors. Marie löste ihre Konzentration von den Atembewegungen und lauschte. Das Geräusch kam näher.

Schließlich hielt ein Auto an. Ein Tor wurde geöffnet. Das Auto fuhr vor das Haus, der Motor ging aus. Marie hörte das Zuschlagen der Autotür, stand auf und erwartete den Besuch ihrer Entführer. Ob wohl alle drei kommen würden? Vielleicht nur der Untersetzte?

Eine Autotür wurde geöffnet und Marie sah sich kurz darauf in ihrer Vermutung bestätigt. Derjenige, der sie tags zuvor bei ihrer Wohnung angesprochen hatte, stand nun mit einer Tragetasche in der Tür. Kein Gruß, seine Miene wirkte verschlossen.

Ob er mit der Zeit zugänglicher werden würde? Ob zwischen ihm und ihr gar eine Art Beziehung entstehen könnte?

Marie, immer noch in meditativem Zustand, hätte zwar noch viele Fragen an ihn gehabt, wollte sie heute aber nicht stellen. Wortlos nahm sie die Gegenstände entgegen, die er ihr reichte: Ein Herrenschlafanzug und eine Tupperdose, diesmal etwas größer als gestern. Den leeren Behälter nahm er wieder mit, und auch das Papier, auf dem seine Notiz geschrieben stand. Ihre Handtasche mit all den Utensilien für den täglichen Gebrauch vermisste sie sehr.

Marie stellte fest, dass ihr Entführer die Tür, während er bei ihr war, nicht wieder verschlossen hatte. Vielleicht später mal die Chance für eine Fluchtmöglichkeit? Aber wie könnte sie dann an ihm vorbeikommen?

Ohne ein Wort gesagt zu haben, verließ er sie. Wie deprimierend war das Geräusch, als die Tür knarrend zuging und sich der Schlüssel im Schloss drehte. Ein weiterer Tag ihrer Gefangenschaft stand bevor.

Die Tupperdose enthielt diesmal eine Kartoffelsuppe mit einem Würstchen. Marie wollte sich diese Essensration gut einteilen und aß deshalb nur ein Drittel des Inhaltes. Den Rest hatte sie für das Frühstück und das Mittagessen am nächsten Tag vorgesehen. Morgen wollte sie ihren Wärter um ihre Handtasche und um etwas zu lesen bitten.

Entgegen ihrer sonstigen Gewohnheit ging sie früh zu Bett. Sie zog ihr Kleid aus und hängte es mit den schmalen Trägern an den Fenstergriff. Während sie ihren BH löste und ordentlich über die Stuhllehne legte, schaute sie durch das Fenster. Hier würde sie keiner sehen – es war völlig egal, ob sie nackt war. Sie spürte die Abendkühle auf ihrer Haut und die Enge des feuchten Gemäuers. Doch auf einmal hatte sie das Gefühl, als ob jemand draußen wäre und sie beobachten würde. Reflexartig legte sie schützend die Hände auf ihre nackten Brüste. Rasch zog sie den schwarzen Slip mit der feinen Spitze aus, hängte ihn neben den BH und zog den gestreiften Schlafanzug an.

Marie wachte früh auf, noch bevor die Sonne aufging. Sie fror in diesem kühlen Raum, den kein Sonnenstrahl erwärmen konnte. Ein Gefühl von Angst und Hoffnungslosigkeit kam über sie; der Überlebenswille, der ihr gestern noch so viel Kraft gab, hatte sie über Nacht verlassen. Paul wird mich hier nie finden können. Was wird mit mir geschehen? In ihrer Verzweiflung weinte sie bitterlich, denn die Tragweite ihres Schicksals wurde ihr in diesem Moment besonders bewusst. Dabei hatte sie kurz zuvor noch ihr Glück vor Augen. Paul wollte sie in den nächsten Tagen besuchen und vielleicht für immer bei ihr bleiben.

Der Schlaf erlöste sie von ihrer Traurigkeit. Geweckt durch das morgendliche Vogelgezwitscher fühlte sie sich gleich viel besser. Der neue Tag gab ihr die Kraft und den Willen, mit ihrer Situation besser zurechtzukommen.

Noch im Schlafanzug begann Marie mit ihren Übungen. Die Dehnungen und der Sonnengruß wärmten sie und gaben ihr ein erfrischendes Körpergefühl. Anschließend wusch sie sich am Wasserhahn, notgedrungen ohne

Seife. Ihren Körper konnte sie nicht wie gewohnt eincremen. Ihre Finger mussten Kamm und Bürste ersetzen. Einen Spiegel und ihre Schminkutensilien vermisste sie sehr. Wenigstens hatte sie noch ihre Creolen, die man ihr nicht abgenommen hatte. Die Körperpflege und ihr Aussehen wollte sie auch in der Gefangenschaft nicht vernachlässigen, nur dafür fehlten ihr die in ihrem Bad vorhandenen Cremes.

Jetzt würde sie einen langen Tag vor sich haben, ohne irgendetwas tun zu können. Wie gerne wäre sie heute Morgen ins Büro gegangen. Ihre Kolleginnen würden sie sicher vermissen und irgendwann zur Polizei gehen. Doch das war nur ein hoffnungsvoller Gedanke.

Während die Vögel draußen in Freiheit von Baum zu Baum fliegen konnten, inspizierte Marie die Gerätschaften im hinteren Teil des Raumes. Schnüre und kleine Ackergeräte lagen unordentlich und ungereinigt in den Regalen. Beim Anblick einer Axt kam ihr die Idee! Das Axtblatt war mit einem Keil stabilisiert, den sie entfernen könnte, denn der Stiel würde sich gut als Waffe eignen. Mit einem Hammer schlug sie von beiden Seiten gegen den Keil, bis er sich lockerte und sie das Axtblatt herausnehmen konnte. Nun besaß Marie mit dem Stiel eine Waffe, die ihr, wenn sie es geschickt anstellen und auch noch Glück haben würde, in die Freiheit verhelfen könnte. Immer wieder nahm sie das Holz in beide Hände und trainierte das Zuschlagen. Dafür eignete sich die Matratze, welche stellvertretend die Rolle dessen einnahm, auf den sie später einschlagen wollte. Aber wo könnte sie diese Waffe unauffällig und leicht greifbar verstecken? Der Gefängniswärter durfte sie nicht entdecken, wenn er das Essen brachte – andererseits sollte sie diese aber auch schnell zur Hand haben. Im Grunde genommen gab es nur ein geeignetes Versteck, nämlich seitlich der Matratze, unter dem überhängenden Bettlaken. Mit den Seilen, die sie ebenfalls im Regal zusammengebunden vorfand, könnte sie den Überwältigten fesseln.

Mit dieser Strategie im Kopf und der Bereitschaft, sie anzuwenden, musste sie noch Stunden ausharren, bis sie endlich das ersehnte Motorengeräusch hörte. Dann das Öffnen des Tores, die Einfahrt in den Hof, das Abstellen des Motors und das Geräusch des Schlüssels im Türschloss.

Heute wollte sie dem Entführer ihre Fragen stellen. Doch derjenige, der zur Tür hereinkam, war gar nicht er, sondern ein junger, hübscher Mann. Sichtlich verlegen hielt er die Tupperdose in seinen Händen und traute sich nicht, Marie in die Augen zu schauen.

»Bonsoir«, grüßte sie freundlich.

»Bonsoir«, kam es schüchtern zurück.

»Danke, dass Sie mir das Essen bringen! Ich habe eine Bitte: Können Sie mir morgen meine Handtasche mitbringen?«

»Ich glaube, das darf ich nicht.«

»Und wenn es nur mein Taschenspiegel und meine Schminksachen sind, die ich unbedingt brauche?«

»Ich weiß nicht, ob ich morgen kommen kann, aber ich werde es versuchen.«

»Das wäre sehr lieb von Ihnen!«

Er bekam einen dankbaren Blick von Marie, was ihn verwirrte. Dann verließ er sie. Als er sich noch einmal nach ihr umdrehte, wusste Marie, dass sie einen Verehrer mehr hatte. Niemals hätte sie diesen jungen sympathischen Mann niederschlagen können!

Tatsächlich kam er am nächsten Tag wieder und trug außer dem Essen noch eine Plastiktüte in seinen Händen.

»Ich habe alles aus Ihrer Handtasche herausgenommen, was Sie sich gewünscht haben. Aber niemand darf es wissen.«

»Danke, Sie sind ein Schatz!«

Marie lächelte ihn verführerisch an, bevor er sich verlegen umdrehte, um zu gehen. Sie spürte instinktiv, er könnte zu ihrer Rettung beitragen. Was aber, wenn er nicht mehr kommen würde, sondern der andere? Ihr Blick ging hinunter, dorthin, wo der Axtstiel unter dem Laken versteckt lag.

Marie dachte häufig an Paul. Was er wohl unternehmen würde, um sie zu finden? Doch unabhängig davon, was er unternehmen würde, womit sie fest rechnete, wollte sie selbst versuchen, sich zu befreien.

Heute musste sie später schlafen gehen, um nicht wieder so früh aufzuwachen. Wenn sie nur etwas zu lesen hätte. Darum könnte sie den jungen Mann bitten, wenn er wiederkommen würde.

So verbrachte sie diese langen Stunden in Gefangenschaft mit Yoga- und Atemübungen und Meditation. Das tat ihr gut, stabilisierte sie und verhalf ihr, besser mit ihrer Situation und der gnadenlos langen Zeit umgehen zu können.

Am nächsten Morgen wachte sie später auf und fühlte sich nicht mehr so hoffnungslos wie tags zuvor. Die frühen Morgenstunden sind die schlimmsten. Auch dieser Tag verlief genauso ereignislos, wie sie es erwartet hatte. Kein Mensch verirrte sich in diese Gegend, nur ein Vogel, der sie mit ihrem lebhaften Gezwitscher begrüßte.

Nur einmal am Tag tat sich draußen etwas, immer nur dann, wenn die Essenslieferung kam.

Wer würde heute wohl kommen?

Ein Auto fuhr am späten Nachmittag vor, der Motor ging aus, der Schlüssel drehte sich laut im Schloss, die Tür ächzte wie immer.

Herein kam der Untersetzte. Marie besann sich auf ihren Plan und empfing ihn gespielt eingeschüchtert.

Grußlos ging er zum Tisch hin. Er hatte nur die übliche Tupperdose in der Hand. Marie nahm sie ihm ab, bevor er sie auf dem Tisch ablegen konnte. Absichtlich stellte sie sich dabei ungeschickt an und ließ den Essensbehälter fallen. Reflexartig bückte sie sich nach ihm, griff jedoch unter das Laken, nahm den Axtstiel in die Hände und schlug mit voller Kraft von unten nach ihm. Allerdings traf sie ihn nicht am Kopf, wie sie es beabsichtigt hatte, sondern an einem seiner muskulösen Oberarme. Marie konnte keinen weiteren Schlag mehr anbringen, da er nach einer Schrecksekunde sofort reagierte und ihr den Stiel aus den Händen riss. Dann schlug er ihr mit voller Wucht zweimal ins Gesicht, sodass sie zu Boden fiel und sich zusammenkauerte, um sich vor weiteren Schlägen zu schützen.

Er bückte sich, nahm den Axtstiel an sich und verschwand wortlos. Nur die üblichen Geräusche des Zuschließens, das Knarren der Tür und das davonfahrende Auto minderten ihre Verzweiflung ein wenig. Der brennende Schmerz in ihrem Gesicht ließ keinen weiteren Gedanken zu, zurück blieben lediglich Hilflosigkeit und das Gefühl von Demütigung. Marie drückte ihre Hände gegen die angeschwollenen Wangen und blieb liegen, bis ihr kalt wurde.

Nun hatte sie eine Option weniger, vielleicht gar keine mehr, das wurde ihr schmerzhaft bewusst.

Irgendwann später kühlte sie ihr Gesicht mit kaltem Wasser aus dem Hahn. Sie befand sich in einem bedauernswerten Zustand: körperlicher Schmerz gepaart mit Resignation.

Da Marie viel Zeit hatte, schminkte sie sich und machte ihre Haare zurecht. Wenn sie sich jetzt gehen lassen würde, wäre sie ausschließlich auf Hilfe von außen angewiesen. Wie wird es nun weitergehen? Welchen Plan hatte Paco? Wieso kam er nicht selbst vorbei? Egal, wie sie hin und her überlegte, sie konnte sich immer noch nicht erklären, warum sie überhaupt entführt worden war. Nach dem Grund wollte sie den netten jungen Mann fragen, obwohl sie wusste, dass er ihr keine Auskunft geben durfte, möglicherweise auch nicht konnte. Jedenfalls würde sie ihn umgarnen – dass sie ihm gefiel, das wusste sie.

Irgendetwas schien anders zu sein, als gegen Abend ein Auto vorfuhr. Marie hatte inzwischen ein feines Gehör entwickelt, sodass sie auch Vogelstimmen unterscheiden konnte, allerdings ohne sie einer Gattung zuordnen zu können, denn Biologie war nie ihr Lieblingsfach gewesen. Zu Fauna und Flora hatte sie nur durch ihre Sinne Zugang, wenn sie ihre freien Stunden im Park verbrachte, der gegenüber ihrer Wohnung lag.

Sonst wurde immer nur eine Autotür zugeschlagen, heute hörte sie dieses Geräusch gleich dreimal. Was hatte das wohl zu bedeuten? Stimmen von draußen zu hören, das war ebenfalls neu für sie. Ein Mann gab Anweisungen, ein anderer fragte nach. Dann öffnete sich die Tür. Drei Männer traten ein, der Breitschultrige, der Nette und einer, den sie nicht kannte. Dieser trug eine Tasche mit sich.

Heute würde etwas geschehen, das spürte sie. Marie hielt den Atem an und registrierte jede Mimik und Gestik ihrer Besucher.

»Dreh dich um!«, befahl der Breitschultrige, als er vor ihr stand. Als Marie nicht gehorchte, fasste er sie grob an ihren Schultern, drehte sie um und umfasste sie von hinten mit beiden Armen wie ein Schraubstock, während ein anderer ihre Beine zusammenhielt. Maries wilde Befreiungsversuche hatten keinerlei Chance angesichts der kräftigen Arme dieser Möbelpacker.

»Lasst mich los, ihr Dreckskerle!«, schrie sie, um wenigstens verbal reagieren zu können.

Währenddessen spürte sie, wie sich kühles Metall um ihre Fußgelenke legte; sie hörte das Rasseln von Ketten und ahnte Schlimmes.

»Mein Gott! Die wollen mich in Ketten legen!« Ein letzter Versuch von ihr, sich dagegen aufzubäumen, nützte nichts, denn diese Männer hatten sie fest im Griff. Sie zogen ihre Arme nach vorne – jetzt wurde ihr klar, was mit ihr geschah. Der Mann, den sie nicht kannte, hielt ihre Arme fest, der andere, der ihr zugeneigt schien, legte um ihre Handgelenke Rohrschellen, die mit einer kurzen Kette verbunden waren. Zwei stabile Vorhängeschlösser hielten Schellen und Kette untrennbar zusammen. Dasselbe hatten die Männer auch mit ihren Beinen gemacht.

»Du weißt, warum du gefesselt bist!« Ein fieses Grinsen machte sich auf dem Gesicht des Anführers breit.

»Du fotografierst sie und nimmst die Säge dort hinten mit!« Er war eindeutig der Boss. Marie spürte, dass sich der nette junge Mann gar nicht wohlfühlte. Er musste sie verketten, ohne es zu wollen. Trotz ihrer misslichen Lage lächelte sie ihm heimlich zu, als er sie fotografierte. Nun hatte auch er ein Foto von ihr, nicht nur Paco.

So schnell wie sie gekommen waren, waren sie auch schon wieder verschwunden. Die Türen knallten zu und das Auto fuhr nach dem Schließen des Tores davon. Marie blieb allein zurück. Welch ein gespenstischer Moment!

Die Ketten hatten eine Länge von höchstens dreißig Zentimetern, so dass sie nur noch kleine Schritte machen konnte. Auch die Bewegungsfreiheit ihrer Hände war drastisch eingeschränkt.

Eine unermessliche Niedergeschlagenheit überfiel Marie. Sie ließ sich auf die Matratze fallen und weinte Tränen der Verzweiflung, wie sie es zuvor in ihrem Leben noch nie getan hatte. Jetzt sah sie keine Möglichkeit mehr, ihrem Gefängnis zu entkommen. Das Gefühl der Verlassenheit vermischte sich mit der unauslöschlichen Erinnerung aus ihrer Kindheit, als sie mit Entsetzen von dem tragischen Unfall ihrer Eltern erfuhr und nicht mehr weiterleben wollte. Die sonst so starke Marie konnte endlich weinen, schwach und traurig sein – und es tat ihr gut.

Während sie schluchzend auf der Matratze lag, verspürte sie ein starkes Hungergefühl. Sie hatte seit einem Tag nichts mehr gegessen, denn der Breitschultrige hatte wegen ihres gewaltsamen Übergriffs zur Strafe heute kein Essen mitgebracht. Mit einer geschickten Bewegung brachte sie sich in die Sitzhaltung und schwang sich hoch in den Stand.

Sie musste sich mit ihrer eingeschränkten Situation arrangieren und sich neue Bewegungsmechanismen aneignen, denn sie wollte so weit wie möglich ihren üblichen Tagesrhythmus beibehalten. Mit ihrem Improvisationstalent kreierte sie Yogaübungen, die sie trotz ihres gefesselten Zustands machen konnte. Zum Meditieren setzte sie sich auf die Matratze, ohne ihre Beine in der klassischen Position verschränken zu können. Sie konnte sich auch notdürftig waschen, nur ihre Kleidung konnte sie nicht mehr wechseln. Wie gerne hatte sie bei Nacht den wärmenden Schlafanzug getragen und ihr Kleid zum Lüften ans Fenster gehängt. Das war nun nicht mehr möglich. Trotzdem, das war ihr der Befreiungsversuch wert gewesen!

Marie dachte an Paul, was ihr den Schimmer einer Hoffnung gab, denn so wie sie ihn kannte, würde er sie suchen. Sie dachte auch an den netten jungen Mann unter den Entführern und hoffte inständig, dass er und kein anderer ihr morgen Abend das Essen bringen würde. Sie würde ihn dann bitten, ihr ein ganz besonderes Buch mitzubringen. »Le Comte de Monte-Cristo«, der aus einer glücklichen Lebenssituation heraus in den tiefsten Abgrund stürzte. Durch eine Intrige musste er unschuldig 14 Jahre im Kerker verbringen. Der Verzweiflung nahe wollte er durch Verweigerung der Nahrung Selbstmord begehen. Doch dann trat eine unerwartete Fügung ein, die ihm zur Flucht verhalf. Mit diesem Roman wollte Marie ihrer Hoffnung auf Befreiung neue Kraft verleihen.

Mit solchen Gedanken versank sie in einen tiefen Schlaf.

Sie wachte früher als sonst auf, weil ihr kalt geworden war. Ihr Sommerkleid konnte den Schlafanzug nicht ersetzen. Als die Ketten sie beim morgendlichen Strecken ihres Körpers behinderten, musste sie einen Augenblick lang überlegen, was passiert war. Marie ließ sich noch einmal auf die Matratze zurückfallen und versuchte, sich an das Geschehen des gestrigen Tages zu erinnern. Der Breitschultrige hatte sich für ihren Angriff gerächt und befohlen, sie in Ketten zu legen. Hatte das Ganze überhaupt noch mit Paco zu tun oder war sie das Opfer eines Sadisten? Nun, momentan war sie das Opfer, aber Opfer werden manchmal auch zu Tätern. Nur wie und vor allem wann würde sich ihre Rolle umkehren? Sie konnte sich gut vorstellen, zur Täterin zu werden, und malte sich ihre Foltermethoden genüsslich aus. Als sie die leere Tupperdose auf dem Tisch stehen sah, spürte sie ihren Frühstückshunger und bereute ihr gestrige Fressgier. Jetzt musste sie gezwungenermaßen bis zum Abend durchhalten. Marie untersuchte die Schlösser, mit denen die Ketten an den Rohrschellen befestigt waren. Doch sie fand keine Lücke im Sicherheitssystem.

Ausgiebig beschäftigte sie sich mit Waschen und Schminken, anschließend widmete sie sich ihren eingeschränkten Yogaübungen. Trotz der prekären Situation, in der sie sich befand, hatte sie heute ein gutes Gefühl, ohne allerdings nachvollziehen zu können, worauf es sich begründete.

Als sie am Nachmittag ihre Tasse mit Wasser füllte, nahm sie ein Geräusch wahr, das sie an diesem Ort noch nicht gehört hatte: das Hecheln eines vorbeilaufenden Hundes, möglicherweise in Begleitung eines Radfahrers. Marie wollte schnell zum Fenster laufen und um Hilfe rufen, dachte in diesem wichtigen Moment aber nicht an die Ketten. Sie stürzte und fiel der Länge nach hin, gleich nach dem ersten Schritt. Die Tasse zerschellte am Boden. Marie rief noch im Fallen lautstark: »Hilfe, Hilfe!« Danach war Stille. Man hatte sie nicht gehört. Das wäre ihre Chance gewesen!

Die Rohrschellen schnitten in ihr Fleisch an den Fußgelenken, was sehr schmerzte und ihre Beweglichkeit noch mehr einschränkte. Der Fehlschlag und der körperliche Schmerz versetzten sie einmal mehr in den Zustand der Mutlosigkeit. Unfähig, irgendetwas tun zu können, legte sie sich auf die Matratze und deckte sich mit dem Laken zu. Die Gnade des Schlafes erlöste sie für ein paar Stunden. Erst durch das Knarren der Tür wurde sie geweckt.

Sie fuhr erschrocken hoch, wurde aber durch die Ketten und den Schmerz, den sie verursachten, zurückgehalten. Es war der nette junge Mann, der mit dem Essen in der Hand die Treppe herunterkam.

»Wie geht es Ihnen?«, fragte er sie besorgt, offenbar mit schlechtem Gewissen. Schließlich war er derjenige, der ihr die Ketten angelegt hatte.

»Ich bin verzweifelt. Was habt ihr mit mir vor?« Marie setzte sich auf die Matratze. Er wollte oder konnte nicht auf ihre Frage eingehen. Doch dann entdeckte er die Verletzungen an ihren Knöcheln.

»O weh, das schaut gar nicht gut aus! Ich gehe schnell zum Wagen und hole Verbandsmaterial.« Nach fünf Minuten kam er mit dem Verbandskasten zurück. Er schob die Rohrschellen etwas höher, um besser an die Wunde zu kommen. Diese versorgte er mit einer Wundsalbe und verband die aufgeschürften Stellen oberhalb der Fußgelenke. Nun konnten die Rohrschellen nicht mehr scheuern. Das alles tat er mit großer Hingabe, und Marie spürte einmal mehr, dass er sie mochte.

»Würden Sie mir bitte einen Gefallen tun und ein Buch mitbringen?«

»Ein bestimmtes oder irgendeines?«

»Kennen Sie ›Der Graf von Monte Christo‹?«

»Ja, das habe ich sogar zu Hause. Wir haben es damals in der Schule gelesen.«

»Würden Sie mir das Buch bitte mitbringen, wenn Sie das nächste Mal kommen?« Marie sah ihn mit treuherzigen Augen an.

»Gerne, aber vielleicht brauchen Sie es nicht mehr.« Er nahm den Verbandskasten und ging, ohne noch mal zurückzublicken, zur Tür hinaus.

Während Marie über seine Andeutung nachdachte, stellte sie fest, dass sich beim üblichen Ablauf der Geräusche etwas geändert hatte. Ein Geräusch fehlte – das Verschließen der Tür. Das Auto war bereits losgefahren und die Tür müsste folglich unverschlossen sein! Absichtlich? Hatte die unverschlossene Tür mit seiner Andeutung zu tun?

Marie wartete noch fünf Minuten ab, stand dann auf und ging mit vorsichtigen Schrittchen bis zur Treppe. Sie war aufgeregt und hielt den Atem an. Doch wie konnte sie nur die Treppe hochkommen? Der Bewegungsspielraum ihrer Beine reichte nicht aus, um eine Stufe erklimmen zu können. Sie musste sich vorbeugen, ihre Hände auf die übernächste Stufe setzen und dann wie ein Hase mit ihren Füßen auf die erste Stufe hüpfen. Beim ersten Versuch scheiterte sie, da sie zu wenig Schwung genommen hatte. Beim zweiten Versuch klappte es dann schließlich. Von diesem Erfolgserlebnis ermuntert, schaffte sie eine Stufe nach der andern, bis sie erschöpft den Treppenansatz erreichte und sich hinsetzte. Dort musste sie erst einmal ihren Atem zur Ruhe kommen lassen. Nur noch einen Meter bis zur Tür hatte sie jetzt zu überwinden!

Marie drehte sich um, kam auf die Knie und über eine Yogahaltung, die sich Hund nennt, hoch zum Stehen.

Hoffentlich wird das jetzt keine Enttäuschung! Sie drückte die Klinke nach unten und zog. Nichts tat sich, die Tür klemmte oder war doch verschlossen. Sie versuchte es noch einmal mit all der Kraft, die ihr zur Verfügung stand, und riss an der Tür. Begleitet von einem durch Mark und Bein gehenden Ächzen ging diese ruckartig auf. Marie erschrak, verlor das Gleichgewicht und fiel nach hinten. Sie versuchte vergeblich, sich am Türgriff festzuhalten, stürzte dann aber seitlich der Treppe hinunter auf den gestampften Lehmboden. Gefesselt, wie sie war, konnte sie ihren Fall nicht auffangen und schlug heftig mit dem Kopf am Boden auf. Sie stieß noch einen Schreckenslaut aus, bevor sie das Bewusstsein verlor.

Marie blieb die ganze Nacht an dieser Stelle liegen, die Tür stand weit offen. Ein Fuchs, der in der Nähe des Gebäudes Witterung aufgenommen hatte, kam vorsichtig schnuppernd näher. Wenn er nicht so hungrig gewesen wäre, hätte er sich nicht bis zum Eingang gewagt. Soll er oder soll er nicht? Der Duft, der in seine Nase drang, zog ihn magisch an und versprach seinem knurrenden Magen, dass sich das Risiko lohnen könnte. So nutzte er die sich ihm bietende Gelegenheit und schlich, sich vorsichtig umschauend, zur Tür hinein. Schritt für Schritt tastete er sich vorsichtig die Treppenstufen hinunter. Seine feine Nase führte ihn direkt zum Ziel seiner Begierde. Mit den Vorderpfoten auf der Tischkante richtete er sich auf, machte den Hals lang und schnüffelte an der Tupperdose.

Marie hatte sie zwar fast leergelöffelt, doch des Fuchses Zunge fand noch letzte Reste darin und schleckte sie gierig aus, bis sie leer vom Tisch fiel. Doch das genügte nicht, sein Hunger war noch längst nicht gestillt. Er bekam Appetit auf mehr! Seine empfindliche Nase erschnupperte noch etwas anderes: Blut! Aber kein Hasen- oder Mäuseblut, das kannte er schon zur Genüge. Dieses Blut roch intensiver und schmackhafter – eine für ihn bislang unbekannte kulinarische Kost. Da gab es doch diese großen Wesen, vor denen er immer Angst hatte, wenn er ihnen begegnete. Und dort vorne, neben der Treppe, lag ein solches. Der Fuchs fühlte sich hin- und hergerissen. Hunger, Neugierde, Angst …

Vorsichtig schlich er sich heran, jederzeit bereit, sich in die Sicherheit des Waldes zu flüchten. Doch der Geruch des Blutes lockte unwiderstehlich. Dann entdeckte er die Kopfwunde dieses Wesens und die Blutlache daneben. Sein knurrender Magen wollte befriedigt werden. Aber war es das Risiko wert, sich wegen des Blutes in Gefahr zu begeben? Alle seine Sinne befanden sich in höchster Alarmbereitschaft, als sich seine Pfoten, wie vom Magen ferngesteuert, auf das Wesen zubewegten. Schon wollte seine Zungenspitze eine Kostprobe vom Blut nehmen, als er wahrnahm, dass dieses Wesen noch atmete. Hunger hin, Hunger her – sein Selbsterhaltungstrieb ließ ihn innehalten. Doch welche Facette dieses Triebes? Nahrungsaufnahme oder gar Schutzmechanismus? Während seines kurzen Zögerns entschied er sich intuitiv für die Flucht. Er verzichtete auf das Blut, auch auf das verkrustete, das in den Haaren und an der Wunde klebte. Also zog er seinen Schwanz ein, machte sich davon und brachte sich in Sicherheit. Dieses Wesen bestand zwar auch aus Fleisch, Haut und Knochen wie seine sonstige Beute, aber es fiel nicht in sein Beuteschema. Vom Käfer bis zum Rebhuhn und kleinen Hasen – das war seine Kragenweite.

Vielleicht hatte er ja noch Glück und es lief ihm etwas über den Weg, draußen im hohen Gras. Hier gab es nichts mehr zu holen. So machte er sich davon.

Marie spürte weder die Kälte der Nacht noch hörte sie, als in den frühen Morgenstunden mehrere Autos am Gehöft vorfuhren. Es waren ein Rettungswagen und Fahrzeuge der Polizei, die scharf bremsend vor dem Eingangstor hielten.

Die schwer verletzte Marie war endlich gerettet. Nachdem der Notarzt sie untersucht hatte, wurde sie in eine Pariser Notfallklinik gebracht.

8.

Paris im August

Als ich aufwachte, war alles sofort wieder da. Keine Träume, die mich irgendwie irritiert hätten. Nach dem Frühstück wollte ich gleich nach nebenan in die Polizeistation gehen und mit Inspektor Hittinger reden. Danach Conny anrufen. Für die verbleibenden Stunden meines letzten Tages in Paris hatte ich mir nichts mehr vorgenommen.

»Bonjour Monsieur. Kaffee?«, fragte mich die hübsche freundliche Dame von der Rezeption, die nebenbei auch die Frühstücksküche machte. Ich liebte es, in diesem Hotel zu frühstücken, denn die Kombination aus Kaffee, Croissants, France 2 und dieser Rezeptionistin war perfekt. Allein deswegen würde ich dieses Hotel immer bevorzugen.

Mein Leben lang hatte ich nie mit der Polizei zu tun gehabt und nun gehe ich bei ihr ein und aus.

»Guten Morgen Herr Berger. Ich habe gute Nachrichten für Sie. Setzen Sie sich doch!« Mit strahlendem Gesicht erhob er sich und begrüßte mich mit Handschlag. Ein Glück, dass es ihn in dieser Polizeistation gab.

»Hat man Marie gefunden? Lebt sie noch?«, fragte ich aufgeregt und voller Hoffnung.

»Ja, gestern Morgen, in einem verlassenen Gehöft, südlich von Paris. Sie wurde von drei Männern, die in einer Spedition arbeiten, entführt. Die Kollegen vom Quais des Orfèvres haben sie verhört und nach deren Aussagen das Versteck herausfinden können.«

119

»Und was ist mit diesem Paco? Er ist doch der Drahtzieher.«

»Der schweigt immer noch. Aber das wird ihm nichts nützen.«

»Wo befindet sich Marie jetzt und wie geht es ihr?« Das war mir das Wichtigste.

»Diese Auskunft darf ich Ihnen leider nicht geben, da Sie kein Verwandter von ihr sind.«

»Aber dann ist sie ja ganz allein. Sie hat keine Verwandten mehr! Und wenn sie Hilfe braucht, woher bekommt sie diese?«

»Darum wird sich das zuständige Sozialamt kümmern. In Frankreich sind wir diesbezüglich gut eingerichtet. Wie lange sind Sie noch in Paris?«

»Nur noch heute.«

»Dann hätten Sie ihr sowieso nicht helfen können. Schauen Sie vor Ihrer Abfahrt noch einmal kurz herein! Ich werde in der Zwischenzeit in Erfahrung bringen, wie es Frau Augier geht.« Er erhob sich und verabschiedete mich.

Marie ist gefunden worden und befindet sich wieder in Paris. Nur wo? Entweder in einem Krankenhaus oder zu Hause? Was konnte ich jetzt nur tun? Aufgewühlt, wie ich war, konnte ich keinen klaren Gedanken fassen, bis mir Conny einfiel. Ich suchte nach ihrer Handynummer.

»Ahrendt!«

»Hallo Conny, hier ist Paul. Erinnerst du dich an mich?«

»Paul! Wie schön, dass du anrufst!«

»Können wir uns heute noch mal sehen, bevor ich abreise?«

»Ich glaube, das schaffe ich nicht mehr, wir haben hier Schwierigkeiten mit unserem Neuzugang.«

»Möchtest du darüber reden?«

»Ja, aber nur kurz. Diese hübsche Frau ist entführt worden, ist traumatisiert und bekam durch einen Sturz mit Kopfverletzung eine Amnesie. Heute Morgen ist sie nach dem Frühstück abgehauen und seitdem wird sie gesucht.«

»Weiß diese Frau eigentlich, wo sie hin will?« Damit kann nur Marie gemeint sein, dessen bin ich mir sicher!

»Nein, sie ist total desorientiert und weiß nicht, was sie tut.« Mein Gott!

»Wisst ihr, wer sie ist und wo sie wohnt?«

»Ja, sie war schon länger als vermisst gemeldet. Die Polizei hat nach ihr gesucht und sie gefunden.«

»In welcher Klinik arbeitest du eigentlich?«

»Im Sainte-Anne, aber du kannst nicht kommen! Ich habe leider keine Zeit, obwohl ich dich gerne sehen würde. Bitte melde dich, wenn du in Berlin bist, ich möchte den Kontakt zu dir nicht verlieren!«

»Ich verspreche es; wir werden uns ganz sicher bald wiedersehen. Viel Erfolg mit dieser Frau!« Fast hätte ich Marie gesagt.

»Danke für den gestrigen Tag! Ich warte auf deinen Anruf!« Sie legte auf. Nun wusste ich, was ich zu tun hatte! Ich holte den Stadtplan von Paris aus meinem Zimmer, um mich zu orientieren, und suchte die Metroverbindung zur Klinik. Endlich konnte ich meinen Tatendrang in die richtige Richtung lenken.

Ich hätte bis zur Station Glacière fahren können, doch ich stieg bereits am Place Denfert Rochereau aus, dem

Ausgangspunkt meiner Suche nach Marie. Angenommen, sie würde von der Klinik aus zu ihrer Wohnung gehen wollen, müsste sie hier vorbeikommen. So war ich schon auf den ersten Metern sehr wachsam. Immer wieder warf ich einen Blick auf den Stadtplan, dann auf die Trottoirs. Ein weißer Krankenwagen des Hospitals kreuzte langsam fahrend auffällig oft meinen Weg. Fahrer und Beifahrer beobachteten die Umgebung genauso aufmerksam wie ich. Offenbar hatten wir dasselbe Interesse.

Ein unüberschaubar großer Komplex ist diese Klinik! Altehrwürdige Gebäude, moderne Architektur; ein Viertel für sich. Ich hielt mich in unmittelbarer Nähe der Mauer auf, die diese Klinik nach außen hin begrenzt, bis ich vorne an der Straße eine weibliche Gestalt mit Kopfverband entdeckte, die langsam in Richtung Parc Montsouris ging. Sie trug schwarze Kleidung. Das konnte nur Marie sein! Nun gab es für mich kein Halten mehr … der Startschuss war gefallen! Ich rannte los – sämtliche Verkehrsregeln missachtend. Die Augustsonne prallte gnadenlos auf mich herunter, der Schweiß brannte in meinen Augen und machte mich fast blind. Als ich auf dem Zebrastreifen über die Rue D'Alésia hetzte, stieß ich unglücklicherweise mit einer Person zusammen, die ich aufgrund meiner Eile nicht beachtet hatte. Meinen Blick immer noch auf die vermeintliche Marie gerichtet, stammelte ich ein kurzes »Pardon!« und wollte weitereilen. Diese Person, eine betagte Dame, befand sich in Begleitung eines älteren stattlichen Herrn. Diesem missfiel offensichtlich mein Verhalten und er hielt mich an den Schultern fest.

»Monsieur, Sie müssen sich bei der Dame entschuldigen und nicht einfach weiterlaufen!«, sagte er in strengem Ton. Offenbar ein ehemaliger Offizier der französischen Armee, damals noch unter General de Gaulle gedient. Mein Kopf schwenkte kurz zwischen der vermuteten Marie und den beiden hin und her. Keine Frage – es war schnell entschieden. Ich stieß diesen lästigen Herrn von mir weg und rannte weiter. Inzwischen hatte die Ampel auf Grün gewechselt und die wartenden Autos fuhren an. Das Schimpfen des Herrn vermischte sich mit dem wütenden Hupen eines Peugeots, der mich mit seiner Stoßstange beim Überqueren der Straße beinahe erwischte. Etwa aus hundert Metern Distanz brüllte ich: »Marie, Marie!« Sie hörte mich, hielt an, drehte sich zu mir um, schaute mich an, gab jedoch kein Zeichen des Erkennens von sich und setzte ihren Weg fort. Hatte ich mich getäuscht? Ich wollte es unbedingt wissen und rannte weiter. Jener Krankenwagen, der mir schon ein paarmal begegnet war, kam die Avenue Reille entlanggefahren, überholte mich und stoppte abrupt neben Marie. Zwei Pfleger stiegen eilends aus und hielten sie fest. Doch sie wehrte sich vehement. Inzwischen war ich, ganz außer Atem und mit brennenden Lungen, bei der Gruppe angekommen, was sie irritierte. Ich schaute diese Frau an, sie war es – Marie!

»Marie, kennst du mich denn nicht?«, fragte ich sie aufgeregt und wollte sie am liebsten schütteln. Doch sie erkannte mich nicht und schaute mich wie einen Unbekannten an, was mir sehr wehtat!

Die überraschten Pfleger wurden wieder aktiv und führten die durch mich abgelenkte Marie zum Krankenwagen. Einer von beiden blieb hinten bei ihr, der andere ging zur Fahrertür. Er drehte den Kopf zu mir: »Falls Sie sie kennen, gehen Sie zur Pforte und fragen nach ihr!«

Die beiden fuhren mit der verwirrten Marie davon. Ich blieb ratlos stehen, schaute ihnen nach und versuchte, das Geschehene zu verstehen, was mir aber nicht gelang.

Der Krankenwagen verschwand schnell aus meinem Blickfeld. Geschafft durch das Erlebte und die Hitze kam ich nach zehn Minuten erschöpft an der Pforte an. Diese befand sich auf der entgegengesetzten Seite des Klinikkomplexes. Ich hatte das Areal durch ein beeindruckendes Tor mit Rundbogen betreten.

»Bonjour, ich möchte Madame Augier besuchen.« Der Pförtner tippte auf seiner Tastatur, schaute auf seinen Monitor und fragte:

»Marie Augier?« Ich nickte.

»Das ist leider nicht möglich. Madame Augier darf momentan keine Besuche empfangen.«

Damit war meine Suche nach Marie erst einmal beendet. Ich hatte sie gefunden und doch auch wieder nicht, denn sie erkannte mich nicht mehr. Mit diesem Ergebnis meiner Suche hätte ich nie gerechnet. Was konnte ich jetzt noch für sie tun? Im Moment sicher nichts, aber irgendwann später würde ich wieder für sie da sein!

Mir war jetzt nach Simone und Schnaps zumute. Also suchte ich die schnellste Metroverbindung zu meinem Bistro heraus und ging zur Station »Glacière«. Bei all dem Trubel hatte ich Conny ganz vergessen.

Simone hatte Dienst und kümmerte sich fürsorglich um mich, nachdem ich ihr alles erzählt hatte. Hätte ich diese Geschichte einem Mann erzählt, hätte er mir längst einen guten Rat gegeben – Simone dagegen hörte mir einfach nur zu.

Dieser Tag zog sich hin und ich wusste nicht, was ich noch mit mir anfangen sollte. Zum Schlafen oder Lesen hatte ich keine Ruhe. Also ging ich spazieren und schlenderte durch die Arrondissements rechts der Seine. Im Internet hatte ich von der Milonga im Théâtre de Verre gelesen, das sich nördlich des Gare du Nord befand. Diese Adresse nahm ich als Ziel für meinen Spaziergang. Die ersten beiden Kilometer des Weges dorthin kannte ich gut. Im Viertel um den Nordbahnhof leben viele Inder, und Inder sind bekanntlich Geschäftsleute. So passierte ich einen Laden nach dem andern, in denen farbenfrohe Kleidung angeboten wurde. Besonders das Angebot für indische Frauen war enorm; Saris gab es in allen Farben und Mustern. Doch auf der Straße sah ich fast nur deren Männer.

Als ich weiter nördlich kam, veränderte sich das Völkergemisch ins arabische und damit das Angebot in den Geschäften. Auch hier zogen es die Frauen vor, eher zu Hause zu bleiben. Ich bekam den Eindruck, diese unterschiedlichen Menschenrassen hatten nichts miteinander zu tun, sie blieben unter sich.

Der Weg zu meinem Ziel zog sich hin. Manchmal fehlten die Hausnummern, doch irgendwann las ich »Théâtre de Verre«. Ich stand vor einem eisernen Gittertor, an dem ich rüttelte, das aber den Zugang zum Eingang, der in einem Hinterhof lag, versperrte. Ich merkte mir den Ort für die Zukunft, ging wieder zurück, aber nur ein Stück weit und bog intuitiv nach links ab. Hier fand ich ein kleines Viertel und mittendrin einen Platz mit Kneipen,

125

in denen ausschließlich Franzosen saßen. Ich überlegte, ob ich mich irgendwo draußen dazusetzen sollte, als gerade mein Handy klingelte. Wer konnte das sein?

»Ja?«

»Paul, hier ist die Conny. Du, in ungefähr einer Stunde kann ich Pause machen. Wo bist du jetzt?«

»Ganz im Norden, oberhalb des Bahnhofs Gare du Nord.«

»Hm, das ist weit. Ich hätte dich gerne noch einmal gesehen, bevor du abreist!« Wie nett sie das sagte.

»Ich könnte es gerade so schaffen, wenn ich mich beeile.«

»Oh, das wäre lieb von dir! Ich warte dann um sechs am Eingang beim Tor. Freue mich sehr!«

»Gut, ich versuch's! Freue mich auch!«

Jetzt musste ich mich aber beeilen und wieder zum Gare du Nord zurücklaufen, dann dieselbe Strecke mit der Metro bis »Denfert Rochereau« und in die Linie 6 umsteigen.

Als ich endlich mit ein paar Minuten Verspätung ankam, wartete die ganz in Weiß gekleidete Conny schon rauchend am Tor. Sie eilte mir entgegen, als ich um die Ecke bog, schnipste die Zigarette weg und fiel mir um den Hals. Ich erwiderte die Umarmung. Welche Freude, sie noch mal zu sehen! In diesem Moment dachte ich nicht an Marie, die uns fast hätte zuschauen können. Doch Conny brachte meine Gedanken zu ihr zurück:

»Wie ist das mühsam mit dieser neuen Patientin! Endlich hat man sie gefunden und schon wollte sie wieder abhauen. Wir haben sie ruhigstellen müssen.«

»Möglicherweise fühlt sie sich immer noch als Gefangene. Hat sich ihr Gedächtnisverlust noch nicht gebessert?«

»Nein, so schnell geht das nicht. Wir werden, wenn sie soweit ist, mit ihr daran arbeiten. Übrigens, das wollte ich dir noch erzählen. Als unsere Pfleger sie gefunden haben, kam ein Mann, der sie offenbar kannte, auf sie zugestürzt und rief »Marie, Marie« und dann fast verzweifelt auf Englisch »Don't you know me?««

»Und?« Jetzt wurde es spannend!

»Sie sah ihn wohl an, gab aber kein Erkennungszeichen von sich. Dieser Mann ist dann zur Pforte gekommen und wollte sie besuchen. Man hat ihn jedoch abgewimmelt. Er muss Amerikaner oder Engländer sein.«

»Aber woher kann sie ihn kennen und wäre er nicht wichtig für euch gewesen?«

»In diesem Moment hatten wir einfach keine Zeit für ihn. Wir versuchen es herauszubekommen, wenn wir mit ihr arbeiten. Stört es dich, wenn ich noch eine Zigarette rauche?«

»Nein, rauch nur, wenn es dich entspannt.«

Nach ein paar tiefen Zügen meinte sie: »Lass uns über andere Dinge reden, wir haben nur noch ein paar Minuten füreinander.« Conny schaute mir tief in die Augen.

»Was meinst du, wann kannst du mich zu Hause besuchen kommen?«

»Wann ist noch mal dieser Wurstmarkt, von dem du mir vorgeschwärmt hast?«

»Das ist erst Mitte September. Muss ich etwa so lange auf dich warten?«, fragte sie gespielt enttäuscht.

»Früher ginge es nur an einem Wochenende. Ich würde

nach Frankfurt fliegen. Wie käme ich dann weiter zu dir?«

»Ich würde dich vom Flughafen abholen.«

»Gut, in ein paar Tagen gebe ich dir Bescheid. Musst du jetzt weiterarbeiten?«

»Ja, leider. Ich wünsche dir noch einen schönen Abend und für morgen eine gute Rückfahrt!« Conny kam ganz nah zu mir heran, um mir einen Abschiedskuss zu geben. Nach einer leichten Berührung unserer Lippen neigte sie ihren Kopf etwas zur Seite und öffnete ihren Mund. Und auch ich wollte es – unser erster Kuss! Eine kurze innige Umarmung noch, dann drehte sie sich um und ging zurück durchs Tor. Ich schaute ihr nach, als sie die lange Allee entlang zu ihrer Abteilung ging. Sie war kaum noch zu sehen, als sie nach rechts abbog. Kurz zuvor drehte sie sich noch einmal um und winkte mir zu. Sie hatte damit gerechnet, dass ich ihr nachschauen würde.

Für meinen letzten Abend in Paris hatte ich keine großen Aktivitäten mehr geplant. So fuhr ich die Strecke wieder zurück und schaute bei Simone vorbei, von der ich mich noch verabschieden wollte. Was für ein Tag war das heute! Ich erzählte Simone nichts von Conny, so wie ich auch Conny nichts von Marie erzählt hatte. Nun, es war ohnehin schon kompliziert genug. Morgen früh wollte ich vor meiner Abreise noch bei Inspektor Hittinger vorbeischauen, obwohl er mir auch dann wieder nichts Neues würde sagen können, da ich ja auf dem aktuellsten Stand der Dinge war. Alles, was ich in der Zwischenzeit erfahren hatte, würde ich ihm verschweigen müssen, um Conny zu schützen. Sie hatte mir von

einer Patientin erzählt und damit gegen die Schweige-
pflicht verstoßen.

Ich drückte Simone ganz fest zum Abschied und versprach, bald wieder zu kommen.

Der Wecker erlöste mich aus meinem unruhigen Schlaf.
Nach dem Duschen packte ich meinen Koffer, trug ihn
die Treppen hinunter und stellte ihn bei der Dame an
der Rezeption ab.

»Bonjour Monsieur, Sie reisen schon so früh ab?«

»Ja, leider. Mein Zug fährt um 8.25 Uhr am Bahnhof
Gare du Nord ab.«

»Kommen Sie bald wieder?« Eine persönliche Frage,
keine Floskel.

Mit einem Händedruck und einem herzlichen »Au
revoir« verabschiedete sie sich von mir, nachdem ich ge-
frühstückt hatte.

Zur Polizeistation nebenan nahm ich meinen Koffer
gleich mit.

»Bonjour!« Vier Polizisten, die im Gespräch beieinan-
derstanden, drehten sich zu mir. Hittinger löste sich von
der Gruppe und kam auf mich zu.

»Sie wollen uns schon verlassen? Sie müssen wissen, Sie
sind für uns hier eine besondere Person, denn noch nie
ist jemand vor dieser Polizeistation überfallen worden.
Sie sind der Erste!«

»Das ist mir aber eine ganz besondere Ehre.« Wir beide
lachten.

»Ich kann Ihnen die Adresse mitgeben, wo sich zurzeit
Ihre Freundin befindet. Sie wird nach ihrer Gefangenschaft im Krankenhaus behandelt.« Er schrieb die Ad-

resse von Sainte-Anne auf ein Blatt Papier und reichte es mir.

»Leider hat sie durch eine Kopfverletzung ihr Erinnerungsvermögen verloren und würde Sie daher wohl nicht wiedererkennen. Schreiben Sie ihr, wenn Sie zu Hause sind! Man wird Ihren Brief ihr dann übergeben, wenn die behandelnden Ärzte meinen, dass der richtige Zeitpunkt dafür gekommen ist. Ich bin mir sicher, sie wird sich bei Ihnen melden.«

»Monsieur Hittinger, womit kann ich Ihnen danken?«

»Besuchen Sie mich und bringen Sie ihre Freundin mit, wenn alles überstanden ist.«

Wieder ein Händeschütteln und ein herzliches »Au revoir«.

Nun musste ich mich aber beeilen, um meinen Zug nicht zu verpassen. Wie verschieden sich mir die Straßen mit ihren Geschäften und Lokalen darboten. Einerseits die triste Stimmung in den nüchternen Morgenstunden, wenn die Jalousien noch herabgelassen sind und die Menschen in die Arbeit eilen. Ganz anders die belebten Abendstunden, wenn sich junge Leute auf der Straße unterhalten, Wein trinken und Geschäfte jeglicher Art noch geöffnet sind.

Ich nahm die Metro bei der Station »Château d'Eau« und fuhr ein letztes Mal zum Gare du Nord. Der Schwarze lag um diese Zeit noch nicht auf der Decke an seinem angestammten Platz. Ob es mein Abschied von diesem Viertel war? Wie gut, dass ich es nicht wusste!

9.

Lindau im August

Es sind 730 Kilometer bis Lindau am Bodensee und sechseinhalb Stunden Fahrt, wenn wir nicht anhalten. Aber bei dieser langen Strecke werden wir mindestens zweimal Raststätten aufsuchen müssen.« Anita wollte Lore nicht nur informieren, sondern sie auch von den Gedanken an ihren schmerzhaften Abschied von Paul ablenken. Lore nickte nur gleichgültig, denn ihrem Liebesschmerz konnte sie so schnell nicht entrinnen. Doch es tat ihr gut, mit ihrer besten Freundin zusammen zu sein. Sie hatten es sich etwas kosten lassen und für eine Woche eine Ferienwohnung auf der Lindauer Insel gebucht. Die Gespräche miteinander, sozusagen von Frau zu Frau, hatten die beiden in den letzten Wochen aus Zeitmangel vernachlässigt, sodass ein enormer Gesprächsbedarf bestand, besonders bei Lore.

»Bitte entschuldige mein blödes Verhalten! Ich leide fürchterlich, weil ich Paul so sehr lieb habe und ich weiß, dass er mich auch mag. Aber diese Marie steht zwischen uns und ich weiß, mit mir wäre er glücklicher.« Zum ersten Mal auf ihrer Fahrt sprach Lore drei zusammenhängende Sätze.

Die beiden hielten an der Raststätte Hirschberg, um zu tanken, auf die Toilette zu gehen und um einen Kaffee zu trinken.

»Weißt du, die Männer sind total bescheuert. Jeder Mann, der dich kennt und dich nicht als Frau haben will, verpasst das Glück seines Lebens!« Anita sprach aus tiefer Überzeugung, denn Lore war eine wunderbare Frau. Doch was fehlte ihr? Was hat diese Marie, was Lore nicht hat? Dieser Frage wollte Anita in den gemeinsamen Tagen nachgehen. Sie selbst lebte seit über zehn Jahren in einer lockeren Beziehung mit einem verheirateten Mann, der sich von seiner Frau aus wirtschaftlichen Gründen nicht trennen wollte. Doch Anita konnte sich mit dieser Situation ganz gut arrangieren. Sie war nicht allein und hatte trotzdem ihre Freiheit. Lore dagegen war aus einem anderen Holz geschnitzt.

Sie hielten später noch mal bei der Raststätte Ellwanger Berge an, um zu tanken und ihre Bedürfnisse zu befriedigen. Je mehr sie sich ihrem Fahrtziel näherten, desto gesprächiger wurde Lore.

»Schau mal, wie schön!«, rief sie begeistert aus, als sie bei Weißensberg die Autobahn verließen und sich kurz darauf von der Anhöhe aus ein Ansichtskarten-Panorama auftat mit Blick hinunter auf Lindau, das von der Abendsonne beleuchtet seine schönste Seite präsentierte. Zwischen den österreichischen und Schweizer Bergen lag eingebettet der silbrig blau glänzende Bodensee. Ein weißes Wolkenband zeigte sich, wie abwartend, hinter den Bergen.

Selbst die weniger gefühlsbetonte Anita konnte ihre Begeisterung nicht zurückhalten. Ihr fielen die Segelboote auf, die auf die Entfernung wie statische Tüpfelchen wirkten, im Gegensatz zu dem Touristenschiff, das gerade aus dem Hafen auslief.

»Dort unten auf der Insel werden wir wohnen. Gleich sind wir da.«

Das Navi führte sie durch den abschüssigen Teil Lindaus, an einem großen Einkaufszentrum vorbei, bis sie durch die geschlossenen Bahnschranken gebremst wurden. Als der Zug vorbeirauschte und die Schranken sich wieder öffneten, kamen sie nach hundert Metern erstmals an den See und fuhren, ihre Köpfe nach links und rechts drehend, über die Seebrücke auf die Insel.

»Nur noch 200 Meter bis zur Ferienwohnung.« Sie hatten der Vermieterin eine halbe Stunde vorher ihre Ankunftszeit über das Handy mitgeteilt. Diese wartete bereits am Straßenrand stehend und hatte fürs Ausladen extra einen Parkplatz freigehalten. Sie winkte ihnen zu, als sie das beschriebene Auto mit Berliner Kennzeichen erkannte.

»Willkommen in Lindau!« Mit diesen Worten wurden die beiden von ihr begrüßt.

Als sie ihr Gepäck in die Maisonette-Wohnung im dritten Stock gebracht hatten, fragte Lore die Vermieterin, ob es in Lindau Tangoveranstaltungen geben würde.

»Meinen Sie den Tango Argentino? Soviel ich weiß, inzwischen nicht mehr. Ein Bekannter von mir hat das damals organisiert. Wenn Sie möchten, kann ich ihn fragen, wo sie hier in der Nähe tanzen können.«

»Das wäre nett von Ihnen. Sie können mir aber gleich seine Telefonnummer geben, dann kann er es mir selbst sagen.« Noch am selben Abend erhielt Lore die Nummer. Als sie am Seehafen in einem Café saßen, rief sie diesen Bekannten an und erfuhr, dass am nächsten Abend in Bregenz eine Milonga stattfinden würde und zwei Tage später noch mal eine in Langenargen. Alle Termine in dieser Gegend könne sie übrigens im Internetportal »Tango am Bodensee« finden, sagte er noch dazu.

»Lass uns diese nette Vermieterin und den Tangotänzer doch zum Essen einladen! Ich werde dann für uns alle kochen.« Lore kam in Schwung; es schien ihr hier wesentlich besser zu gehen als in Berlin, stellte Anita zufrieden fest.

»Ich habe einen Riesenhunger, aber ich will mich jetzt erst mal frischmachen und umziehen. Einräumen können wir dann später, wenn wir zurückkommen. Ist das okay für dich?«, fragte die unternehmungslustige Anita.

»Ja, klar. Jetzt haben wir aber ganz vergessen, unsere Vermieterin zu fragen, welche Lokale sie uns empfehlen würde.«

»Du hast ja gesehen, die Insel ist nicht groß. Vielleicht finden wir was in einer der Gassen dort drüben.«

Anita hatte richtig vermutet. Eine Gasse weiter, parallel zu der Straße, in der sie wohnten, hatten sie dann die Qual der Wahl – italienisch, chinesisch, griechisch oder deutsch zu essen. All das bot sich ihnen im Vorbeischlendern an und machte ihren hungrigen Mägen die Wahl schwer.

»Ich kann mich nicht entscheiden. Lass uns weitersuchen!« Anitas Hunger war so groß, dass die Lust auf etwas Bestimmtes keine Rolle mehr spielte – Hauptsache sie bekam überhaupt etwas zu essen.

Schau, da drüben an diesem kleinen Platz, da kann man schön sitzen.« Lore deutete auf eine Gruppe von Tischen und Stühlen unter Sonnenschirmen in einer lauschigen Ecke.

»Kann ja nicht anders sein, wieder ein Italiener, aber italienisch passt immer.« Anita strich sich lustvoll mit beiden Händen über den Bauch. Sie hatten Glück, ein allerletzter Tisch war noch frei, an dem sie schließlich Platz nahmen.

»Pizza oder Pasta?« Lore brauchte eine Entscheidungshilfe von Anita, denn die vom Kellner gereichte Speisekarte mit einem überwältigenden Angebot verwirrte sie eher.

»Bei meinem Hunger brauche ich eine Pizza, sonst schrumpft noch mein Magen. Ich nehme die *Pizza Napoli*, einen *Insalata Mista* und ein Bier.«

Lore bestellte *Spaghetti Aglio e Olio* mit Tomatensalat und einem *Pinot Grigio*.

»Heute wird mich sowieso keiner mehr küssen wollen«, meinte Lore lachend mit Blick auf den Knoblauch, den es auf ihrem Teller reichlich gab.

»Man weiß nie! Dort am übernächsten Tisch, die Männer, die schauen ständig zu uns herüber.« Anita hatte einen Blick für solche Situationen, Lore dagegen war in dieser Hinsicht eher blind. Das fing ja schon gut an, dabei hatten sich die beiden für diesen ersten Abend nicht einmal aufgebrezelt, sondern schnell die obenliegenden Kleider aus den Koffern genommen und angezogen.

»Hast du noch Lust auf einen Inselrundgang? Man soll doch nach dem Essen tausend Schritte tun!«

Lore war einverstanden. Sie ließen die unentwegt nach ihnen schauenden Männer an deren Tisch zurück und winkten ihnen zum Abschied auch noch zu. Diesen schien das eher peinlich zu sein; sie nickten verhalten zurück, denn sie hatten ihre Frauen dabei.

»Möchtest du einen haben, der anderen Frauen nachschaut, wenn er bei dir sitzt?«, fragte Anita, während sie den See suchten.

»Nein, ich möchte nur den Paul haben!«

Anita verdrehte die Augen. »Aber der schaut doch auch andere an.«

»Wenn er einmal mit mir zusammen ist, wird er es nicht mehr tun.« Anita hätte widersprechen können, doch sie ließ es sein und dieses unerschöpfliche Thema so stehen.

»Hier können wir jeden Tag woanders essen gehen.« Sie hatten inzwischen die Fußgängerzone erreicht und waren begeistert von den mit unterschiedlichen Pastellfarben verputzten Häuserfronten. Massen von Touristen flanierten an diesem lauen Sommerabend auf dem Insel-Boulevard oder sie bevölkerten die zahlreichen Cafés und Restaurants. Doch das Gehen auf dem ungewohnten Kopfsteinpflaster mit ihren hochhackigen Schuhen war so mühsam, dass die Freundinnen gegenseitig Halt suchten und Arm in Arm auf kürzestem Weg in Richtung See weiterstöckelten.

Als sie dann in einem der Cafés am Hafen saßen, schien der gegenwärtige Moment perfekt zu sein, so sehr waren die Großstädterinnen von der einzigartigen Kulisse mit Bergen und See beeindruckt. Schweigend saßen die beiden nebeneinander und genossen diese fast schon mediterrane Atmosphäre. Aber dann kam Müdigkeit auf – kein Wunder nach der langen Fahrt.

»In welchem Bett möchtest du schlafen, unten oder oben?« Anita wollte es jetzt schon wissen.

»In deinem!«

»Mit der Bedingung, dass ich einen Gutenachtkuss mit Knoblauchgeschmack von dir bekomme.«

Sie fielen sich um den Hals und lachten. Ihr erster Urlaubstag fing gut an.

Anita schlief in dieser Nacht wie ein Murmeltier, Lores Schlaf hingegen fiel eher unruhig aus. Daher stand sie schon relativ früh auf, um das Frühstück vorzubereiten. Vorausblickend hatten sie für den ersten Urlaubstag, ein Sonntag, schon zu Hause eingekauft.

Während der Kaffee durch die Maschine lief, setzte sie sich an den bereits gedeckten Tisch auf dem Balkon. Ihr Morgenmantel schützte sie vor der Morgenkühle und den Blicken der Nachbarn, die vom Hotel gegenüber Einblick auf ihren Balkon hatten. Ausnahmsweise genehmigte sie sich vor dem Frühstück eine Zigarette, die sie zuvor von Anita stibitzt hatte, und schaute verträumt auf die Dächer, Türme und Dachterrassen von Lindau, während die Sonne allmählich hinter den beiden nebeneinanderliegenden Kirchen wärmend hervorkam. Deren Glocken läuteten zur vollen Stunde. Ein für sie fremder Klang. Kirchenglocken klingen woanders immer fremd, doch sie konnte sich nicht daran erinnern, jemals die Glocken der Zionskirche in der Nähe ihrer Wohnung je gehört zu haben.

Ihr wurde etwas schwindlig, als sie aufstand, um sich eine Tasse Kaffee zu holen. Ungekämmt und noch schlaftrunken kam Anita endlich auch auf den Balkon, mit einem Piccolo in der Hand. Inzwischen hatte Lore bereits die zweite Tasse getrunken und einen Entschluss gefasst.

»Heute rufe ich ihn an!«

»Nein, das tust du nicht, das wäre dumm!«

»Warum denn?«

»Weil man in der Liebe manchmal strategisch vorgehen muss, wenn man etwas erreichen will, und das möchtest du doch. Warte wenigstens mit deinem Entschluss bis heute Abend! Dann siehst du die Dinge vielleicht in einem anderen Licht.«

Anita, der Morgenmuffel, aß wenig und schwieg. Lore kaute nachdenklich auf ihrem aufgewärmten Croissant, das mehr bröselte, als dass es ihren Magen füllte. Ihren Tagesablauf hatten sie am Abend zuvor bereits besprochen: Baden gehen und am Abend bei der Milonga in Bregenz vorbeischauen.

Sie hatten ihre Bikinis schon an, als sie sich auf den Weg machten, um eine geeignete Badestelle zu finden. Nachdem sie die Bahngleise überquert hatten, gingen sie am Bodenseeufer entlang. Ein niedriges Mäuerchen begrenzte den Weg zum See hin, der sich wegen seines niedrigen Wasserstandes zurückgezogen hatte. Die Uferbefestigung bestand aus rundgewaschenen, ausgebleichten Gesteinsbrocken unterschiedlichster Form und Größe. In diesen hatte sich Treibgut aus Baumästen verfangen, angespült von der Rheinmündung auf der anderen Seeseite. Sie schauten den Enten zu, die schwimmend und watschelnd im Wasser und an Land nach Nahrung suchten. Am gegenüberliegenden Ufer standen betagte Villen und kleine Schlösschen der gut Betuchten inmitten uralter Bäume. Dort drüben konnte man nicht direkt am See entlanggehen, so erschien es ihnen zumindest aus der Distanz. Niedrige, sanft geschwungene Hügelketten begrenzten den Horizont.

»Ist dir eigentlich schon einmal aufgefallen, dass man Enten fast nur paarweise antrifft, und hast du gewusst, dass die Männchen das schönere Gefieder haben?« Lore hatte sich inzwischen von ihrer sehnsuchtsvollen Träumerei gelöst und war in dieser herrlichen Gegenwart angekommen. Sie zeigte auf ein Entenpärchen, um ihr Wissen anschaulich zu verdeutlichen.

»Ja, ich weiß, aber bei uns Menschen ist es genau anders herum. Heute Abend ziehen wir uns schick an und zeigen den Männern, wer schöner ist.«

»Was nützt uns das, wenn alle schon vergeben sind, so wie gestern Abend?«

»Nicht alle Männer sind vergeben. Wir dürfen die Hoffnung nie aufgeben!«

»Du sagst ›wir‹ – dabei hast du doch den Michael! Bist du denn nicht zufrieden mit deiner Beziehung?«

»Doch schon, aber wer weiß, was noch alles kommt. Jedenfalls möchte ich für alles offen sein, was mir das Leben noch zu bieten hat.« Lore hatte dergleichen von Anita noch nicht gehört und war überrascht.

Mit ihren vollgestopften Badetaschen promenierten sie weiter am Ufer entlang und merkten sich dieses Mäuerchen für den späten Abend, um dort mit Wein, Baguette und Käse den Sonnenuntergang zu erleben.

Inzwischen waren sie auf der Seite der Insel angekommen, wo gegenüber normalerweise das Schweizer Ufer zu sehen ist, das durch den Dunst allerdings kaum zu erkennen war.

»Schau mal, die Berge sind verschwunden! Gestern Abend haben wir sie doch noch gesehen.«

Es war ein diesiger Morgen, der den Konturen die Schärfe nahm und den Farben die Intensität, als ob sich ein Weichzeichner zwischen ihnen und dem, was sich auf der anderen Seeseite befand, geschoben hätte. Hier, an dieser Stelle, fanden sie ihre Liegewiese, eingebettet zwischen einer ehemaligen Kaserne und der Mauerbegrenzung zum See hin. Als sie der Sonne zugewandt auf ihren ausgebreiteten Decken lagen, konnten sie sich vorstellen, irgendwo in Italien zu sein – vielleicht am Gardasee, mit diesem südländischen Panorama, den Bäumen vor der alten Mauer, dahinter das andere Ufer, aber nur andeutungsweise, dazwischen der See, den sie im Liegen nicht sehen konnten, aber wenigstens riechen.

»Ab heute ist Schluss mit unserer vornehmen großstädtischen Blässe. Ein bisschen Bräune wird uns sicher gut stehen«, meinte Anita mit Blick auf Lore, die gerade von ihrer Zeitschrift aufschaute.

»Dann sollten wir uns aber gleich einölen. Möchtest du bei mir anfangen?« Lore wartete Anitas Antwort nicht ab, legte ihre Lektüre beiseite, drehte sich auf den Bauch und löste im Rücken die Schleife ihres Bikini-Oberteils. Sie zuckte zusammen, als Anita das kühle Öl auf ihre Haut tropfen ließ. Dann aber genoss sie die sanften Massagebewegungen ihrer Freundin, besonders an den Seiten ihres Brustkorbs, als Anitas Hände den Ansatz ihrer Brüste berührten. Wann hatte sie das letzte Mal Hände an ihrem nackten Körper gespürt? Lore stellte sich vor, es wären Pauls Hände und wo sie diese gerne spüren möchte. Dieser Vorstellung gab sie sich gänzlich hin und schnurrte wohlig dabei. Ihre Körpervorderseite hätte sie selbst einölen können, doch sie wollte sich weiterhin von Anita verwöhnen lassen, und diese tat es mit Vergnügen. Lore genoss es lustvoll, als sich Anitas ölige Hände kreisförmig um ihre Brüste bewegten. Es waren für sie immer noch Pauls Hände, deren Berührungen ihr immer wieder auch ein Stöhnen entlockte. In ihrer Fantasie hätte sie gerne mehr von Paul gehabt, nicht nur mehr – alles!

Entspannt verlief ihr Tag beim Sonnenbaden. Immer wieder gingen sie die Treppen zum Wasser hinunter, um weit in den See hinaus zu schwimmen. Mittags besorgten sie sich in der Bahnhofsbäckerei die ihnen bisher unbekannten, reichhaltig belegten Seelen, nach denen sie in diesen Tagen süchtig geworden waren, und aßen sie dann auf einer Bank am Seehafen.

Am Abend wollten die beiden nach Bregenz fahren, jener österreichischen Stadt, die sie tagsüber schon vom Uferweg aus über die Bucht hinweg gesehen hatten. Lore wollte nur mal kurz in der Milonga dort vorbeischauen und danach mit Anita essen gehen. Das war für beide Grund genug, sich für diesen Abend aufwendig zu stylen, was im Chaos von Lores Unschlüssigkeit endete.

»Trag doch dasselbe wie damals, als du mit Paul im *Max und Moritz* tanzen gewesen bist. Da hast du ihm doch so gut gefallen.« Dieser Ratschlag löste Lores Dilemma. Anita, die Unkompliziertere von beiden, saß längst am Wohnzimmertisch und lackierte ihre Fingernägel. Sie trug ein farbiges Sommerkleid mit großen Blumenmustern, ihre stufig geschnittenen brünetten Haare fielen nach dem Waschen locker auf ihre Schultern. Anita zeigte mit ihrem rechten Daumen nach oben, als Lore endlich aus dem Bad kam, ganz in Schwarz.

»Ja, genauso habe ich es mir vorgestellt.«

»Schau, der hohe Kamin dort drüben, das muss das Kesselhaus sein.« Das Navi hatte sie in die richtige Straße geführt, als Lore die ehemalige Fabrik entdeckte. Schon vom Parkplatz aus sahen sie dieses typische Bild, wie sich Tangopaare hinter Glastüren bewegen. Die Tangomusik ergänzte akustisch diese Szenerie, als sie die Autotüren öffneten.

Spannend ist es jedes Mal, wenn man eine fremde Milonga betritt, und so standen sie etwas zögerlich an der Eingangstür, um sich zu orientieren. Der Raum war groß; direkt vor ihnen die Tanzfläche, dahinter Tische, Stühle und eine Bar, an der man sich Getränke holen konnte. Was tun, zumal sie nur kurz bleiben wollten? Anita hatte das Tanzen bereits nach ein paar Versuchen aufgegeben, weil sie sich nicht führen lassen konnte. Das entsprach einfach nicht ihrer Art, doch Lore hatte das Talent dazu. Unschlüssig blieben sie an der Kasse stehen.

Die Lösung kam in Form des aufmerksamen DJs, der ihnen entgegenkam, sie begrüßte und ihnen einen Tisch in der Nähe des Eingangs empfahl. Sie setzten sich zu drei Tänzerinnen, die beste Freundinnen zu sein schienen. Lore wechselte ihre Schuhe, die sie in einer Stofftasche mitgebracht hatte. Ob sie hier jemand auffordern würde? Die Milonga war zu dieser frühen Zeit nur mäßig besucht, so waren tanzende Männer noch Mangelware. Doch auch jetzt bewegte sich etwas und wiederum in Gestalt des DJs. Er kam zu Beginn einer neuen Tanda auf Lore zu und forderte sie auf. Seine Sprache hörte sich etwas fremdartig an, doch sie konnte ihn verstehen. Außergewöhnlich war auch, wie er tanzte. Sicher und einfühlsam führte er sie, kein Schritt zu viel, kein Schritt zu wenig, präzise in der Führung, ständig in Kontakt mit der Musik und ebenso mit ihr. So gut hatte sie sich selten beim Tanzen aufgehoben gefühlt. Seine Bewusstheit übertrug sich auf sie. So schloss sie, ihm vertrauend, ihre Augen und schwebte. Aus dieser Stimmung heraus beantwortete sie seine Fragen, immer in den kurzen Pausen zwischen zwei Taugos. Natürlich wollte er wissen, woher sie kamen, und war sichtlich stolz darauf, Gäste aus Berlin in seiner Milonga zu haben.

Währenddessen schaute Anita den beiden zu. Auch nahm sie teil an den Gesprächen ihrer Sitznachbarinnen, die sie mit einbezogen. Doch so einfach war das nicht, denn sie verstand zunächst kein Wort. Die drei Frauen sprachen irgendeinen österreichischen Dialekt, der ihr fast so fremd war wie finnisch oder ungarisch. Doch diese Frauen konnten auch anders, schließlich hatten sie es in der Schule gelernt: Hochdeutsch. Das klang zwar immer noch fremd, was Rhythmus und Betonung betraf, war aber für Anita dann doch irgendwie verständlich.

Nachdem Lore nach dieser Tanda an den Tisch zurückkehrte, wollte sie nicht mehr weitertanzen, denn diese Tänze, die sie gerade erlebt hatte, waren kaum noch steigerungsfähig. Sie wollte sich dieses Hochgefühl bewahren. Lore erinnerte sich an eine Bekannte, die, nachdem sie mit Carlitos Espinoza getanzt hatte, sagte, den würde sie heiraten – und das, nur weil er so gut tanzt.

Für Anita war es okay, zu gehen; ihr Magen knurrte, denn die belegte Seele vom Mittag war längst verdaut. So verabschiedete sie sich von den sympathischen Frauen an ihrem Tisch, die nach »Euch noch einen schönen Abend!« wieder etwas entspannter in ihrer Mundart weiterplauderten.

Was Lore nicht mehr mitbekam, während sie zu ihrem Auto gingen: Ein Tangotänzer sprach den DJ an und erkundigte sich nach der hübschen Frau, mit der er zuvor getanzt hatte.

»Die sind aus Berlin und verbringen ihren Urlaub in Lindau.«

»Ich muss sie unbedingt kennenlernen! Weißt du, wo ich sie finden kann?«

»Ich habe ihr die Milonga in Langenargen empfohlen. Du weißt ja, nächsten Dienstag. Vielleicht kannst du sie dort treffen.«

Ein Lokal, direkt am See gelegen, schien der passende Ort für ihr Abendessen zu sein. Das Mäuerchen am Lindauer Ufer konnte bis morgen warten.

Die Parkplätze beim Festspielhaus waren gut belegt, doch sie fanden noch eine Lücke. Diese Saison wurde Mozarts »Zauberflöte« aufgeführt. Die angestrahlten Kulissen zeigten drei fabeltierartige Gestalten, die ungewohnt und riesig im See stehend, Schauplatz für diese Opernaufführung waren. Wie Dinos, die an diesem Abend im See baden gehen wollen, dachte Anita.

Das Wirtshaus, im Stil eines Fachwerkhauses mit

spitzem Giebel und kleinem Türmchen, lag mit seinem Biergarten fast direkt am See, nur durch einen Fußweg davon getrennt. Anita und Lore bekamen einen Tisch zugewiesen, überdacht von den Ästen eines riesigen alten Baumes. In dieser malerischen Umgebung wurde ihnen klar, dass sie sich mit dem Bodensee genau das richtige Ziel für ihren Urlaub ausgesucht hatten. Beide bestellten Kässpätzle mit je einem großen Bier dazu. Und so ließen sie ihren zweiten Urlaubsabend mit vom Winde herbeigetragenen Klängen von Mozarts »Zauberflöte« ausklingen.

Auch in dieser Nacht schliefen sie wieder gemeinsam in einem Bett, wählten aber zur Abwechslung das etwas kleinere mit französischer Matratze. Diesen Schlafraum erreichten sie über eine Wendeltreppe nach oben.

Schwungvoll warf Anita die Bettdecke zurück, sie war sichtlich erleichtert, denn Lore hatte Paul doch nicht mehr angerufen. Sie hatte schon beim Frühstück das richtige Gespür, was die wechselhaften Stimmungen von Frauen anbelangt. Anita war von beiden die Ausgeglichenere, deshalb war sie jedes Mal aufs Neue von Lores Launenhaftigkeit überrascht. Während sie noch darüber nachdachte, musste sie kichern.

Er, der sich im Kesselhaus beim DJ nach Lore erkundigt hatte, war schon da, als die beiden Berlinerinnen am Dienstagabend im Langenargener Schloss an der Kasse standen. Anita wollte nicht mit hineingehen und sich die Zeit im Ort vertreiben, während Lore die Gelegenheit nutzte, ihren geliebten Tango zu tanzen. So vereinbarten sie, dass Anita sie in zwei Stunden abholen würde.

Schon wieder befand sich Lore in dieser für eine Frau schwierigen Situation beim Betreten einer neuen Milonga. An der Bar zu stehen, wäre erst einmal eine Lösung gewesen, doch im Tanzsaal des Schlosses gab es keine Bar, nur Tischreihen. So setzte sie sich auf den allerersten Stuhl nahe der Kasse und wechselte ihre Schuhe. Das alles wurde von ihm beobachtet, der Lore auch gleich zum Tanzen aufforderte, kaum dass sie die Riemchen ihrer Tangoschuhe geschlossen hatte.

Er bemühte sich in seiner Führung, nicht gleich mit anspruchsvollen Figuren zu beginnen. Die Frau, mit der er tanzte, war ihm zu wichtig, als dass er gleich Eindruck schinden wollte, wie gut er tanzen kann. Und er konnte gut tanzen. So fühlte sich Lore gleich zu Beginn der Milonga bestens aufgehoben.

»Ich bin der Klaus. Und du?«

»Ich bin die Lore.«

»Ich habe dich hier noch nie gesehen. Woher kommst du?«

»Aus einer großen Stadt im Norden. Und du?«

»Ich wohne hier am See bei Lindau.«

Klaus wusste ja vom DJ aus dem Kesselhaus, dass Lore aus Berlin kommt und in Lindau ihren Urlaub verbringt. Weil sie ihm so gut gefiel, bemühte er sich um sie mit all seinem Charme und bat sie am Ende der Tanda an seinen Tisch. Lore trug einen knielangen schwarzen Rock mit einer engen weinroten Bluse und sah wirklich toll aus. Klaus zeigte ihr die Terrasse, von der aus man einen unglaublichen Blick auf den See und die Berge am gegenüberliegenden Ufer hatte. Der See lag direkt unter ihnen und reflektierte die Abendsonne. In einem Schloss tanzen, und das auch noch direkt über dem See. Welch ein romantischer Abend in dieser lauwarmen Nacht! Klaus nahm Lore dermaßen in Beschlag, dass sie von keinem anderen Tänzer aufgefordert wurde. Vorteilhaft für sie, denn an diesem Abend herrschte Frauenüberschuss. Als dann Anita nach zwei Stunden am Eingang stand, um Lore abzuholen, tauschten sie und Klaus die Handynummern aus, denn er wollte Lore am nächsten Abend zur Milonga nach Ravensburg mitnehmen.

»Lass uns morgen telefonieren! So schnell kann ich mich nicht entscheiden.«

Mit drei Küsschen auf die Wangen verabschiedeten sie sich voneinander.

Eigentlich könnte man davon ausgehen, dass die beiden Freundinnen während des Tages genügend Gelegenheit gehabt hätten, alles Wichtige aus ihrem Leben miteinander zu besprechen. Doch wenn sie dann in der Nacht nebeneinanderlagen, kamen sie sich in dieser intimen Atmosphäre noch näher und öffneten sich voller Vertrauen den Themen Partnerschaft, Sexualleben und erotische Fantasien, so lange, bis eine von ihnen eingeschlafen war.

Klaus hatte eine unruhige Nacht hinter sich, weil er ständig an Lore denken musste. Bereits um die Mittagszeit schrieb er ihr eine SMS, ob er sie am Abend zur Milonga abholen könne. Doch Lore wollte sich nicht gleich von ihm vereinnahmen lassen. Ohnehin hatte sie vor, am Nachmittag mit Anita nach Ravensburg zu fahren, um shoppen zu gehen. Sie schrieb ihm zurück, dass sie sich in der Milonga treffen würden.

Ravensburg ist eine Einkaufsstadt, die selbst Großstädterinnen etwas bieten kann, denn alle Geschäfte befinden sich in der Altstadt, also auf überschaubarem Raum beieinander. Die bereits vollen Kleiderschränke zu Hause verminderten ihre Kauflaune nicht. Tops und Sommerkleider füllten nach und nach ihre Plastiktüten. Auch passende Schuhe fanden sich in den zahlreichen Geschäften der Innenstadt. Sie freuten sich darauf, diese Sachen in den nächsten Tagen zu tragen. Doch heute blieben sie bei dem, was sie anhatten. Das Neue verstauten sie im Kofferraum von Anitas Audi.

Lore trug bereits das passende Outfit für die Milonga, einen knielangen schwarzen Rock, dazu eine enge weiße Bluse, sodass sie nachher nur noch die Schuhe wechseln musste. Sie aßen noch eine Kleinigkeit in einem der vielen Cafés am Marienplatz und genossen die Atmosphäre dieses Sommerabends.

Unweit des Cafés, in dem sie saßen, fanden sie die Tanzschule, in der die Milonga stattfand. Schon im Treppenhaus wurden sie von den Klängen der Tangomusik zur richtigen Tür geführt. Anita wollte diesmal dabeibleiben und zuschauen. Dafür bot sich die Bar gegenüber dem Eingang an. Gleich links befand sich der Bereich, wo man die Schuhe wechseln und sich in der Toilette frisch machen konnte, rechts davon wurde getanzt.

Während Lore ihre offenen schwarzen Tangoschuhe anzog, entdeckte sie Klaus auf der Tanzfläche. Schon wieder war er vor ihr da. Anita hatte für sich einen Chardonnay bestellt, für Lore ein Mineralwasser. Nun standen beide an der Bar, verschafften sich einen Überblick und wollten erst mal ankommen. Klaus gab mit seiner freien Hand ein Zeichen, dass er sie gesehen hatte, und tanzte fortan nicht mehr so konzentriert. Aber es waren auch andere Männer anwesend, die neue weibliche Gäste sehr aufmerksam wahrnahmen, wie zum Beispiel der DJ. Gleich darauf kam dieser zu ihnen an die Bar und sprach sie an. Nach ein paar Minuten Smalltalk, in denen er herausgefunden hatte, dass die beiden Frauen aus Berlin kommen und Lore die Tänzerin ist, forderte er sie mitten in dieser Tanda auf. Sie harmonierten so gut, dass sie auch die nächste Runde miteinander tanzen wollten. So blieben sie auf der Tanzfläche stehen und unterhielten sich. Die Musik hatte er bereits auf dem Laptop vorprogrammiert, weshalb er sich Lore voll und ganz widmen konnte. Er kannte die Abfolge der Tangos und wusste, dass nun eine Valsrunde kommen würde, die Frauen ja so mögen.

Klaus hatte sich schnell von seiner Tanzpartnerin gelöst, verdattert und eifersüchtig stand er nun neben Anita an der Bar. Die kühle Anita aber hatte kein Mitleid mit ihm und ließ sich nur sparsame Auskünfte entlocken, als Klaus sie wegen Lore ausfragen wollte.

Als diese endlich zurückkam, wurde sie gleich von Klaus in Beschlag genommen. Anita ließ er links liegen. Es schien so zu kommen wie am Dienstagabend bei der Milonga im Schloss. Klaus wich keinen Millimeter mehr von Lore, obwohl diese auch gerne mit anderen Männern getanzt hätte. Sie nahm während des Tanzes über Zeichensprache Kontakt zum DJ auf, er möge sie doch noch einmal auffordern. Dieser nickte, obwohl er auf seine anwesende Frau, die schon bei seinem ersten Tanz mit Lore die Miene verzogen hatte, Rücksicht nehmen sollte. Es kam dann so, wie von Lore gewünscht: sie wurde noch einmal vom DJ durch einen Cabeceo aufgefordert. Wieder blieben sie zwei Runden lang auf der Tanzfläche. Klaus tanzte währenddessen mit einer anderen Frau, er wollte sich Anita nicht noch einmal antun.

Diese drängte schließlich zum Aufbruch, sie hatte genug gesehen und als Nichttänzerin nicht das Vergnügen gehabt, im Gegensatz zu Lore, für die das okay war. Denn sie hatte sich mit Anita zu arrangieren. Klaus dagegen war die Enttäuschung anzusehen. Trotzdem wollte er sich für den nächsten Tag wieder verabreden, doch er erhielt einen Korb. Die beiden Freundinnen hatten einen Ausflug in die Schweiz geplant und vertrösteten ihn auf den letzten Abend ihres Urlaubs. An dem wollten sie sich auf dem Mäuerchen am Seeufer treffen und dazu auch ihre Vermieterin und den Tangotänzer, der Lore die Milonga-Tipps am Telefon gegeben hatte, einladen. Klaus versprach zu kommen, verzichtete aber aus verständlichen Gründen auf einen Abschied mit den obligatorischen Küsschen.

»Der wird dich in Berlin besuchen kommen, da bin ich mir sicher«, meinte Anita, als sie in der Tiefgarage ihren Wagen suchten. Sie hatten vergessen, auf welcher Etage sie geparkt hatten.

»Ich mag ihn schon, und er gefällt mir auch. Nur ist er mir zu anhänglich und auch so besitzergreifend.«

In ihrer Ferienwohnung angekommen, packten sie ihre Einkaufstüten aus und erfreuten sich an dem, was ausgebreitet vor ihnen auf den Betten lag. Morgen auf dem Ausflug nach St. Gallen wollten sie die neuen Klamotten tragen.

Während sie auf dem Balkon saßen und ihren Tagesabschlusswein tranken, waren sie eher schweigsam – nur Lore meinte: »Wir sollten noch unsere nette Vermieterin und den Tangotänzer für Freitagabend einladen.«

Das erledigte sie gleich am nächsten Morgen, bevor sie in die Schweiz fuhren. Beide sagten zu. Die Vermieterin versprach, ein Tischtuch und drei Flaschen Weißwein mitzubringen. Der Tangotänzer wollte Baguettes mit Oliven beisteuern. Den Käse dazu würden sie in der Schweiz einkaufen.

Anita und Lore freuten sich auf diesen letzten Abend, der eine schöne Woche abschließen sollte.

Der kommende Tag bescherte ihnen einmal mehr schönes Wetter. Ihre Fahrt in die Schweiz ließ sie der Bergwelt näherkommen und schenkte ihnen das, was ihnen Berlin nicht bieten konnte: St. Gallen, eine alte romantische Stadt zwischen dem großen See und den hohen Bergen. Ihre von der Sonne bereits leicht gerötete Haut konnte sich an diesem Tag etwas erholen; morgen würde sie eine letzte Bräunungsschicht erhalten. Lore wusste aus dem Tangokalender, dass sie einen Tag später hier hätten tanzen können. Das *Almacen*, in einem ehemaligen Fabrikgebäude untergebracht, hätte sie gereizt, doch man kann nicht alles haben. Beeindruckend auf ihrer Rückfahrt war der Blick von der St. Gallener Anhöhe auf den östlichen Teil des Bodensees. Der Ausflug hatte sich gelohnt, ihre Stimmung war prächtig. Sie freuten sich auf den Abend auf der Lindauer Insel, an dem sie keine Experimente eingehen wollten. Also gingen wieder zu dem Italiener, wo der Kellner sie bereits kannte und auffallend nett begrüßte.

Auch am Freitag gingen sie zum selben Badeplatz, aßen belegte Seelen aus der Bahnhofsbäckerei und kauften für den Abend drei Baguettes. Der anhängliche Klaus hatte sich per SMS gemeldet, er freue sich auf den gemeinsamen Abend.

Bereits um Sieben machten sie sich auf den Weg, um noch ein gutes Plätzchen auf der Mauer zu ergattern, denn sie hatten sich mit den anderen an einer bestimmten Stelle nahe der ehemaligen Kaserne verabredet. Klaus war schon da, was nicht verwunderte. Zwei Flaschen Weißwein hatte er dabei und eine Tüte Kräcker. Er setzte schon zum liebevollen Umarmen bei Lore an, als er unterbrochen wurde; die Vermieterin kam gerade in Begleitung eines Mannes an. Klaus kannte ihn offensichtlich: »Wo hast du denn gesteckt, ich habe dich seit Ewigkeiten nicht mehr auf Milongas gesehen.«

»Das ist eine längere Geschichte, vielleicht erzähle ich sie nachher, wenn es passt«, drehte er seinen Kopf mit einem verschmitzten Lächeln seiner Begleiterin zu. Diese legte ihren Zeigefinger an ihre Lippen: pssst!

Sie breitete ihre Tischdecke auf der Mauer aus und alle legten oder stellten ihre Mitbringsel darauf ab. Sie mussten sich nebeneinandersetzen und Klaus eroberte sich gleich den besten Platz neben Lore, in sicherer Distanz zu Anita. Diese hockte zwischen den Weinflaschen und ihrer Vermieterin, am anderen Ende der Reihe saß der Tangotänzer – mit genügend Abstand zu Klaus, um möglichst eine Wiederholung seiner Frage von vorhin zu vermeiden. Beim Anstoßen bot die Vermieterin ihren Feriengästen das Du an, »ich bin die Susanne«, sodass sie sich entspannter unterhalten konnten.

Sie blieben nicht allein. Die Enten hatten mittlerweile die neue Futterquelle entdeckt und watschelten über die Ufersteine hinweg auf sie zu, um sich die Baguettebrocken zu schnappen, welche die Gruppe ihnen großzügig zuwarf. Weiter vorne ließen sich Schwäne auf dem Wasser treiben, anscheinend zu stolz, um zu betteln. Die Abendstimmung war beeindruckend. Die sinkende Sonne spiegelte sich auf dem Wasser in einem gelblichen Strahl, der direkt auf sie zu zeigte. Der See, nahezu unbewegt, lag pastellfarben vor ihnen. Vorbeiziehende Schiffe brachten mit zeitlicher Verzögerung Bewegung in die Wasseroberfläche. Von der Abendsonne angestrahlte, rötliche Wolkenschlieren am westlichen Horizont machten die Stimmung perfekt. Kein Wunder, dass so viele Menschen abends auf dem Ufermäuerchen saßen; sie wollten sich diese herrlichen Sonnenuntergänge nicht entgehen lassen. Viele dieser Menschen kannten einander, da es sich um Einheimische handelte. Kein Wunder also, dass die Vermieterin und der Tangotänzer ständig von Vorbeigehenden angesprochen wurden.

Lore hatte eine Frage an den Tangotänzer und beugte sich vor, um ihn anzusprechen. »Warum gibt es keine Milonga mehr in Lindau, du hast sie doch damals organisiert?«

»Wir hatten das übliche Problem, das Milonga-Veranstalter mit den Wirten oft haben, sie machen mit uns zu wenig Umsatz. Wir trinken wenig und meistens auch nur Mineralwasser. Davon muss dann der Wirt den Kellner bezahlen und übrig bleibt kaum etwas. Obwohl ich zu dem Wirt ein gutes Verhältnis hatte, kam dann der Tag – es war nach einer schwach besuchten Milonga, an dem er mir mitteilte, dass wir nur noch einen Termin bekommen würden und dass es danach vorbei sei.«

»Schade um diese Milonga, direkt am See gelegen! Auch die Einrichtung erinnert an eine Hafenkneipe. Ich vermisse sie sehr!«, meinte Klaus, vor den anderen stehend, mit einem Weinglas in der Hand.

»Der Wirt verdient mit Salsa- und Discoveranstaltungen wesentlich mehr; die finden noch immer statt.«

»Das ist aber nicht der Grund, warum man dich nicht mehr auf Milongas antrifft – oder?«

»Möchtest du es ihm sagen?« Der Tangotänzer schaute seine Partnerin fragend an.

Susanne begann zögernd: »Er wollte mir den Tango schmackhaft machen und nahm mich zur Milonga nach Ravensburg mit. Dort wurde er von seiner bisherigen Tangopartnerin aufgefordert, während ich zuschauen musste, wie intim sie miteinander tanzten. Ich konnte diesen Anblick nicht ertragen und lief davon.«

»Ein Bekannter sagte mir, dass sie nach draußen gelaufen wäre und so ging ich vor die Tür, auf die Suche nach ihr. Ich fand sie draußen weinend auf einer Bank sitzend und konnte sie kaum beruhigen. Seit damals bin ich auf keiner Milonga mehr gewesen.«

»Aber wenn man schon so lange Tango getanzt hat wie du, kann man doch nicht einfach aufhören«, hakte Klaus nach.

»Wir beide üben zu Hause und wollen irgendwann einen Tangokurs besuchen. Von Aufhören kann keine Rede sein.«

Lore: »Diejenigen, die den Tango nicht kennen, täuschen sich. Die scheinbare Intimität des Tanzes hat meistens nicht viel zu bedeuten. Sie beschränkt sich auf den Tanz, danach ist es vorbei mit der Nähe.«

In diesem Moment ging die Sonne unter, was von den meisten in andächtigem Schweigen erlebt wurde. Klaus legte seinen Arm um Lores Schultern, zog sie an sich, was sie geschehen ließ, während sie an Paul dachte.

Morgen Abend würde sie ihn wiedersehen.

Susanne kümmerte sich um Anita, nachdem Klaus Lore in Beschlag genommen hatte und sie beim Thema Tango nicht mitreden konnte. Es ging um Gott und die Welt, während Klaus Lore darauf vorbereitete, dass er sie bald in Berlin besuchen würde. Anita hatte ihn richtig eingeschätzt. Währenddessen unterhielt sich der Tangotänzer mit den Leuten von nebenan, die er kannte. Inzwischen hatten sie viel getrunken und bis auf Lore und Anita mussten alle noch nach Hause fahren. Die Einheimischen unter ihnen kannten die häufigen Verkehrskontrollen am Ende der Seebrücke. So bot sich der Tangotänzer an, nachzuschauen, ob die Polizei kontrolliert. Er würde ihnen dann übers Handy Bescheid geben. Tatsächlich hatte die Polizei an diesem Abend einen Kontrollposten eingerichtet und hielt die Fahrzeuge an. Nun steckten sie in der Falle, es war kein Durchkommen mehr, bis auf eine Möglichkeit, die allerdings verboten war. Denn es gab außer der Brücke nur noch den Eisenbahndamm, der auf das Festland führt. Parallel zu ihm verläuft ein Fuß- und Radweg, aber eben keine Straße. Das bescherte ihnen nach diesem romantischen Abend am Seeufer noch ein Abenteuer. Lore und Anita wollten noch sitzen bleiben, während sich Klaus an das Auto von Susanne dranhängen wollte. Besonders ihm fiel der Abschied schwer. Er mochte sich nicht von Lore trennen.

Susanne und der Tangotänzer fuhren mit ihrem Auto voraus, Klaus hinter ihnen her. Nur Ortskundige konnten die Verbindung zum Bahndamm finden. Ihr Puls schlug höher, als sie mit Standlicht, Herzklopfen und schlechtem Gewissen den Fußgängerweg entlangfuhren. Etliche Passanten traten irritiert zur Seite und einige schimpften sogar hinter ihnen her, doch sie hatten keine andere Wahl. Als Klaus sich nach zwei Kilometern wieder orientieren konnte, hupte er zum Abschied und fuhr weiter nach Nonnenhorn. Das war ja gerade noch mal gut gegangen, gesetzt den Fall, niemand hatte ihre Kennzeichen notiert.

Lore und Anita wollten ihren letzten Abend mit dem Wein, der übrig war, ausklingen lassen und sich der nächtlichen Stimmung hingeben. Doch sie blieben nicht lange allein.

»Setzt euch doch zu uns.« Es waren die drei Männer, mit denen sich der Tangotänzer unterhalten hatte. Einer von ihnen hatte vorhin schon auf seiner Gitarre gespielt und mit seinem kräftigen Bariton dazu gesungen. Zwei Sopranstimmen würden ihnen noch fehlen.

»Kennt ihr das Stück?«

»Yesterday, all my troubles seemed so far away, now it looks as though they're here to stay. Oh I believe in Yesterday.« Inbrünstig sangen Lore und Anita mit, wobei sich Anitas Stimme auffällig wohlklingend hervortat. Dem Timbre ihrer Gesangsstimme hörte man an, dass sie schon oft gesungen, möglicherweise sogar eine Gesangsausbildung genossen hatte. Und wenn es die Gelegenheit an diesem Abend gab, eine Zweitstimme zu singen, hatte sie das Gespür dafür. Der Gitarrist nutzte diese Chance und stimmte »Mrs Robinson« an. Sein Gitarren-Picking kam nahe an das von Paul Simon heran und Anita sang zweistimmig mit ihm: »And here's to you Mrs Robinson, Jesus loves you more than you will know ... whoa, whoa, whoa ...

Nun bekam auch Anita einen männlichen Arm um ihre Schultern gelegt. Der flotte Peter, der hübscheste des Trios, zog sie an sich. Anita wehrte sich nicht dagegen, im Gegenteil, sie schmiegte sich an ihn. Beide wogen ihre Körper im Takt dieser Schmusesongs. Die Schwäne, in ihrem weißen Gefieder immer noch erkennbar, ließen sich unbeeindruckt auf den Wellen treiben. Ob sie Musik mögen?

Welches Wesen auf Erden mag Simon & Garfunkels »Scarborough Fair« nicht? Der Gitarrist kam mit seinem Picking wieder dem Original sehr nahe, als er mit dem wunderschönen Vorspiel begann. Er sang den Text: »Are you going to Scarborough Fair, parsley, sage, rosemary and thyme ...«

Anita setzte mit ihrer Zweitstimme bei »Tell her to make me a cambric shirt« ein.

Inzwischen hatte sich ein kleines Publikum um die Gruppe gebildet, die sich alle dem Zauber dieser Musik hingaben und mitsangen.

Die Zwei-Mann Polizeistreife, die in ihrer abendlichen Kontrollrunde vorbeikam, zeigte kein Gefühl für Romantik und gab sich dienstlich. Einer von beiden forderte den Gitarristen in bestimmendem Ton auf, spätestens in einer halben Stunde mit der Musik aufzuhören. Gut, man kannte und arrangierte sich.

In der noch verbleibenden Zeit sangen sie die schönsten Songs, die sie kannten. Die Polizisten wollten ursprünglich ihren Rundgang fortsetzen, blieben aber dann doch stehen und hörten zu.

»The Sound of Silence.« Der Gitarrist spielte die ersten Töne an und alle wussten, was nun kommt. Nur noch er und Anita sangen, die andern hörten andächtig zu oder summten mit. Offene Herzen drückten sich in strahlenden Gesichtern aus. Zwei junge Frauen fielen den etwas steif herumstehenden Polizisten um den Hals und eine sagte: »So schön kann Nachtruhestörung sein!« Allmählich entspannten sich auch die Polizisten, umarmten die Frauen und tanzten mit ihnen Stehblues, wie viele andere, neben ihnen auch. Und sie merkten nicht, dass sie dabei fotografiert wurden.

»Hello darkness, my old friend, I've come to talk with you again.«

Mit »Bright eyes« als Abschlusssong verzauberte der Gitarrist endgültig die Zuhörer. Kein noch so rationales Gemüt konnte sich dessen erwehren und gab sich der Stimmung dieses Liedes hin. Anita ließ sich von Peter küssen, Lore dachte sehnsüchtig an Paul, ein älteres Pärchen umarmte sich und die Schwäne trieben weiterhin träumend auf dem Wasser.

»Is it a kind of a dream, floating out of the tide. Following the river of death downstream or is it a dream? There's a fog along the horizon, a strange glow in a sky and nowbody seems to know where you go and what does it mean. Or is it a dream?«

Die Polizisten ließen es geschehen, sozusagen »out of order« und sangen inbrünstig mit, als alle gemeinsam in den Refrain einstimmten: »Bright Eyes, burning like fire. Bright Eyes, how can you close and fail. How can a light that burned so brightly suddenly burn so pale, bright eyes.«

Im Schein des zunehmenden Halbmondes machten sich einige Grüppchen auf den Heimweg. Das Männertrio wollte es sich nicht nehmen lassen, die beiden Freundinnen nach Hause zu begleiten. Der Gitarrist hatte seine Gitarre im Arm, Peter die Anita und der zurückhaltende Heinz versuchte sich in einem Gespräch mit Lore. Nach kurzer Wegstrecke kamen sie an der Ferienwohnung an, umarmten einander und verabredeten sich für den nächsten Sommer. Peter steckte Anita noch seine Visitenkarte zu.

Anita und Lore leerten, auf dem Balkon sitzend, den Rest des Pinot Grigio. Sie redeten nicht viel miteinander und waren mit ihren Gedanken bei den Männern ihres Herzens, die sie morgen wiedersehen würden. So ließen sie, rundum zufrieden, mit Blick auf die vom Mond beschienenen Dächer, ihre erfüllten Tage am Bodensee ausklingen.

»Möchtest du, dass Peter dich besucht? Dann könnte er doch mit Klaus zusammen nach Berlin fahren.«

»Weiß nicht, ob ich das möchte, denn das könnte etwas kompliziert werden. Sie müssten in einem Hotel übernachten, auf gar keinen Fall bei uns, denn sonst würde es sicher zu Komplikationen kommen.«

Mit dieser Vorstellung gingen sie zufrieden schlafen. Sie nahmen das Bett im unterem Wohnbereich, denn die Wendeltreppe nach oben schafften sie nicht mehr.

Für ihre Rückfahrt am nächsten Morgen hatten sie sich mit Proviant aus der Bahnhofsbäckerei gut eingedeckt. Bei ihrer Vermieterin bedankten sie sich während der Fahrt per Handy und erzählten noch vom restlichen Verlauf des Abends, den Susanne durch ihr frühes Aufbrechen verpasst hatte.

Die Rückfahrt nach Berlin verlief problemlos. Kurz vor ihrer Ankunft hatte Lore einen Wunsch an Anita: »Fahren wir erst zu dir? Ich möchte mich noch frisch machen und mir deine CD von Simon & Garfunkel ausleihen.«

»Und das alles wegen Paul?«

»Ja! Ich will ihn für mich gewinnen und deshalb will ich gut vorbereitet sein.«

»Okay, verstehe. Ich unterstütze dich, weil du meine beste Freundin bist.«

Lore duschte in Anitas Wohnung, zog ihr blaues Kleid an, das Paul so an ihr mochte, und legte ihren Silberschmuck an, der gut zu ihrer sonnengebräunten Haut passte.

»Vergiss nicht, die CD mitzunehmen, die ist dir doch so wichtig!«

Bestens vorbereitet wurde Lore von Anita vor ihrer Wohnung am Rosenthaler Platz abgesetzt. Zum Abschied umarmten sie sich. Dann nahm Lore ihren Koffer aus dem Auto und suchte mit zitternden Fingern, doch leider vergeblich, nach den Schlüsseln in ihrer Handtasche. Aufgeregt drückte sie den Klingelknopf ihrer Wohnung, die hell beleuchtet war.

10.

Berlin im August

Wieder in Berlin zurückgekehrt, wartete ich ungeduldig auf Lores Rückkehr. Ich überbrückte die zwei Tage bis zu ihrer Ankunft mit Putzen und Aufräumen. Wie sie sich in der Zwischenzeit wohl entschieden hatte? Würde sie in unserer Wohnung bleiben wollen? Ohne sie konnte ich es mir hier nicht vorstellen. So unternahm ich alles, um ihr einen besonders schönen Empfang zu bereiten und ihre Sinne anzusprechen. Ich besorgte einen großen bunten Rosenstrauß, den größeren Teil stellte ich in ihr Zimmer, den kleineren in unsere gemeinsame Küche. Selbst ins Putzwasser tröpfelte ich Lavendelöl, denn die Wohnung sollte bei ihrer Ankunft gut duften. Außerdem wollte ich sie mit einem vorbereiteten Essen empfangen und dazu schöne Musik auflegen. Vor allem musste ich mich ihr vorteilhaft präsentieren, daher verbrachte ich mehr Zeit im Bad als sonst.

Es klingelte an der Wohnungstür! Das geschah nicht allzu häufig. Ob es Lore ist? Nervös lief ich zum Fenster und sah Anitas Audi gerade wegfahren. Es klingelte noch einmal, diesmal etwas länger. Ich drückte anhaltend auf den Türöffner und ging hinaus. Lore kam mir auf der Treppe entgegen, den schweren Koffer hinter sich herziehend. Wie schön sie aussah! In meiner Verunsicherung blieb ich zunächst zurückhaltend. Doch sie fiel mir um den Hals, als sie die letzte Treppenstufe geschafft hatte

161

und vor mir stand. Sie drückte mich lang und innig. Erleichtert und glücklich über Lores herzliche Begrüßung drückte auch ich sie, nicht weniger fest. So standen wir im Treppenhaus, uns hin und her wiegend. Meine Lippen berührten ihr Ohr, brachten aber kein Wort heraus. Mitbewohner des Hauses schlichen rücksichtsvoll an uns vorbei, sodass wir es kaum wahrnahmen.

»Komm doch herein,« sagte ich nach einer gefühlten Viertelstunde und übernahm ihren Koffer.

»Wonach ist dir jetzt?« fragte ich Lore.

»Wenn du mich so fragst, ich habe großen Hunger.«

»In zehn Minuten bin ich fertig mit Kochen. In der Zwischenzeit kannst du schon mal auspacken.«

»Was gibt es denn?«

»Lamm mit Bohnen und Bratkartoffeln.«

»Du bist ein Schatz! Genau darauf habe ich jetzt Appetit.«

Die Chancen, dass sie hierbleibt, stehen gut, dachte ich, während ich die Herdplatte einschaltete. Ich hatte bereits alles fertig gekocht, das Essen musste nur noch aufgewärmt werden. Jetzt noch den Laptop einschalten, auf dem ich meine beste Musik vorbereitet hatte. Während er hochfuhr, zündete ich noch die Kerze an, die auf dem Tisch stand.

»Paul, ich rieche Lavendel, sehe wunderschöne Rosen und höre herrliche Musik. Ist das alles für mich oder erwartest du jemand andern?«, rief Lore aus ihrem Zimmer, kam aber bald darauf strahlend in die Küche und umarmte mich von hinten, während ich im Topf rührend am Herd stand. Sie schnüffelte an meiner Haut.

»Jetzt rieche ich dein Rasierwasser .... und das Lammfleisch«, witzelte Lore, nachdem sie sich über die Pfanne gebeugt hatte.

»Du duftest auch gut!«

»Danke! Ich decke den Tisch. Was trinken wir zum Essen?«

»Ich glaube, Bier passt am besten. Was meinst du?«

Wie einig wir uns einmal mehr waren! Lore ging in den kühlen Abstellraum, um Bier zu holen. Inzwischen hatte die Musik gewechselt, die Bee Gees spielten »Nights on Broadway«. Der Synthesizer-Bass ließ meine Eingeweide vibrieren. Lore kam mit den Bierflaschen in den Händen und hochgehaltenen Armen tanzend aus dem Abstellraum. Mich ließ der Rhythmus ebenfalls nicht kalt und ich vernachlässigte darüber ganz das Essen. Wir tanzten nun voreinander, dabei orientierte ich mich an ihren Bewegungen, die bei ihr verdammt gut aussahen. Nach dem instrumentalen Teil wurde es schmusig. Als Barry Gibb sang »I will wait«, dann mit den anderen zusammen »even if it takes forever. I will wait, even if it takes a life time«, umarmte mich Lore. Die Bierflaschen kühlten meine heißen Ohren. »Somehow I feel inside you never ever left my side.« Lore sang mit, ich sah sie fragend an und sie nickte bejahend. Ein Stein fiel mir vom Herzen – sie blieb also bei mir. »Even if it takes a life time ...«

Wir tanzten Stehblues und blieben in dieser Haltung, wenn auch etwas dynamischer, als das Stück wieder rhythmischer wurde.

»Das Essen!« rief Lore erschrocken, drückte mir die Bierflaschen in die Hände, lief in die Küche und stellte die Pfanne nebenan auf eine kalte Platte.

»Jetzt sollten wir aber vernünftig sein und endlich essen!«
Ein Glück, das Essen war nicht angebrannt und schmeckte vorzüglich.

»Ich bin so neugierig, was du in Paris erlebt hast und ob du Marie finden konntest. Möchtest du mir davon erzählen?«

Ich berichtete ihr alles bis aufs kleinste Detail, nur meine Begegnung mit Conny verschwieg ich. Dabei musste ich höllisch aufpassen, nichts zu verraten, da Conny eine wichtige Rolle bei den Geschehnissen während dieser Tage spielte. Also musste ich einige Passagen meiner Erzählung etwas umdichten.

»Das tut mir leid, es muss schrecklich für dich gewesen sein. Wie soll es nun weitergehen?«

»Ich werde ihr einen Brief schreiben und auf ihre Reaktion warten. Das hat man mir auf der Polizeistation geraten.«

Dann erzählte mir Lore von ihrem Urlaub am Bodensee. Immer wieder kam der Name Klaus vor, den sie auf einer Milonga kennengelernt hatte. Über ihn wollte ich mehr erfahren.

»Hattest du was mit ihm?«

»Nein, aber er will mich besuchen, wenn er mal nach Berlin kommt.« Nach diesen Worten spürte ich ein Gefühl der Eifersucht, obwohl ich kein Recht dazu hatte. Aber das kümmert die Eifersucht bekanntlich nicht.

»Du Paul, ich möchte heute Nacht nicht alleine sein. Möchtest du gerne zu mir rüberkommen?« Dieser einladende Blick, dieser sanfte Ausdruck ihrer Stimme … nur ein Scheusal hätte dieses Angebot abgelehnt.

»Ich kann mir nichts anderes vorstellen.« Ich beugte mich über den Esstisch und küsste ihren Mund.

»Aber ich muss dir gestehen, dass ich gerade meine Tage habe. Du verstehst, was ich meine? Es ist mir ein Bedürfnis, einfach mit dir zusammen zu sein.«

»Ich komme auch so gerne zu dir. Aber vorher muss ich noch spülen und aufräumen.«

Lore empfing mich in ihrem Zimmer mit Rotwein und wunderschöner Kuschelmusik von Simon & Garfunkel.

Sie trug ein reizvolles cremefarbenes Seidennegligé, das ich noch nie an ihr gesehen hatte. Vermutlich ein Mitbringsel aus ihrem Urlaub.

»Diese Lieder haben wir in Lindau beim Abschiedsabend am See gesungen.«

»Ist Klaus auch mit dabei gewesen?«

»Nein, er ist vorher heimgefahren. Ich habe an diesem schönen Abend nur an dich gedacht und dich vermisst.«

Gerührt von solchen Worten legte ich meinen Arm um ihren Hals, zog sie zu mir heran und gab ihr einen Kuss.

»Möchtest du dich nicht ausziehen?«

»Ich habe keine so schönen Sachen an wie du.«

»Nackt würdest du mir sicher auch gefallen! Komm schon, ich helfe dir.«

Geschickt glitten ihre Finger an den Knöpfen meines Hemdes entlang und auch meine Hose war schnell geöffnet. Ich fühlte mich verlegen, als ich nackt vor ihr stand.

»Möchtest du dein Negligé anlassen?«

»Nein, natürlich nicht. Hilfst du mir?«

»Gerne!« Ein paar routinierte Handgriffe und Lore stand nackt vor mir, bis auf ihr Höschen, das sie aus verständlichen Gründen anbehielt, und ihre Halskette, die sich schimmernd von ihrer braunen Haut abhob.

Nun standen wir zum ersten Mal nackt voreinander und wollten nur eins – uns spüren.

Wie seltsam! Wir wohnten nun schon seit längerer Zeit gemeinsam in unserer WG und kamen erst jetzt zusammen. Doch diese Verzögerung hatte ihren Reiz, und wie sehr!

Lore nahm mich an der Hand und führte mich zu ihrem französischen Bett.

»Voilà, darf ich dir dein Schlaflager für diese Nacht anbieten?« Sie erwartete keine Antwort von mir, ich hatte ja bereits zugesagt. Es hätte kein Blatt Papier zwischen uns gepasst, so eng verschlungen lagen wir beieinander.

»Entschuldige! Er plustert sich jedes Mal auf, wenn er in Kontakt mit einer schönen Frau kommt.«

»Ich bin mir sicher, dass ich ihn mögen werde.« Sie umfasste ihn mit festem Griff ihrer rechten Hand. Er mochte Lore wohl auch und zeigte sich ihr in beachtlicher Größe.

»Ich spüre, dass er dich erotisch findet und deine innere Schönheit erkunden möchte.«

»Woher weiß er über meine innere Schönheit?«

»Außen wie innen!«

»Er ist wohl ein Charmeur, wie mir scheint.«

»Ja, und gut erzogen. Außerdem hat er Geschmack.«

»Und ist stürmisch und sooo ungeduldig. Der Arme, er muss leider noch mindestens zwei Tage warten, bis er auf Erkundungsreise gehen darf.«

»Das muss er eben noch lernen. Das Beste vom Besten kann man nicht immer gleich haben! Er kennt eben den Tango nicht, bei dem der Tänzer nicht gleich jedem Impuls folgt, sondern verzögert, innehält und Spannung aufbaut. Er ist von seinem Temperament her eher ein Salsatänzer.«

Lore biss mich: »Und du bist ein Spinner!«

Simon & Garfunkel sangen unermüdlich weiter, während Lores Antworten immer spärlicher ausfielen und ihr Atem ruhiger und gleichmäßiger wurde.

Der Griff ihrer rechten Hand lockerte sich und als sie nur noch mit mmh antwortete, wusste ich, dass sie eingeschlafen war. Mit einem »Schlaf gut, liebe Lore« küsste ich sie zärtlich auf die Stirn und schlief ebenfalls gleich darauf ein.

»Dein Handy klingelt nebenan.«

»Habe keine Lust hinzugehen, er soll später noch mal anrufen.«

»Er? Vielleicht ist es eine Sie, Marie vielleicht?«

»Ich möchte mich beim Kuscheln mit dir nicht stören lassen.«

Wir lagen noch unausgeschlafen in Lores Bett. Das Klingeln hörte auf und etwas später ertönte die kurze Melodie, die eine SMS ankündigt. Wer wird es wohl so wichtig haben?

»Du Paul, am kommenden Freitag haben wir ein Abteilungsessen. Eine meiner Kolleginnen hat Geburtstag. Möchtest du gerne mitkommen?«

»Warum habe ich die Ehre, eingeladen zu sein?«

»Weil sie sich einen Tangotanz von mir wünscht, und dafür brauche ich dich.«

»Und wo ist diese Feier?«

»Im Maison Blanche in der Körtestraße. Da waren wir doch schon mal.«

Noch im Halbschlaf gab ich ihr meine Zusage, worauf sie sich zufrieden in mich hineinkuschelte.

Ich wollte es Lore nicht anmerken lassen, aber dieser Anruf und die nachfolgende SMS interessierten mich schon. So schaute ich auf meinem Handy nach, als Lore ins Bad ging. Ich erkannte Connys Nummer und klickte die SMS an.

Lieber Paul, wo treibst du dich denn herum? Ich konnte dich nicht erreichen. Bin wieder zu Hause und möchte dich so schnell wie möglich sehen. Willst du mich am Wochenende besuchen? Ich vermisse dich sehr! Conny

Mein Gott, wie sollte ich das bloß anstellen? Am Freitag bin ich doch mit Lore bei der Geburtstagsfeier. Erst vor ein paar Minuten hatte ich ihr zugesagt. Und wie könnte ich Lore meine Abwesenheit am nächsten Wochenende begründen, wenn ich Conny besuchen würde? Notfalls müsste ich ein Klassentreffen vorschieben. Aber wie soll es überhaupt weitergehen? Meine Lügen und Tricksereien würden irgendwann ins Chaos führen. Weder Lore noch Conny würden eine Nebenbuhlerin akzeptieren. Und falls Marie ihr Erinnerungsvermögen wiedererlangen sollte, wären es gleich drei Frauen, mit denen ich mir eine feste Beziehung vorstellen könnte. Mir wurde klar, dass ich mich immer tiefer in ein Beziehungsdilemma verstrickte, ohne dass ich nur die geringste Idee für einen Lösungsansatz hatte.

Paul, Paul, was bist du für Mensch! Ich kann nur noch verwundert den Kopf über mich selbst schütteln.

Es wird irgendetwas geschehen müssen, das meine Situation klärt. Möglicherweise erledigt sich das eine oder andere von selbst, andernfalls müsste ich mir Rat bei einem Psychologen holen. Nein, lieber bei meinem Freund Olaf, der mir vor Wochen folgenden Rat gegeben hatte:

»Wenn du die Lösung nicht selbst finden kannst, wird sich das Leben darum kümmern. Du musst aufmerksam sein und loslassen können, denn dein Verstand und deine Möglichkeiten haben ihre Grenzen. Schlussendlich wirst du mit dem leben müssen, was letztendlich geschieht, und das wird nicht schmerzfrei vonstattengehen.«

Nun, bisher hatte sich das Leben nicht sonderlich um meine Problemlösungen gekümmert, im Gegenteil, meine Lebenssituation hatte sich noch mehr verschärft. Zerknirscht stellte ich fest: Das Leben hat so viel zu tun und konnte sich offenbar noch nicht um mich kümmern. Oder aber, diese Problemverschärfung gehörte zu meinem Lebensplan, der da lautet: »Nach dem Chaos folgt die Ordnung!«

Paul, du willst immer alles anderen überlassen, ohne selbst Verantwortung zu übernehmen!

Wenn ich gegen später allein in der Wohnung sein werde, werde ich Olaf anrufen und mich mit ihm verabreden.

Vor lauter Grübeln hatte ich Lore ganz vergessen,

die sich aus der Küche heraus mit ihrer erfrischenden Stimme meldete.

»Paul, kommst du zum Frühstück?« Jetzt roch ich auch den Kaffee und die aufgewärmten Croissants.

»Ich komme!«

11.

Berlin im September

Immer deutlicher wurde mir bewusst, dass ich zwischen mehreren Stühlen saß, was meine Beziehungen anbelangte. Diese Tatsache bedrückte mich deswegen, weil sich von selbst keine Lösung anbot. Im Grunde genommen bestand von meiner Seite her Handlungsbedarf, um für alle Beteiligten Klarheit zu schaffen. Nur das schien nicht gerade meine Stärke zu sein. Ich hatte eher die Tendenz, es allen recht machen zu wollen, was der Quadratur des Kreises gleichkommt. Ich erinnerte mich einmal mehr an den Rat, den mir mein Freund Olaf vor Kurzem gab: »Wenn du die Lösung nicht finden kannst, wird sich das Leben darum kümmern.«

Und tatsächlich, das Leben kümmerte sich darum, wie ich in den kommenden Wochen feststellen musste – nur nicht auf die Art und Weise, wie ich es mir gewünscht hatte.

Der Tag, an dem die Geburtstagfeier von Lores Kollegin stattfinden sollte, rückte näher. Am heutigen Mittwoch wollten wir uns auf den Auftritt am Freitagabend im Maison Blanche vorbereiten. Wir schoben in unserem gemeinsamen Wohnzimmer die Möbel zusammen, um eine kleine Tanzfläche zu schaffen. Im Maison Blanche würde uns kaum mehr Platz zur Verfügung stehen.

In den Tagen zuvor hatten wir eine Musikauswahl getroffen, die uns gefiel und die wir für unser Publikum geeignet hielten. Und zwar einen Tango, eine Milonga und einen Vals. Unser gemeinsamer Favorit war der Tango »Que falta que me hacés«, der sehr beeindruckend und spannungsgeladen vom Orchester Miguel Caló gespielt wird. Alberto Podestá singt ihn mit einfühlsamer und doch kraftvoller Stimme. Vorbild war für uns die geniale Interpretation von Geraldine Rojas und Javier Rodriguez, die ihn vor zehn Jahren auf einer Milonga in Paris getanzt hatten. Ebenfalls auf YouTube entdeckten wir die Milonga »No hay tierra como la mia«, die uns begeisterte und unser derzeitiges Lieblingslied war, gespielt vom Orchester Francisco Canaro. Ernesto Famá singt den Text dazu. Julio Balmaceda und Corina de la Rosa tanzten ihn mit großer Leidenschaft auf einer Open Air Milonga.

Als Abschluss haben wir uns auf einen Non-Tango-Vals geeinigt: »La Valse d' Amélie«, eine stimmungsvolle Melodie aus dem Film »Die fabelhafte Welt der Amélie«. Lores Kolleginnen schauten sich damals gemeinsam diesen Film an. Ein Muss, wenn man in einer französischen Firma arbeitet. Danach waren sie alle wie aufgelöst. Niemand wollte nach dem Film gleich nach Hause gehen. Am Hackeschen Markt sitzend schwärmten sie von dem Film, von Amélie, und nahmen sich vor, bestärkt durch den Rotwein, den sie tranken, ihrem Leben mehr Raum für Leichtigkeit und Spontaneität zu geben. Nur schade, dass unweit ihres Tisches Straßenmusiker die musikalische Erinnerung an diesen Film auslöschten.

Für den Fall, dass eine Zugabe gewünscht würde, entschieden wir uns, auf den Walzer »Ganz leicht« von der Berliner Gruppe Element of Crime zu tanzen. Der Text, vom Sänger Sven Regener geschrieben, zeigt den Unterschied zwischen der französischen Leichtigkeit und der Schwere der deutschen Mentalität im Umgang mit dem Leben. Ein Ausweg ergibt sich dann aber glücklicherweise in den Textzeilen: »Ganz leicht, ganz leicht wird es nicht. Und dennoch, was soll's?« Die Lösung und die Annäherung der beiden Mentalitäten, jene von Paul und der von Marie.

»Wenn wir schon für diesen Abend üben, sollten wir uns auch entsprechend anziehen«, meinte Lore.

»Aus Erfahrung weiß ich, dass du ewig lang dafür brauchen wirst.«

»Nein, heute nur eine halbe Stunde«, versprach sie.

Gerne ging ich auf ihr Versprechen ein, da ich wusste, wie attraktiv sie stets danach ausgesehen und betörend duftend das Badezimmer verlassen hatte.

Ich selbst benötigte zehn Minuten für meine Verwandlung in einen Tanguero. Wir Männer verfügen lediglich über einen Bruchteil an Möglichkeiten, die vergleichsweise eine Frau in diesen Dingen hat.

Im Tango zeigt sich deutlich die Unterschiedlichkeit beider Geschlechter, die durchaus ihre Berechtigung hat.

Während sich Lore im Bad stylte, speicherte ich die Tangos, die wir ausgesucht hatten, in der gewählten Reihenfolge auf meinem Laptop.

Lore sah traumhaft aus, als sie aus dem Bad kam. Sie trug ihr kurzes schwarzes Kleid, die Haare zu einem Knoten zusammengesteckt und viel Schmuck. Sie wusste genau, was ihr stand und mir an ihr gefiel. Falls sie Komplimente von mir erwartete, musste ich sie enttäuschen, mir fehlten ganz einfach die passenden Worte.

Doch sie sah es meinem bewundernden Blick an, dass es gut war, kam selbstbewusst näher und war bereit für die Probe. Doch diese wäre gar nicht nötig gewesen, denn sie verlief perfekt. Seit Langem waren wir gut aufeinander eingespielt, auch kannten wir die Musikstücke bereits.

»Gehen wir noch in den roten Salon?«

»Gerne, ich hätte keine bessere Idee für diesen Abend.«

Lore hängte sich bei mir ein, als wir die Torstraße entlang zum Rosa-Luxemburg-Platz schlenderten. Welch ein Kontrast – wir als schickes Paar in diesem versifften Abschnitt der Torstraße, wo die Häuserwände mit Graffitis beschmiert waren.

Inzwischen wurden wir in der Berliner Tangoszene als Paar angesehen. Lore und ich verhielten uns dementsprechend, das war auch an diesem Abend nicht anders. Wenn ich mit ihr ausging, wollte ich mit keiner anderen Frau tanzen. Zwischen uns stimmte die Chemie und gerade auf Milongas waren wir stets in völliger Harmonie, die ich auch heute möglichst störungsfrei beibehalten wollte. Lore ging es anscheinend ähnlich. So blieben wir auch im Roten Salon untrennbar beieinander. Wir setzten uns in die hinterste Ecke und erstellten uns unbewusst einen Kokon, der uns im Sitzen wie im Tanzen umhüllte – und nicht nur dort, auch später auf dem Heimweg, beim Italiener nebenan, wo wir noch einen Wein tranken, ebenso im Treppenhaus und in ihrem Bett.

Freitagabend. U-Bahnstation Südstern. Körtestrasse, Maison Blanche. Es regnete.

Lore und ich freuten uns auf unseren Auftritt und wir

wollten überhaupt den Abend mit ihren Kolleginnen, die ich noch nicht kannte, genießen. Wesentlich länger als sonst belagerte sie das Bad; das Ergebnis fiel entsprechend aus. Ich hätte sie, als ich sie sah, auffressen mögen, so gut gefiel sie mir. Ein letzter Rest von Vernunft hielt mich jedoch davon ab, sodass wir unbeschadet als verliebtes Paar auf die bereits versammelte Gesellschaft trafen.

Lores Kollegin Laura, die Geburtstag hatte, empfing uns herzlich am Eingang und geleitete uns in den hinteren Bereich der Gaststätte, wo sie mehrere Tische für ihr Fest reserviert hatte. Lore nahm die Komplimente für ihr Aussehen gelassen entgegen und stellte mich als ihren WG-Partner vor. Ich wurde von ihren Kolleginnen neugierig begutachtet und blieb ebenfalls gelassen.

Eingeladen waren zwölf Personen, zehn Frauen und zwei Männer. Um nicht getrennt voneinander zu sitzen, wurden die Tische zusammengestellt. Laura hatte sie mit unzähligen Kerzen und Blumensträußen dekoriert. Für eine kleine Tanzfläche hatte das Personal zwei Tische aus dem Raum entfernt. Auch hing ein angenehmer Honiggeruch in der Luft, ausgehend von den Duftkerzen. Ein Fest für die Sinne. Jetzt fehlte nur noch das Essen und die Musik.

Laura hatte sich die Sitzordnung ausgedacht und dirigierte jeden von uns an seinen Platz. Der einzige Mann außer mir war der Abteilungsleiter, er wurde am einen Ende des Tisches platzierte, am andern Ende ich. Rechts von mir Lore, links von mir Katrin. Laura saß in der Mitte an einer der Längsseiten.

Die Feier begann traditionell mit Sekt und dem Geburtstagslied »Happy birthday to you«.

Die aufmerksame Bedienung mit französischem Akzent servierte uns gleich darauf den ersten Gang, eine Bouillabaisse, nach einer Verdauungspause dann Couscous, wahlweise mit Huhn, Lamm oder vegetarisch. Dazu tranken wir einen trockenen Weißwein, zu dem Mineralwasser serviert wurde.

Durch das Essen träge geworden konnte ich mir kaum vorstellen, heute Abend noch zu tanzen. Aber wir mussten, denn unser Tanz war Lores und mein Geburtstagsgeschenk für Laura.

»Vor oder nach dem Dessert?«, fragte ich Laura.

»Bitte erst danach, wenn der gemütliche Teil beginnt. Möchtet ihr vorher noch ein Glas Sekt haben?«

»Ja gerne!« antwortete ich leichtsinnig, denn mit Alkohol fällt es schwer, während des Tanzes die Achse beizuhalten.

Die zuletzt gereichte Crème Brulée war die letzte Hürde vor unserem großen Auftritt. Lore wirkte unaufgeregt, aber Katrin fieberte diesem Ereignis entgegen, als ob sie mit mir tanzen müsste. Ich selbst genoss das Dessert und blieb ebenfalls entspannt.

Die Bedienung brachte noch einmal Sekt für alle, währenddessen kündigte Laura unseren Tanz an.

Sie hatte sich bei Wikipedia über den Tango Argentino schlaugemacht und fasste zum besseren Verständnis für die Gäste das Thema in etwa zehn Sätzen zusammen. Der Sekt gab mir den Schwung, den ich für die nächste Viertelstunde brauchen würde. Achse hin oder her, der Schwung hatte Vorrang.

Wie von Geisterhand sprang plötzlich die Musikanlage an und es ertönte der Tango »Que falta que me hacés«.

Ich nahm Lores Hand und führte sie zu der improvisierten Tanzfläche. Ein paar Quadratmeter nur, aber für unseren Auftritt genügte der Platz. Alle schauten auf uns, beeindruckt vom kraftvollen, rhythmischen Beginn dieses Tangos, möglicherweise auch durch unser konzentriertes Einstimmen auf diesen Tanz. Lore und ich befanden uns erneut in diesem Kokon, in dem sich nur wir beide, die Musik und unser Tanzboden befanden. Unter der Beobachtung von zehn Augenpaaren und anderen Gästen im Lokal tanzten wir perfekt die Dreieinigkeit von Lore, Paul und der Musik. Wie in einem Konzert, das einen im Innersten berührt, kam der Beifall mit Verzögerung, aber dann umso heftiger.

»No hay tierra como la mia« war die Milonga, die wir uns ausgesucht hatten. Jetzt ging es darum, mit Bodenhaftung zu tanzen, die Fußsohlen in das Parkett zu treten. Nicht gerade meine Stärke. So imitierte ich mein Vorbild Julio Balmaceda, wie er auf diese rhythmisch schnelle Milonga tanzt. Er und seine Partnerin Corina de la Rosa hatten bei ihren Showtänzen viel Platz, wir hingegen nicht. So tanzten wir unsere Wohnzimmerversion. Nach dreieinhalb Minuten folgte der Beifall, diesmal ohne Verzögerung.

Inzwischen hatte ich meine Essensträgheit überwunden und freute mich auf den kommenden Vals mit Lore. Schon bei den ersten Takten von »La Vals d'Amélie« ertönten aus dem Publikum Ausrufe des Wiedererkennens. Frauen mögen den Dreivierteltakt und ganz besonders diesen, Lore nicht ausgenommen. Das Orchester begann mit dem getragenen Vorspiel, das ich mit langsamen Rück-Ochos führte. Und als es rhythmischer wurde, ließ ich Moulinetten mit abwechselnd Boleos und Volcadas folgen. Wir beide verbanden uns mit der Musik und ließen unsere Gefühle in den Tanz einfließen. Alle Anwesenden waren verzaubert durch die Welt der Amélie und unseren Tanz!

Während des Beifalls verneigten wir uns erleichtert wie nach einer bestandenen Prüfung und strebten unseren Plätzen zu.

Das aber ließ unser Publikum nicht zu und forderte eine Zugabe durch anhaltendes Klatschen. Wir hatten ja fast damit gerechnet und stellten uns auf einen weiteren Tanz ein, den Walzer »Ganz leicht« von Element of Crime. Auch dieses Stück wurde gleich nach den ersten Takten erkannt. Ich führte diesen Vals etwas anders als den vorigen, da er einen anderen, etwas härteren Charakter als Amélie hat. Gehen mit Ocho Cortados und zwischendurch Moulinetten passte für mich zu Musik und Gesang.

Nachdem wir keine musikalischen Reserven mehr hatten, setzten wir uns wieder an unsere Plätze, erfüllt vom Tanzen und aufgedreht durch den begeisterten Beifall. Katrin und die anderen Kolleginnen waren geradezu hingerissen von unseren Tänzen. Sie hatten ja von Lores Leidenschaft gewusst, aber den Tango Argentino selbst nie erlebt. Nun wurde natürlich nachgefragt, wo man diesen Tanz erlernen kann.

Das war das eine Thema am Tisch, das andere war das Verhältnis zwischen Lore und mir.

Wer so innig miteinander tanzen kann, würde auch im Leben zueinander passen; das war die einhellige Meinung von Lores Kolleginnen. Der Abteilungsleiter schwieg dazu, er hatte Lore schon immer sehr gemocht. So wurde in der Runde getuschelt, bis Laura mit einem Glas Sekt in der Hand aufstand, um eine Rede zu halten.

»Liebe Geburtstagsgäste, liebe Kolleginnen, lieber Chef, ich bin nicht glücklich darüber, dass ich ein Jahr älter geworden bin, aber glücklich darüber, dass ihr mir in dieser schweren Stunde beisteht und heute meine Gäste seid. Ich hoffe, dass ihr euch heute Abend wohlfühlt, euch das Essen geschmeckt und die Tanzeinlage von Lore und Paul gefallen hat. So wie die beiden miteinander getanzt haben, habe ich den Eindruck, dass sie das perfektes Paar sind, auch wenn ich Paul erst seit heute Abend kenne. So möchte ich mich für eure guten Wünsche bedanken und wünsche mir meinerseits, dass bei nächster Gelegenheit Lore und Paul unsere Gastgeber sein werden, denn wir feiern hier nicht nur Geburtstage, sondern auch Verlobungen. Ich danke euch fürs Kommen, für eure Geschenke und wünsche noch einen schönen Abend!«

Das war fast ein bisschen peinlich, aber nach einer Schrecksekunde beklatschten die Gäste Lauras Rede. Alle am Tisch schauten uns an. Schließlich gab ich Lore einen Kuss, weil es die Situation erforderte, aber auch, weil es mir ein Bedürfnis war. Meine Mutter und alle andern hatten recht – ich wäre längst glücklich mit Lore verbandelt, wenn es Marie und Conny nicht geben würde. Ich haderte mit meinem Schicksal, um das mich so mancher Mann beneidet hätte.

Katrin löste sich zuerst aus dem Bann des Schweigens. Ihr war aufgefallen, dass wir keine erkennbaren Figuren getanzt hatten.

»Wie konnte Lore dir folgen, wenn es nichts Vorgegebenes gab? Also habt ihr improvisiert ...«

Unsere Erklärungsversuche machten den Tango Argentino noch geheimnisvoller.

Wir hörten das mehrmalige Anschlagen eines Glases. Der Abteilungsleiter stand auf und hielt seine Rede:

»Liebe Laura, ich möchte keine lange Rede halten, nur mich im Namen von uns allen für deine Einladung bedanken und dir alles Gute für dein neues Lebensjahr wünschen. Du bist eine wunderbare Kollegin und wir würden uns gerne für weitere zwanzig Jahre über deine gute Laune freuen, mit der du unsere Abteilung bisher immer beglückt hast. Also achte bitte auf deine Gesundheit, ernähre dich vernünftig und pass gut auf dich auf! Danke auch an Lore und Paul für ihre beeindruckenden Tänze. Vielleicht kann ich meine Frau doch noch zu einem Tangokurs überreden. Ich wünsche uns allen noch einen schönen Abend.«

Danach wurde es lockerer und wir wechselten unsere Plätze. So lernte ich auch die anderen Kolleginnen von Lore kennen, die mir nach anfänglicher Distanz letztendlich wohl gesonnen waren.

Irgendwann später trafen sich unsere Blicke, die von Lore und mir. Ohne Worte verstanden wir uns und wussten, wir wollten nach Hause. Wir wollten miteinander allein sein und das, was unser Tanz vorbereitet hatte, endlich in Erfüllung bringen.

Es herrschte inzwischen ohnehin eine allgemeine Aufbruchstimmung, der wir uns gerne anschlossen. Laura bekam unsere Abschiedsküsschen mit dem Versprechen, dass wir uns bald wiedersehen würden. Eine kleine

Gruppe von uns ging gemeinsam zur U-Bahn-Haltestelle Südstern. Lore hängte sich bei mir ein, mein freier Arm trug den Regenschirm. Am Hermannplatz trennten sich dann unsere Wege. Lore und ich fuhren mit der U 8 weiter zum Rosenthaler Platz.

Unsere Hände lösten wir erst voneinander, als ich meine Schlüssel für die Haus-und Wohnungstür herausholen musste. Lore umarmte mich von hinten und liebkoste mich, was das Öffnen der Tür etwas erschwerte. Eng umschlungen nahmen wir Stufe um Stufe bis zu unserer Wohnungstür. Mein Wunsch war, gleich gemeinsam ins Bett zu gehen. Doch Lore wollte vorher noch einen Tango tanzen. Ladies first entschied, so legte ich das Stück »Una noche mas« auf. Meine liebe Lore hatte einmal mehr recht: Yasmin Levy brachte uns im Dreivierteltakt in eine Stimmung, die Liebe und Lust auf Sex miteinander verband.

Lores eingecremte Haut war so zart, so sanft war ihr Blick, ihre Lippen so weich, ihr Herz so offen. Ich bekam ein uneingeschränktes Ja von ihr und ich erwiderte es in dieser Nacht.

Ein anderer Mann hätte Conny die Wahrheit gesagt, auch sich nicht mehr um Marie gekümmert und hätte sein Glück bei Lore gefunden. Ich dagegen überlegte mir, wie ich Lore meine Reise am kommenden Wochenende erklären könnte. Ein Klassentreffen in meiner Heimat, was Besseres fiel mir nicht ein. Und Lore, die Misstrauen offenbar nicht kannte, nahm es mir auch ab.

Also flog ich am Freitag nach Frankfurt und wurde von Conny am Flughafen abgeholt.

12.

Bad Dürkheim im September

Ich schälte mich aus Connys warmem Bett. Die Klänge der CD, die ich ihr mitgebracht hatte, weckten mich angenehm aus dem Halbschlaf. Diese hatte sie in dezenter Lautstärke aufgelegt, nachdem sie aufgestanden war.

Als ich die Tür zum Badezimmer öffnete, stand sie bereits angezogen vor dem Spiegel, hängte sich Perlen an die Ohren und lächelte mich durch den Spiegel an. Sie sah einmal mehr traumhaft aus – noch barfuß, in schwarzen Leggins und weißer knallenger Bluse.

Chat Baker sang mit samtener Stimme:

«This isn't sometimes, this is always,

this isn't maybe, this is always.

This is love, the real beginning of forever!«

Diesen Text hatte ich ihr, in den Song verpackt, geschenkt. Sie hörte ihn und sang mit. Meinten wir das wirklich ernst? Wir wollten es herausfinden!

Nackt, wie ich war, trat ich näher, unsere Körper berührten sich; ich hielt ihre Hände und unsere Lippen lagen aufeinander, als wir gemeinsam mit Chet Baker den Text sangen:

»This isn't just midsummer madness,

a passing glow, a moment's gladness.

Yes, it's love, I knew it on the night we met.

You tied a string around my heart,

So how can I forget you?

With every kiss I know, that is always.«

Später, als sie sich bückte, um in ihre Schuhe hineinzuschlüpfen, ihre Haare nach unten fielen und ihre lange Perlenkette bei jeder ihrer Bewegungen hin und her baumelte, erinnerte mich der Anblick an das ästhetische Coverfoto eines erotischen Tangoromans.

Conny hatte mich am Spätnachmittag tags zuvor vom Flughafen abgeholt. Wir hatten während der Fahrt nach Bad Dürkheim so viel miteinander zu reden und genossen die Nähe, dass wir auf das Abendessen in ihrem Lieblingsrestaurant verzichteten und den Abend in ihrer geschmackvoll eingerichteten Wohnung verbrachten. Für diese Variante war Conny gut vorbereitet, sodass wir nicht hungern mussten. Im Gegenteil – sie servierte uns, nachdem sie für einige Minuten in der Küche verschwunden war, eine Quiche Lorraine, dazu einen Riesling aus der Pfalz.

Das Thema Marie brannte mir auf der Zunge, ich wollte es aber nicht ganz so direkt ansprechen.

»Sag mal, wie geht es eigentlich deiner Patientin, die du in Paris betreut hast?«

»Meine Kollegin und ich haben das ganze neuropsychologische Programm angewandt, sind aber mit ihr kaum weitergekommen. Ihre Erinnerung kehrte nur bruchstückhaft zurück. Bei einem Besuch in ihrer Wohnung sind wir auf Literatur und Musik gestoßen, womit wir sie in den nächsten Tagen konfrontieren wollen. Du wirst staunen, lieber Paul, sie hatte sehr viele Tango-CDs in ihrem Regal.«

»Dann wird sie ganz sicher Tango tanzen. Bestellt doch

einen Tangotänzer in die Klinik, mit dem sie tanzen kann. Vielleicht gibt ihr das einen Erinnerungsimpuls.«

»Daran haben wir auch schon gedacht. Ich bin ja mit meiner Kollegin in Paris in ständiger Verbindung, sie gibt die Informationen an mich weiter, wie sie mit Frau Augier arbeitet.«

»Das hört sich für mich so an, als ob du in Paris weiterarbeiten möchtest.«

»Ja, das möchte ich auch, ich muss nur noch mit der hiesigen Klinikleitung einen geeigneten Zeitraum finden, in dem ich abkömmlich sein kann.«

»Treffen wir uns dann wieder im *Le Rostand*?«

»Absichtlich oder zufällig?«

»Geh bitte jeden Abend hin! Irgendwann werde ich an einem Nebentisch sitzen und dich ansprechen«, schmunzelte Paul.

»Das klingt gut, so machen wir es, wenn es irgendwie möglich ist.«

»Ich möchte dich noch einmal sehen, als ob ich dich nicht kennen würde. So, wie damals.«

Wir saßen aneinandergeschmiegt auf dem Balkon. Conny hatte uns noch einen Grappa eingeschenkt.

»Du Paul, ich bin müde. Noch eine Zigarette vor dem Schlafengehen?«

»Mein Lieber, es ist nicht so, dass ich nichts zum Frühstücken hier hätte, aber lass uns doch am Stadtplatz frühstücken. Dort können wir in der Morgensonne sitzen und du bekommst etwas mit vom Bad Dürkheimer Flair.«

»Gut, ich lasse mich gerne von dir führen.«

»Danach können wir den Kurpark besichtigen.«

Ich ließ mich auf den Vorschlag meiner Reiseleiterin ein. Von ihrer Wohnung aus, in einem schönen Terrassenhaus etwas außerhalb des Zentrums auf einer Anhöhe gelegen, fuhren wir in die Innenstadt.

Wir fanden einen Parkplatz in der Nähe eines Cafés, umgeben von kurz geschnittenen Platanen, die ein ungewohntes südliches Flair vortäuschten.

Cappuccino und Croissant in einem italienischen Eiscafé genügten uns, zumal wir keinen Hunger hatten, waren wir doch noch von der Liebe der gemeinsamen Nacht gesättigt.

Die Herbstsonne begleitete uns, als wir nach dem Frühstück am Römerplatz vorbei in Richtung Kurpark weitergingen.

Kurz davor nahmen wir Akkordeonklänge wahr. Ein schwarzhaariger junger Mann mit Vollbart und Hut spielte auf seinem Musikinstrument ein getragenes Lied, das uns mit seiner schönen Melodie zu Herzen ging. Berührt davon drückte ich Conny an mich. Der Akkordeonist zog das Lied, vermutlich unseretwegen, in die Länge und wir ließen uns von ihm in den Bann seiner Musik ziehen. Es hätte eine Stunde dauern können, wir wären so lange stehengeblieben. Auf unserem Rückweg spielte er immer noch oder auch wieder dieses Lied. Wir grüßten ihn, doch er bemerkte uns nicht, sein Blick war nach innen gekehrt.

Von dieser Musik beeindruckt gingen wir weiter, durch einen Torbogen, hinter dem sich der Park ausbreitet. Das sich mitten hindurch windende Bächlein lockte uns mit seinem Geplätscher an und wir begleiteten es ein Stück weit. Bald aber zog mich Conny nach links, sie wollte mir das große Fass zeigen. Hier war auch der Veranstaltungsort des Wurstmarktes, der bald stattfinden würde. Ihr Arbeitsplatz, die Klinik, befand sich ganz in der Nähe.

Beim Anblick des Bad Dürkheimer Weinfasses erinnerte ich mich an ein Schwarz-Weiß-Foto, das, wahrscheinlich vor dem 2. Weltkrieg aufgenommen, meinen Vater vor dem Fass stehend zeigt. Erinnerungen an seine Erzählungen von früher wurden in mir wach. Daher bat ich Conny, von mir ein Foto zu machen, und zwar genau an derselben Stelle und in gleicher Positur, wie mein Vater damals vor dem Fass stand.

»Guten Tag Frau Doktor!« Eine ältere Dame, die uns entgegenkam, schaute Conny an, dann mich: »Guten Tag!«

»Eine Patientin von dir?«

»Ja leider. Das wird übermorgen ein Gerede geben, wenn sie den andern erzählt, dass sie mich mit dir zusammen gesehen hat.«

»Kein Problem für mich und hoffentlich auch nicht für dich!«

»Nein, natürlich nicht. Mit dir lasse ich mich gerne sehen!«

Wir flanierten weiter und genossen den Anblick der blühenden Blumen, welche die Stadtgärtner der Jahreszeit entsprechend gepflanzt hatten: Rosen in allen möglichen Farben.

»Ich muss dir unbedingt die Klosterruine Limburg zeigen. Magst Du?«

»Können wir hinfahren?«

»Ja, bis vor die Tür.«

Diese Klosterruine muss uralt sein, tausend Jahre mindestens, vermutete ich. Aus roten Ziegelsteinen erbaut, die Wände standen noch. Die Decken aber waren nicht mehr vorhanden; der Himmel musste sie ersetzen.

»Hier finden in jedem Jahr Freiluftveranstaltungen statt, aber heute leider nicht.«

»Und heiraten können wir hier auch«, las ich laut aus einem Infoblatt vor, mit einem verschmitzten Seitenblick auf Conny.

»Schau dort drüben, das ist Ludwigshafen, von der Sonne beschienen.« Conny konnte geschickt ablenken, typisch Psychologin eben.

»Heute Abend koche ich für dich. Ist dir das recht?«

»Wenn ich den Wein dazu beisteuern darf.«

In einer Weinhandlung am Römerplatz kaufte ich einen trockenen Weißwein aus der Region, wieder einen Riesling, den ich schon kannte und der mir schmeckte. Währenddessen besorgte sich Conny in einem Feinkostladen die Zutaten für das Essen.

In ihrer Wohnung angekommen wollte ich ihr beim Zubereiten helfen. Conny wollte nicht unhöflich sein, mich aber lieber nicht in ihrer Küche haben. Ich spürte dies und machte mich währenddessen nützlich, indem ich den Tisch auf dem Balkon deckte und die Weinflasche öffnete. Dabei hatte ich Gelegenheit, mir Connys Bilder anzuschauen, mit denen ihr Wohnzimmer dekoriert war. Sie malte in Acryl und größtenteils abstrakt. Jedes dieser großformatigen Gemälde hatte seinen eigenen frischen

Farbcharakter, der ihrer momentanen Stimmung entsprach. Die Bildtitel entstanden aus dem Zusammenspiel von Mustern und Farben: »Amour fou«, »Mystische Träume« oder auch »Carneval«.

Es gab Spaghetti mit Pesto und kleingeschnittenem Gemüse. Eine Mousse au Chocolat rundete unser Abendessen ab. Conny konnte gut kochen – eine perfekte Frau, wie mir schien.

»Ich möchte gerne morgen früh mit dir auf die Burgruine Wachtenburg gehen. Von dort aus hat man einen Blick auf die Rheinebene, sogar bis in den Odenwald hinein. Hast du Lust?«

»Gerne, meine liebe Reiseleiterin, aber vorher habe ich große Lust auf dich!«, ging um den Esstisch, küsste sie und zog sie ins Schlafzimmer.

Ich wachte vor ihr auf – ihr Rücken eng an mich geschmiegt, unsere Beine ineinander verschränkt. Irgendwann spürte sie meine Erregung im Halbschlaf und drehte sich zu mir. Wir blickten uns tief in die Augen und küssten uns.

Während des Frühstücks hatte ich Probleme mit der Vorstellung, heute noch zurückfliegen zu müssen. Doch ich hatte keine Wahl.

Wachenheim, etwa drei Kilometer entfernt, war der Ausgangspunkt für unseren Aufstieg zu Burgruine Wachtenburg.

»Ganz schön steil, der Weg zur Burg hoch,« stellte ich vom Parkplatz hinaufblickend fest.

»Wir können ja Pausen einlegen, schließlich bist du Flachländer und ich Raucherin.«

Nach einem steilen und anstrengenden Anstieg erreichten wir den Weg, der uns fast eben zur Burg hinführte. Die Aussicht von hier oben war wirklich grandios, weit hinweg über die Rheinebene. Die Burg wurde um 1200 erbaut, immer wieder umkämpft, zerstört und neu aufgebaut. Damals fanden häufig kriegerische Auseinandersetzungen zwischen den Herrschern noch so kleiner Gebiete statt, auch wenn diese nur eine Fläche von wenigen Quadratkilometern hatten. Wie es mit der Geschichte der Burgen und des Rittertums weiterging, darüber habe ich mich im Internet genauer informiert. Nach der Schlacht von Crécy 1346 ging die Zeit des Rittertums ihrem Ende zu. Langbogen und die ersten europäischen Kanonen veränderten die Kriegsführung entscheidend. Das Rittertum verlor seine militärische Bedeutung, blieb der Welt aber in Form der bekannten Ritterturniere noch einige Zeit erhalten. Zu Beginn des 17. Jahrhunderts hatten sich die Lehen der Ritter weitgehend aufgelöst, die einzelnen Herrschaftsgebiete wurden etwas größer und aus den Burgen wurden Festungen, die den neuen Waffengattungen Stand halten mussten. Die Herrscher bauten sich nun Schlösser inmitten ihrer Reiche, um ihre Macht und ihren Einfluss zu demonstrieren. Diese dienten nicht mehr der Verteidigung, vielmehr dem lustvollen Lebensstil einiger weniger Privilegierter. Doch vor uns lag eine Burg, und das bedeutete ermüdendes Treppensteigen.

Conny und ich stiegen den Turm hinauf.

»Schau, dort drüben im Osten kannst du den Odenwald sehen.«

Dort, in Wald-Michelbach, hatte ich damals geheiratet. Romantisch in einer kleinen Kapelle etwas außerhalb feierten wir mit Freunden in einer Mühle. Doch daran wollte ich mich jetzt nicht mehr erinnern, das war Vergangenheit. Gegenwärtig stand die bezaubernde Conny neben mir. Verliebt wie ich war, zog ich sie an mich heran und küsste sie in luftiger Höhe.

»Gehen wir noch Mittagessen, bevor ich dich wieder nach Frankfurt zurückfahren muss?«

»Was schlägst du vor?«

»Den Deidesheimer Hof, nicht weit von hier.«

Das Dorf wirkte wie eine perfekt erbaute Puppenstube. Alte Häuser, teils Fachwerk, gepflegt, schön anzusehen. Ein Schmuckstück, diese Ortsmitte. Das ist unserem Altbundeskanzler Kohl damals auch nicht entgangen, er lud häufig prominente Gäste in den Deidesheimer Hof zum Essen ein.

Hier saßen wir nun, Conny und ich, draußen vor dem Restaurant, am letzten freien Tisch. Doch ich fühlte mich einfach nicht wohl und rebellierte. Im selben Restaurant zu sitzen wie einst Königin Elisabeth war mir nicht wichtig, ich wollte einfach nur mit Conny ungestört zusammen sein. Sie sah das ein und wir wechselten ins nahe gelegene Restaurant im Schloss Deidesheim. Hier war ich am richtigen Platz und konnte auch die Speisekarte verstehen, ohne nachfragen zu müssen.

Der Zeitpunkt meiner Rückreise rückte gnadenlos näher. Nach dem Espresso verließen wir die Gaststätte, um zum Parkplatz zu gehen.

Abschiede liegen mir nicht, besonders dann nicht, wenn sie sich hinziehen. Auf der Fahrt zum Frankfurter Flughafen waren wir, im Gegensatz zur Hinfahrt, nicht sehr gesprächig. Conny legte während der Fahrt ihre rechte Hand in meine linke.

»Ich würde so gerne in der Tanzschule in Bad Dürkheim einen Tangokurs besuchen. Doch es lohnt sich nicht, weil ich nicht mehr so lange hier bin.«

»Sehr schade! Vielleicht findest du in Paris einen geeigneten Kurs.«

»Das ist schwierig, weil ich in der Klinik in wechselnden Schichten arbeiten muss.«

»Bleiben wir in Verbindung! Das nächste Mal werden wir uns in Paris wiedersehen.« Das waren Connys Abschiedsworte in der Abfertigungshalle des Frankfurter Flughafens.

»Ich mag dich sehr!« Das waren meine Abschiedsworte.

»Ich mag dich auch!« Conny verließ mich mit einem liebevollen Küsschen, drehte sich noch einmal um und winkte mir zu. Ich schaute ihr nach, so lange, bis sie in einem Menschenknäuel verschwand. Ihr Gang – ein Fuß vor den andern setzend, wie schon in Paris – wirkte betörend auf mich.

13.

Berlin im September

Auch wenn mein Herz mit Lore und Conny schon gut ausgefüllt war, vergaß ich darüber Marie nicht. Unsere seltsame Begegnung in der Nähe der Klinik war für mich zwar ein schockierendes Erlebnis, doch das hatte meine Gefühle zu ihr in keiner Weise beeinträchtigt, im Gegenteil. Ich wollte ihr unbedingt helfen, dabei kam mir der Rat von Inspektor Hittinger in den Sinn: »Schreiben Sie ihr einen Brief! Wenn sie so weit ist, wird sie Ihnen antworten.« Und so schrieb ich ihr über alles, was wir gemeinsam erlebt hatten: Unsere erste Begegnung in der Milonga, unsere erste Nacht in meinem Hotel, mein Leiden, als sie zu unserer Verabredung nicht kommen konnte, unser Wiedersehen in Berlin und die Probleme mit Paco, der sie nicht loslassen wollte. Ich schrieb ihr über meine Rückkehr nach Paris, nachdem sie ihre Beziehung mit Paco beendet hatte, sein überraschendes Auftauchen vor meinem Hotel und die glückliche Zeit, die wir in Paris miteinander verbracht hatten. Ich erzählte lückenlos alles über unsere kurze gemeinsame Zeit, meine Liebe zu ihr, meine Angst vor Paco, meine Trauer bei unseren Abschieden und über die Ungewissheit unserer Zukunft.

Zum Schreiben hatte ich mich ins »Gorki Park« gesetzt, unweit meiner Wohnung, in der ich diesen Brief nicht hätte schreiben können. Lores greifbare Präsenz hätte das nicht zugelassen. Weder die Verkehrsgeräusche am Rosenthaler Platz noch die vorbeifahrende Straßenbahn im Weinbergsweg störten mich beim Schreiben. Ich befand mich in einem geschützten Raum, äußerlich an einem kleinen Tisch gegenüber der Theke, innerlich eingetaucht in die gemeinsamen Stunden, Tage und Nächte mit Marie. So konnte ich mich ihr voll und ganz widmen. Ich spürte, wie meine Erinnerungen an sie zurückkehrten und meine Liebe zu ihr neu entflammte, was mich meinen Schmerz wieder fühlen ließ.

»Meine liebe, wunderbare Marie, ich wünsche dir, dass du dich wieder an all das, was wir gemeinsam erlebt haben, erinnern kannst! Ich möchte dich bald wieder in meine Arme nehmen. Dein Paul«. So beendete ich meinen Brief an sie.

Irgendein Begriff oder ein Name, ein Satz oder die Beschreibung einer Situation müsste doch in ihrem Erinnerungsvermögen einen Impuls auslösen.

Meinem Brief legte ich eine Tango-CD von Canaro bei, mit einigen ihrer Lieblingstangos, auf die sie gerne getanzt hatte, darunter »No me pregunten por qué«. Vielleicht konnte ja das Medium Musik ihre Erinnerungsblockade durchbrechen. Das wünschte ich ihr sehr!

Ich hatte die CD und ein Foto von mir dabei, legte sie zusammen mit dem Brief in das bereits adressierte Kuvert, verschloss es und brachte es zur Post, die sich gleich um die Ecke in der Torstraße befand. In dem Moment, als ich das Kuvert am Schalter abgab, konnte ich noch nicht wissen, welche Auswirkungen der Brief an Marie haben sollte.

14.

Paris im September

In der Klinik Sainte-Anne arbeiteten Conny und ihre Kollegin immer noch an der Problematik ihrer Patientin Marie Augier. Sie hatten bisher kaum Fortschritte gemacht, nur Erinnerungsfragmente kamen ab und zu zum Vorschein.

An diesem Nachmittag saßen beide in ihrer weißen Arbeitskleidung im Behandlungszimmer, einem hellen, mit Sofa und Sesseln gemütlich ausgestatteten Raum mit Blick auf einen lauschigen Innenhof und alten Baumbestand, der eine Wiese einfasste. Gegenüber begrenzte ein historisches Gebäude den Innenhof.

Sie waren gerade dabei, die Behandlungsstrategie zu besprechen, als ein gepolstertes Briefkuvert hereingereicht wurde, welches an Marie Augier adressiert war. Das könnte eventuell eine neue Perspektive für die Therapie ergeben. Connys Kollegin hielt das Kuvert in der Hand, und spürte, dass noch etwas anderes als nur ein Brief, vielleicht eine CD, enthalten war. Sie drehte es um und las laut den Namen des Absenders vor: Paul Berger, Berlin.

Conny war wie vom Blitz getroffen, sie hielt den Atem an, wollte sich aber nichts anmerken lassen. Ihr Paul hatte geschrieben! Ihr Paul kannte Marie!

Sie atmete tief, ganz tief, um ihre Fassung bemüht, doch am liebsten wäre sie aus dem Zimmer gerannt, irgendwohin, wo sie hätte allein sein können, um ihren Frust hinauszubrüllen, ihre Fäuste gegen Wände zu hämmern und zu weinen, weinen, weinen. Ihr geliebter Paul kannte diese Marie, dabei hatte sie, Conny, von einer gemeinsamen Zukunft mit ihm geträumt. War Paul etwa derjenige, der Marie nach der Flucht aus der Klinik angesprochen hatte? Und sie hatte ihn auch noch mit allen Informationen versorgt, die er haben wollte. Jetzt erst wurde ihr bewusst, er hatte sie schmählich ausgenutzt und betrogen.

»Diesen Brief dürfen wir leider nicht öffnen. Wir müssen nachher spontan darauf eingehen, wenn Frau Augier ihn uns vorliest, falls sie das überhaupt möchte.« Conny war nicht in der Lage, auch nur ein Wort dazu zu sagen.

»Dieser Paul Berger scheint sie gut gekannt zu haben. Ich vermute, dass er derjenige gewesen ist, der sie außerhalb der Klinik angesprochen hatte, den sie aber offensichtlich nicht hat erkennen können. Möglicherweise kann der Inhalt des Briefes eher einen Zugang zu ihrem Erinnerungsvermögen verschaffen als eine Begegnung. Es ist ein Versuch wert, obwohl wir nicht wissen, was in diesem Brief, falls einer beiliegt, steht. Ein gewisses Risiko müssen wir eingehen.«

Die sonst so gesprächige und engagierte Conny hielt sich immer noch zurück und kämpfte gegen ihre Tränen an. Ihrer feinfühligen Kollegin fiel das natürlich auf.

»Geht es dir nicht gut? Bist du krank?«

»Ich habe schlechte Nachrichten aus meiner Heimat bekommen, die mich bedrücken«, log Conny.

»Möchtest du dir für heute freinehmen?«

»Nein, es geht schon, ich möchte gerne dabei sein, wenn Frau Augier mit diesem Brief konfrontiert wird.«

Ihre Kollegin sah sie sorgenvoll an und dachte nach. Conny sollte in ihrem Zustand heute ausnahmsweise eine passive und eher beobachtende Rolle bei der Behandlung einnehmen.

»Gut, du kannst hierbleiben, halte dich aber im Hintergrund, wenn das für dich passt.«

Conny nickte und schob ihren Sessel etwas zur Seite. Marie sollte wie immer ihren gewohnten Platz auf dem Sofa haben, mit Blick auf die Regalwand, vor der ihre Therapeutinnen saßen. In ihrem Rücken befanden sich die Fenster, mit Blick auf die Außenwelt, die aber im Rahmen der Therapie keine Relevanz hatte. Die beiden erwarteten sie in etwa zehn Minuten.

Für den Fall, dass die im Kuvert vermutete CD benötigt würde, schalteten sie die HiFi-Anlage an.

Es klopfte zweimal kurz an der Tür.

»Kommen Sie herein, Frau Augier!« rief die Ärztin in freundlichem Ton. Sie war eine starke Persönlichkeit und dazu noch sehr klug. Conny hatte in ihr eine gute Lehrerin gefunden. Ihretwegen war sie auch wieder nach Paris zurückgekommen.

Die Tür ging auf und herein kam Marie in Begleitung eines Pflegers. Sie trug ein schwarzes Kleid, schwarz waren auch ihre schulterlangen Haare.

Conny erkannte Marie kaum wieder, da man ihr inzwischen den Kopfverband abgenommen hatte. »Bonjour!« Marie gab beiden die Hand und setzte sich wie immer auf das Sofa. Sie gab sich etwas zurückhaltend und abwartend. Die Ärztin übernahm die Gesprächsführung.

»Frau Augier, wie geht es Ihnen?

»Ich frage mich, warum ich immer noch hier bin. Ich könnte doch zu Hause wohnen und jeden Tag hierher zur Therapie kommen. Ich fühle mich gesund, auch wenn ich mich an einen gewissen Zeitraum nicht mehr erinnern kann.«

»Haben Sie bitte noch etwas Geduld! Es ist gut möglich, dass die Erinnerung wieder zurückkehrt. Ihre Kopfverletzung hat eine Amnesie verursacht, zudem sind Sie durch Ihr Erlebnis in der Gefangenschaft traumatisiert. Beides muss behandelt werden. Übrigens, heute ist ein Briefkuvert für Sie angekommen. Wir haben es nicht geöffnet und bitten Sie nun, das zu tun.« Die Ärztin übergab ihr das Kuvert, zusammen mit einem Brieföffner.

Das sedierende Medikament, mit dem Marie in Kombination mit anderen Arzneien behandelt wurde, hatte zur Folge, dass sie zwar nicht gerade gleichgültig das Kuvert entgegennahm, ihre Neugierde sich aber auffallend in Grenzen hielt. Sie öffnete es etwas umständlich. Hervor kam eine CD-Hülle, zwei dicht beschriebene Briefbögen und ein Foto. Marie nahm spontan das Foto in die Hand, schaute es an und sah einen gutaussehenden fremden Mann, so um die fünfzig.

»Können Sie diesen Mann erkennen?«

»Nein, tut mir leid.« Marie schüttelte den Kopf.

»Dann lesen Sie doch bitte den Brief!«

Marie nahm den Brief in die Hände. Er war in Englisch geschrieben, diese Sprache hatte sie nicht vergessen. Sie las ihn vor, während sie von ihren Therapeutinnen aufmerksam beobachtet wurde. Es handelte sich um eine wunderschöne, leidenschaftliche Liebesgeschichte, die von einem Paul aus Berlin und einer Marie aus Paris handelte. Beide hatten sich beim Tangotanzen kennengelernt und sich ineinander verliebt. Diese Marie aus Paris, damit war sie wohl selbst gemeint, hätte so gerne diesen Paul wiedererkannt, der ihr diesen zu Herzen gehenden Brief geschrieben hatte. Denn anscheinend war all dies auch so geschehen, wie er es geschrieben hatte. Auf Maries Stirn bildeten sich Falten, wohl auch weil sie versuchte, sich krampfhaft zu erinnern. Ihre Augen bewegten sich nach links oben, doch ihre gedankliche Suche blieb erfolglos. Ihr Erinnerungsvermögen konnte keinen Kontakt zu dem Geschriebenen aufnehmen. Nachdem sie den Brief zu Ende gelesen hatte, schaute sie ihre Therapeutin resigniert an und zuckte mit den Schultern.

»Dieser Mann ist Ihnen vor Kurzem in der Nähe der Klinik begegnet. Er scheint den starken Wunsch zu haben, dass Sie ihn wiedererkennen. Aus diesem Grund schickte er Ihnen offenbar diesen Brief, sein Foto und die CD. Er möchte wohl damit Ihrem Erinnerungsvermögen Impulse geben. Möchten Sie die CD jetzt anhören?« Marie nickte, ihre Haare fielen dabei nach vorne. Allein diese kleine Bewegung hatte was, fand Conny.

Während die Ärztin die CD in das Schubfach des Players einlegte, dachte Conny: »So sehr ich diesen verdammten Paul hasse, so sehr kann ich auch verstehen, dass ihn diese Frau fasziniert. Sie ist schön und aufregend, auch wenn in ihrem momentanen Zustand viele ihrer Eigenschaften nicht so zur Geltung kommen.«

Draußen zogen Wolken vorbei und erzeugten auf der gegenüberliegenden Wand ein Licht- und Schattenspiel. Dieses vereinte sich mit den Klängen der Musik, die jetzt aus den Lautsprechern ertönte. Die Ärztin las auf dem Cover »Francisco Canaro«, ein Name, der ihr nichts sagte. Aber wenigstens konnte sie die Musik zuordnen, es war Tangomusik.

Marie hörte mit geschlossenen Augen zu. Ihre Therapeutinnen taten es ihr gleich, doch sie schauten immer wieder unauffällig zu ihr, um zu sehen, wie sie auf die Musik reagierte. Sie sahen durch ihre Augenschlitze eine lächelnd dasitzende Marie, ihr Körper folgte mit leichten Bewegungen dem Rhythmus. Hinter Maries geschlossenen Augen entstanden Bilder, ausgelöst durch diesen rhythmischen und melodiösen Tango. Ein Sommerfest in ihrem Heimatort. Ihre Eltern lebten noch und nahmen sie mit auf das Fest. Sie saßen nebeneinander auf einer langen Holzbank an ebenso langen Tischen. Marie in der Mitte zwischen Mama und Papa. Sie hatte aus ihrer Perspektive Ausblick auf eine Bühne. Darauf spielte ein kleines Orchester Tangomusik, auf die Paare aus dem Dorf temperamentvoll tanzten. Drei mutige Kinder hüpften ausgelassen am Rande der Tanzfläche. Marie aber blieb lieber im Schutz ihrer Eltern. Diejenigen, die sitzen geblieben waren, hängten sich ein und schunkelten zum Takt.

Das passte gut zu den frühen rhythmischen Tangos von Canaro.

Die Milonga »No hay tierra como la mia«, die jetzt gerade lief, verdrängte Maries Kindheitserinnerungen. Sie war inzwischen erwachsen und bewegte nun selbst ihren Körper zu diesem schnellen Rhythmus; sie war jetzt eine Tangotänzerin, die Schuhe mit hohen Absätzen trug und ein enges schwarzes Kleid. Ihre Augen blieben noch geschlossen und die Bilder veränderten sich immer wieder. In der Erinnerung tanzte sie an einem unbekannten Ort auf den Tango, den sie gerade hörte. Bei »El vino triste« sah sie einen Mann, mit dem sie in enger Haltung tanzte. Der dramatische Ausdruck dieses Tangos verlangte es so. Marie spürte, wie sie sich seiner Führung leidenschaftlich hingab. Sie hatte diesen Mann gern. Doch sie hatte noch kein genaues Bild von ihm, nur das Gefühl, dass es schön war und sie weiter von seinen starken Armen gehalten werden möchte.

Ihr Tanzpartner nahm vor ihrem geistigen Auge eine immer konkretere Form an. Sie konnte ihn beinahe erkennen, als er mit einem Seitschritt den Tango »No me pregunten porque« einleitete. Immer deutlicher spürte sie ihren Körper mit dem seinen im Kontakt, nahm auch ihre Umgebung wahr. Sie tanzten auf einer Milonga, irgendwo. Die Dramatik dieses Tangos drang in ihr Gemüt ein, bis ihre letzte Zelle damit erfüllt war. Die Streicher trieben das Thema weiter, tiefer hinein ins Körperlose, bis Marie Feuer fing, das sich explosionsartig ausbreitete, und sich ihre Blockade im Nichts auflöste, als Ernesto Famá mit dem ersten Wort dieses Tangos ausdrucksstark zu singen begann: »Muchacho!«

Marie erstarrte, hielt ihren Atem an, richtete sich ruckartig auf, öffnete ihre Augen und formulierte mit ihren Lippen leise den Namen Paul. Einem Urknall gleich spürte sie, wie sich die verschlossene Tür ihres Gedächtnisses öffnete. Mit weit aufgerissenen Augen schrie sie es hinaus: »Paul!!!«

Ganz zärtlich kam ihr dieser Name, wie ein Nachhall, noch einmal über die Lippen; mit einem glückseligen

Lächeln auf ihrem Gesicht ließ sie sich erschöpft ins Sofa zurücksinken.

Sie nahm das vor ihr liegende Foto noch mal in die Hand und küsste es liebevoll. Sie schaute über den Rand des Fotos hinweg, dabei begegneten ihre Augen dem mitfühlenden Blick ihrer Therapeutin. Diese reagierte spontan, lief um den Tisch zu Marie und umarmte sie ganz fest, beide strahlten. Marie war ins Leben zurückgekehrt!

Conny hingegen war entsetzt, denn das, was man eigentlich als einen durchschlagenden therapeutischen Erfolg bezeichnen konnte, ertrug sie nicht mehr. Sie verließ eilig den Raum, lief taumelnd ins Besprechungszimmer, lehnte sich an die Wand und weinte bitterlich. Endlich konnte sie sich ihrem Seelenschmerz öffnen.

Der Ärztin entging das nicht, während sie die glückliche Marie in ihren Armen hielt. Doch das Wohl ihrer Patientin hatte Vorrang. Es schien ihr allerdings, als hätte sie nun in Conny eine weitere Patientin.

Conny konnte vor Schwäche kaum noch stehen und musste sich schnell auf den nächsten Stuhl setzen. Sie stützte ihre Arme auf den Tisch und legte den Kopf in die Hände.

In dieser Verfassung wurde sie von ihrer Kollegin vorgefunden. Diese setzte sich neben sie und legte den rechten Arm um ihre Schulter; mit der linken Hand streichelte sie über ihre tränenfeuchte Wange. So saßen die beiden, die Köpfe aneinander gelehnt, bis Conny ruhiger wurde. Der Körperkontakt tat ihr gut.

»Möchtest du mir etwas erzählen?«

»Ich kann jetzt nicht.«

»Hat es mit Frau Augier zu tun?« Conny nickte.

»Kennst du diesen Paul?« Conny nickte wieder.

»Dann müssen wir reden. Aber nicht jetzt. Magst du heute Abend mit mir essen gehen?«

Endlich brachte Conny ein Wort heraus, kaum hörbar: »Ja.« Sie umarmte dankbar ihre Kollegin und ließ ihren Tränen freien Lauf.

»Du weißt ja wo – in unserem Lokal. Aber nimm dir jetzt frei, wir sehen uns dann um acht. Ich muss mich um unsere Patientin kümmern.«

Marie hatte sie zuvor um Briefpapier gebeten, sie wollte Paul sofort antworten. Ein gutes Zeichen, denn damit konnte sie ihre letzten Erinnerungslücken füllen.

Und Marie schrieb, schrieb ausführlich und voller Dankbarkeit. Sie erzählte von ihrer Gefangenschaft, ihrer Verzweiflung und ihrer Hoffnung freizukommen. Sie schrieb über ihre Befreiungsversuche und dass sie mit seiner Hilfe gerechnet hatte. Auch entschuldigte sie sich dafür, dass sie ihn bei der zufälligen Begegnung nahe der Klinik nicht erkannt hatte, was ihr im Nachhinein große Schmerzen bereitete. Ihren vierseitigen Brief beendete sie damit, dass sie ihn so bald wie möglich wiedersehen möchte.

Eine Tango-CD konnte Marie nicht beilegen, aber ein aktuelles Foto von ihr musste unbedingt sein. Eine Krankenschwester tat ihr den Gefallen, sie zu fotografieren. Das Bild wurde dann am Computer ausgedruckt. Marie, ohnehin fotogen, fand sich gut getroffen. Zufrieden steckte sie den Brief mit dem Foto in einen Umschlag, adressierte ihn und bat die Schwester, ihn zu frankieren und abzuschicken.

Gegen 20 Uhr im »Tire Bouchon« in der Rue Descartes im Sorbonne-Viertel. Diese Straße ist eine Verlängerung der Feinschmeckermeile Rue Mouffetard. Wenn man in Richtung Norden weitergehen würde, käme man an die Seine, ungefähr an die Stelle, die gegenüber der Notre-Dame liegt. Conny war schon da, man hatte ihr einen Tisch im hinteren Teil des Lokals zugewiesen.

Ihre Kollegin kam leicht gestresst mit zehnminütiger Verspätung an. Bei der Begrüßung umarmten sie sich. Zunächst ging es um die Auswahl ihres Essens. Sie bestellten beide dasselbe Menü – als Entrée einen Salat mit gebackenem Ziegenkäse, dann Tagliatelle mit Lachs und zum Dessert eine Crème Caramel. Danach erkundigte sich Conny bei ihrer Kollegin nach Marie und bekam von ihr die Auskunft, dass diese einen Brief an Paul geschrieben hätte. Weiter wollten sie sich während des Essens nicht in dieses Thema vertiefen. Erst als sie ihre Schalen mit der Crème Caramel feinsäuberlich ausgelöffelt hatten und der Kaffee vor ihnen stand, kamen sie zur Sache.

»Conny, ich habe nachgedacht. Jetzt weiß ich ja, dass du diesen Paul kennst. Möglicherweise hast du ihn in Paris kennengelernt. Vielleicht seid ihr euch sogar nähergekommen. Und jetzt hast du erfahren, dass Paul der Freund von unserer Patientin ist. Ist es so?«

»Du vermutest richtig. Aber wie kannst du das wissen?« Conny begann sich zu öffnen und erzählte ihrer Kollegin alles, auch über ihre gemeinsamen Tage in Bad Dürkheim.

Dass sie Paul von ihrer Patientin Marie erzählt hatte, verschwieg sie allerdings.

»Aber wie und von wem erfuhr dieser Herr Berger, dass sich Marie in unserer Klinik aufhält?«

»Diese Information kann er nur von der Polizei erhalten haben.«

»Bist du nun traurig oder wütend?«, fragte die Kollegin.

»Beides, aber überwiegend bin ich traurig.« Conny bekam wieder feuchte Augen.

»Dir muss ich keine Therapiestunde geben. Aber in solch einer Situation ist es hilfreich, eine gute Freundin zu haben.«

»Danke.«

»Lass auch deine Wut zu, wenn du sie spürst! Das rät dir deine Freundin.«

»Ich werde ihm schreiben, wenn ich so weit bin.«

»Was ich dich noch fragen wollte – willst du um ihn kämpfen oder eure Beziehung beenden?«

»Das weiß ich jetzt noch nicht. Es tut so weh und ich kann keinen klaren Gedanken fassen.«

»Wenn du willst, können wir noch mal darüber reden, ich möchte dich gerne unterstützen.« Sie nahm Connys Hände in ihre und schaute ihr fest in die Augen. Conny spürte die wohltuende Kraft ihrer Kollegin, die nicht nur ihre Vorgesetzte, sondern inzwischen auch zu ihrer Freundin geworden war.

Nach einem abschließenden Espresso machten sie einen Spaziergang, die belebte Rue Mouffetard hinunter. Conny wollte noch nicht nach Hause gehen, sie würde sowieso nicht schlafen können. Zudem wollte ihre Kollegin sie noch nicht alleine lassen.

Das nächtliche Treiben nahm die Aufmerksamkeit

der beiden so sehr in Anspruch, dass sie darüber auf andere Gedanken kamen. Erst am Ende der Straße fanden sie endlich einen freien Tisch in einem Café, wo sie sich ein Glas Vin blanc gönnten. Nach dem »Santé« auf den ersten Schluck Wein schauten sie sich um, es gab viel zu sehen, vor allem Menschen unterschiedlichster Herkunft. Das einheimische Publikum, für sich schon durchmischt von allerlei Rassen aus den ehemaligen Kolonialstaaten, ging in der Masse von Touristen verschiedenster Nationalitäten auf.

Conny, die nicht viel Alkohol vertrug, erlebte das Geschehen wie durch einen Schleier, der sie in einen schützenden Raum hüllte, in dem sie ihr momentan schweres Schicksal ertragen konnte. Gut, dass sie nicht wusste, dass sie sich gerade an einem der Lieblingsplätze von Marie und Paul befand. Ein anderer Lieblingsplatz dieser beiden war auch die Brasserie *Le Rostand* beim Jardin du Luxembourg, in der Conny häufig verkehrte.

Die beiden Frauen gaben sich der nächtlichen Atmosphäre dieses Ortes hin und bestellten noch ein Verre de Vin blanc.

Connys Kollegin hatte irgendwann das Gefühl, dass sie sie nun alleinlassen konnte und schlug den Aufbruch vor. Arm in Arm gingen sie noch gemeinsam zur nahegelegenen Metrostation »Censier-Daubenton«, wo sie sich mit einer herzlichen Umarmung verabschiedeten. Die eine fuhr die zwei Stationen bis »Jussie«, die andere musste am Place d'Italie in die Linie 6 umsteigen, um nach Hause zu kommen.

15.

Berlin Ende September

Um was ich mich nicht alles kümmern musste. Mein Beruf hielt mich auf Trab, aber Lore hatte die Idee, unsere WG mit neuen Möbeln auszustatten und schleppte mich nicht nur zu Ikea, sondern in zig andere Einrichtungshäuser. Mir war es recht, denn ich selbst wäre nie auf die Idee gekommen. Aber die Liebe brachte frischen Wind in unsere Bude, um es mal so auszudrücken. Wenn man mich fragen würde, wie es mir geht, würde ich sagen können, ich hätte die hundert Prozent auf der Zufriedenheitsskala erreicht. Wenn ich aber ganz ehrlich sein würde, müsste ich diese Zahl deutlich niedriger ansetzen, denn es existierte noch ein unklares Verhältnis mit Conny, die in der Zwischenzeit wieder nach Paris gezogen war. Ebenso verhielt es sich mit Marie, die sich durch die Folgen ihres Sturzes nicht mehr an mich erinnern konnte.

Nachdem Lore und ich unseren gemeinsamen Auftritt auf der Geburtstagsfeier im Maison Blanche hatten, wurden wir von ihren Arbeitskolleginnen und auch von ihrem Chef bereits für ein Paar gehalten. Wir unternahmen nichts dagegen, denn manchmal entsprechen Gerüchte ja der Wahrheit. In der Berliner Tangoszene galten wir schon länger als ein Paar und so verhielten wir uns auch. Lore und ich lebten glücklich miteinander. Meine Mutter, die inzwischen von unserer Beziehung erfahren hatte, war ebenfalls glücklich darüber und die

Frage kam, die kommen musste: »Wann werdet ihr heiraten, das habt ihr doch vor, oder etwa nicht?«

Die Zeichen standen gut für mich, soweit man traditionelle Vorgaben als Wertmaßstab bemühte. Doch da gab es Flecken auf meiner weißen Weste, und die hießen Marie und Conny. Ich liebte sie beide, wie ich auch Lore liebte. Vielleicht ginge das bei den Eskimos oder Mormonen gut, aber in der Tradition der westlichen Gesellschaft wird das keinesfalls akzeptiert. Wie kann ich eine Frau zurückweisen, die ich liebe? Meine Lore würde ein Verhältnis mit zwei anderen Frauen niemals dulden und auch die beiden anderen Frauen würden es nicht zulassen. Ich befand mich in einer Zwickmühle, also einer Situation, die eine konsequente Entscheidung erforderlich machte. Ich ahnte es in diesem Moment noch nicht, doch das von Olaf so oft zitierte »Leben« hatte bereits die nächste Herausforderung für mich auf dem Plan.

Lore und ich hatten an diesem Abend Lust, eine Milonga zu besuchen. Es war Sonntag und wir beschlossen, ins »Tango tanzen macht schön« zu gehen. Wir fuhren bis zum Kottbusser Tor und spazierten durch den türkischen Teil Kreuzbergs, bis wir in den Hinterhof kamen, in dem die Milonga stattfindet. Obwohl es in Istanbul eine rege Tangoszene gibt, scheinen die Berliner Türken den Tango Argentino noch nicht für sich entdeckt zu haben. Sie blieben draußen auf der Oranienstraße.

An der Kasse erinnerte sich Lore an ihre damalige Begegnung mit Marie und Paco, doch das behielt sie für sich. Wir fanden einen noch freien Tisch auf der rechten Seite im Saal. Unser Abend verlief harmonisch und wir hatten wie üblich schöne Tänze miteinander, als ich während eines Tangos das Vibrieren meines Handys in der Hosentasche spürte. Im Grunde genommen bin ich kein neugieriger Mensch, aber bei dieser SMS überkam mich ein seltsames Gefühl. Ich ging am Ende der Tanda auf die Toilette, um die Nachricht zu lesen. Ich klickte sie an und erschrak:

»Du Mistkerl, du hast mich ausgenutzt und belogen, dabei habe ich dich so geliebt. Ich möchte nichts mehr mit dir zu tun haben und wünsche dir viel Glück mit deiner Marie. Conny.«

Das traf mich wie ein Keulenschlag. Ich saß in der Toilette und starrte ungläubig auf diese Zeilen. Das konnte nicht wahr sein! Conny, meine liebe Freundin, hatte sich von mir getrennt!

Mit allem hatte ich gerechnet, nur damit nicht, obwohl ich es hätte wissen müssen.

Conny arbeitete mit Marie und wusste von meinem Brief an sie. Mein Gott, wie bescheuert bin ich gewesen. Am liebsten hätte ich mich jetzt verkriechen wollen, weit weg von hier mit einer Flasche Hochprozentigem. Doch Lore, mit der ich hier war, durfte von all dem nichts wissen! So versuchte ich, mir nichts anmerken lassen. Wie hätte ich ihr auch diese Situation erklären sollen? Ich riss mich zusammen, ging an unseren Tisch zurück und schaute mich nach Lore um. Sie tanzte gerade mit einem ihrer Bewunderer. Das gab mir noch ein paar Minuten Zeit, um mich zu sammeln. Trotzdem spürte Lore, dass mit mir etwas nicht stimmte.

»Was hast du Paul?« Wie viel Mitgefühl in dieser Frage mitschwang! Auch deswegen liebte ich Lore.

»Ich glaube, es ist mein Magen. Ich muss irgendetwas Schlechtes gegessen haben.«

Spontan fiel mir diese durchaus glaubhafte Ausrede ein, da ich öfter Probleme mit dem Magen habe.

»Wie kann ich dir helfen, sollen wir gehen?«

»Ein Ouzo würde mir sicher guttun.« Das war schon etwas ehrlicher, denn ich liebe Ouzo. Nur, hier im Türkenviertel würde ich keinen bekommen.

»Tanz doch noch ein bisschen! Ich möchte dir nicht den Abend verderben.«

»Nein, ich mag nicht tanzen, wenn du leidest!«

Ich gab dieser einmaligen Frau einen Kuss und umarmte sie. Auch wenn Conny sich jetzt von mir getrennt hatte, blieb ich nicht allein. Ein Geschenk, das ich eigentlich nicht verdient hatte, doch in Selbstmitleid wollte ich nun auch wieder nicht verfallen.

Aufmerksam gingen wir Hand in Hand durch die Oranienstraße, einen Griechen jedoch fanden wir erwartungsgemäß nicht. Ohnehin brauchte ich den Ouzo nicht für meinen Magen, schon eher als Schmerzmittel für meine Seele.

»Zu Hause koche ich dir einen Kamillentee.« Das hatte ich nun davon. Lüge wird mit Kamillentee bestraft. Lore ging voll auf in ihrer Helferrolle, während mir Conny nicht aus dem Kopf ging. Die heutige Nacht wollte ich allein in meinem Bett verbringen und mich ganz meinem Liebeskummer hingeben. Ich konnte nicht einschlafen. YouTube-Videos sollten mich auf andere Gedanken bringen. Irgendwann stieß ich auf ein Konzert von David Bowie im Olympia Theatre in Paris. Damit dröhnte ich mich eineinhalb Stunden lang zu, natürlich mit Kopfhörer, um Lore nicht zu stören. Nebenbei leerte ich auch noch die Ouzo-Flasche aus dem Kühlschrank. Den Kamillentee schüttete ich in den Topf meines Oleanders und entschuldigte mich in Gedanken bei Lore. Am Ende war ich dermaßen aufgekratzt und energiegeladen, dass ich keine Chance mehr sah, einschlafen zu können. So kam ich auf die Idee, an die Spree zu gehen. Ich schlich mich so leise wie möglich aus der Wohnung und ging wankend in Richtung Hackescher Markt. Im vollbesetzten *b-flat*, das auf dem Weg lag, wurde gerade eine Jazzband beklatscht. Früher hatten wir hier auch Tango getanzt.

Ständig wiederholte sich währenddessen der Bowie Song »5.15 The Angels have gone« in meinem Kopf und blieb mir danach noch tagelang treu. »Conny has gone« übersetzte ich für mich.

Schon in der Rosenthaler Straße wurde ich angesprochen.

»Möchtest du mit mir gehen? Du gefällst mir.« Sie war jung und schön. Von David Bowies Charme inspiriert nahm ich ihren Kopf in meine Hände, sagte »danke«, gab ihr einen Kuss und ging weiter.

»Bleib doch stehen!« Sie lief hinter mir her und hielt mich am Arm.

»Warum gehst du weiter? Ich gefalle dir doch.«

»Ich bin in Trauer, meine Freundin hat mich gerade verlassen.«

»Das tut mir leid. Ich könnte dich trösten wie keine andere.«

»Du bist lieb, aber heute kann mir niemand helfen.«

»Dann komm wieder! Ich warte auf dich, hier an dieser Stelle.«

»Danke, du Schöne!«, antwortete ich und gab ihr aus Sympathie ein Küsschen auf die Wange. Ich drehte mich noch einmal nach ihr um und zuckte bedauernd die Schultern. So sah ich sie enttäuscht auf den nächsten Freier warten: High Heels, enge weiße Hosen, glänzendes Silber-Top, lange blonde Haare. Das ließ ich mir entgehen, während ich der Spree zueilte, um mich mit Connys Trennung weiter auseinanderzusetzen. Tangoklänge, die ich bereits im Monbijoupark hören konnte, erinnerten mich an die regelmäßig stattfindende Open Air Milonga am Spreeufer. Daran hatte ich gar nicht mehr gedacht. Allerdings näherte sich die Veranstaltung ihrem Ende. Ich kannte nur den DJ, aber niemanden von den wenigen, die noch tanzten oder auf der Treppe saßen. So ging ich weiter den Weg an der Spree entlang in Richtung Berliner Dom. Die Wasseroberfläche spiegelte sich mäandernd wie Irrlichter an den Wänden des Bode-Museums.

Zuerst hörte ich sie, dann sah ich sie, eine Jazzcombo mit einer fantastischen Sängerin. Ich mischte mich unter die begeisterten Zuhörer, deren Körper von den Rhythmen geradezu gezwungen wurden, sich mitzubewegen. Die Stimmung konnte nicht besser sein. Doch leider übertrug sie sich nicht auf mich, ich war blockiert und nicht empfänglich. Auch mein Körper schien isoliert zu sein und kam nicht in Kontakt mit der Musik. Schließlich wollte ich mit mir allein sein, mit meinen Gedanken an Conny.

Ein letzter Blick auf die Spree, die endlich Feierabend hatte – kein Touristenboot, das sie mehr durchpflügte. Sanft bewegten sich die Wellen und reflektierten die Lichter der Museumsinsel. Ich versuchte, mich auf diese Stimmung meditativ einzulassen, während hinter mir die Leute die Jazzmusiker beklatschten und nach Zugaben riefen. Eigentlich ein perfekter Moment an diesem Berliner Sommerabend. Doch Conny lastete mit den beiden Sätzen, die sie mir geschrieben hatte, schwer auf meinem Gemüt. So ging ich weiter an der Spree entlang, unter der S-Bahn Unterführung hindurch, hinüber zu den Bars bei den S-Bahn-Gleisen, die im Park einen Platz für einen lauschigen Abend boten. Ich trank wieder Ouzo. Nach dem dritten fragte mich die Bedienung, ob sie mir ein Taxi bestellen soll. Ich antwortete nicht, auch weil ich nicht konnte, nickte aber zustimmend.

Bei der S-Bahn-Unterführung wartete das Taxi bereits auf mich, als ich dorthin torkelte. Der Taxifahrer zögerte, als er mich sah, musste aber dann doch durch die Promilleschichten hindurch meinen seriösen Kern erkannt haben und nahm mich gnädigerweise mit.

Eine geheimnisvolle Kraft half mir, die Treppen hoch in meine Wohnung zu kommen und in mein Bett zu gelangen. Anscheinend haben mich Bowies Angels sicher nach Hause geleitet.

Bis heute weiß ich nicht, ob Lore meinen nächtlichen Ausflug bemerkt hatte. Als viel zu früh mein Wecker klingelte, hätte ich mich verfluchen können, stand aber trotzdem auf, was mich viel Überwindung kostete. Mein Kopf drohte zu explodieren.

»Wie geht es dir?«, fragte mich Lore besorgt beim gemeinsamen Frühstück.

»Schon viel besser. Dein Kamillentee hat mir anscheinend geholfen.«

Lore sagte zwar nichts, aber sie musste wohl in Anbetracht meines lädierten Aussehens den Wahrheitsgehalt meiner Antwort eher anzweifeln.

Als ich am nächsten Tag nach Feierabend zu Hause ankam, lag ein Brief auf dem Wohnzimmertisch.

»Marie hat geschrieben.« Lore gab sich reserviert neugierig und verließ diskret das Zimmer.

Vielleicht lag es an meinem immer noch bestehenden Alkoholpegel, dass ich auf diese Nachricht zunächst nur passiv reagierte. Denn ich tat nichts, ich saß nur da und starrte benommen auf den Briefumschlag.

»Was hat sie geschrieben? Sag doch was!« Lores Aufforderung brachte mich wieder in die Gänge und zu einem normalen Verhalten zurück. Ich ging in die Küche, holte ein spitzes Messer, steckte es in die Lasche und öffnete zögerlich den Umschlag. Ich hätte es hier und jetzt niemals tun sollen, doch im Nachhinein ist man oft klüger. Der Brief enthielt zwei lindgrüne, beidseitig beschriebene Briefbögen. Marie hatte auf Englisch geschrieben, auch wenn die Anrede lautete:

Mon cher ami!

Ich hätte Maries Brief lieber im »Gorki Park« lesen wollen, dort, wo ich auch meinen an sie geschrieben hatte. Doch Lore umarmte mich von hinten und legte ihren

Kopf an meinen. Sie gab damit ihre Zurückhaltung auf und machte unmissverständlich ihre Besitzansprüche geltend. Dadurch wurde sie allerdings auch mit dem Briefinhalt konfrontiert, was für sie die Hölle gewesen sein muss, denn Maries Worte waren sehr liebevoll und dankbar formuliert. Ich hätte die Polizei auf die richtige Spur gebracht und sie durch meinen Brief an sie aus ihrer Amnesie erlöst.

»Deinen Brief – du hast ihr geschrieben?« Lore löste ihre Umarmung und setzte sich vor mich auf die Tischkante. Jetzt musste ich mir eine intelligente Antwort einfallen lassen.

»Ja, ich musste ihr doch helfen, ihr Erinnerungsvermögen wiederzuerlangen. Und wie du auch lesen konntest, ist dies geschehen, während sie die Tango-CD anhörte.«

»Willst du sie jetzt besuchen?« Das klang in keiner Weise vorwurfsvoll, aber trotzdem ernst. Jetzt musste ich klug handeln, denn Lore hatte auch die letzten Worte Maries gelesen:

Quand est-ce que je peux espérer ton arrivée? I miss you!
Je t' embrasse de tout cœur!
Marie

»Wenn du es nicht möchtest, fahre ich nicht.« Das war die beste Antwort, die ich ihr im Moment hatte geben können. Nun war Lore gefordert; eine falsche Antwort von ihr hätte unsere Beziehung ernsthaft in Schwierigkeiten bringen können. Das wollte aber auch sie nicht riskieren, deshalb zögerte sie die Antwort hinaus. Doch dann hatte sie einen Geistesblitz: Klaus der Tangotänzer vom Bodensee, der sie so begehrt hatte und sie besuchen wollte, fiel ihr ein. Während Paul in Paris wäre, könnte Klaus für ein paar Tage nach Berlin kommen. Mit diesem Kompromiss könnte sie gerade so leben. Lore war sich aber bewusst, dass diese Lösung reiner Selbstschutz sein würde, denn Klaus wäre auf keinen Fall der Mann fürs Leben.

»Nein, fahr du nur, ich kann dich in dieser speziellen Situation verstehen. Gerne würde ich dich begleiten, aber ich komme momentan nicht weg von meiner Arbeit.« Eine überraschende und irgendwie auch seltsame Antwort von Lore, mit der ich nicht gerechnet hatte.

Jedenfalls haben wir beide gerade noch die Kurve gekriegt, wenn auch unsere bisherige Innigkeit darunter litt. Es herrschte nicht gerade Eiszeit zwischen uns, aber die Stimmung war für etliche Tage etwas angespannt und wir hatten beide nicht das Bedürfnis nach Intimität.

Lore wollte sich an diesem Abend noch mit ihrer besten Freundin Anita treffen, was mir die Gelegenheit gab, den so wichtigen Brief Maries noch ein paarmal durchzulesen.

Nun kam mir Olafs Ausspruch wieder in den Sinn und ich sah ihn bestätigt. Das Leben sorgte sich doch um mich und zwar deutlich, wenn ich nur genau hinschaute. Es legte mich zwar nicht in Watte, denn es entriss mir Conny, brachte mir aber Marie zurück. Auf Kosten von Lore? Würde auch sie mir entrissen werden? Bei diesen Gedanken kam ich mir plötzlich wie ein kleiner verspielter Junge vor, der in den Tag hinein lebt, ohne sich Gedanken über andere, über seine Zukunft oder über die Konsequenzen seines Tuns zu machen. Da ich aber ein erwachsener Mann war, erkannte ich mit Schrecken, dass ich einen Therapeuten nötig hatte.

Im »Gorki Park«, einem meiner Stammlokale, ließ ich mich von der netten Bedienung mit Prosecco verwöhnen und las Maries Brief, wieder und wieder. Es ging ihr gut und sie würde bald nach Hause entlassen werden. Das erlöste mich von meinem traumatischen Erlebnis, als ich sie bei der Klinik angesprochen und sie mich wie einen Unbekannten angeschaut hatte.

Ich wollte sie besuchen, bald.

16.

Lore und Anita

Nachdem Lore Maries Brief gelesen hatte, brauchte sie den Beistand ihrer Freundin. Anita hatte eine eher nüchterne Art, die Dinge zu sehen, was so manches in einem anderen Licht erscheinen ließ.

»Ist was mit Paul?« Anita vermutete dies, als die sonst so lebensfrohe Lore geknickt ihre Wohnung betrat. Sie setzten sich in die Küche mit Blick auf einen typischen Berliner Hinterhof. Zimmerpflanzen verliehen dem Raum eine gemütliche Atmosphäre. Zum obligatorischen Rioja hatte sie verschiedene Tapas zubereitet. Für später stand auch eine Flasche Grappa bereit.

»Nun erzähl mal! Was ist geschehen?« Anita füllte die Gläser und stellte Lore einen Teller hin.

Lore bediente sich spärlich von dem reichhaltigen Angebot. Umso mehr erzählte sie vom gestrigen Abend, als Paul plötzlich so verändert schien und dies mit Magenschmerzen begründete, noch einmal die Wohnung verließ und erst spät in der Nacht heimkam. Sie erwähnte auch den Brief von Marie, die Paul wiedersehen wollte.

»Wie soll das nur weitergehen? Wir hatten eine so schöne Beziehung und nun kommt dieser Brief.«

»An einem ähnlichen Punkt bist du mit Paul schon einmal gewesen, doch inzwischen seid ihr eine Beziehung miteinander eingegangen. Marie weiß aber nichts davon und kann deshalb auch keine Rücksicht auf dich nehmen. Jetzt liegt die Entscheidung bei Paul. Aber so, wie ich ihn kenne, wird es ihm schwerfallen, zwischen dir und Marie eine Wahl zu treffen. Oder aber du entscheidest!«

»Wieso ich?«

»Paul liebt dich! Wenn du ausziehst, wird er um dich kämpfen, um dich nicht zu verlieren.«

»Aber das kann ich nicht.«

»Dann wird Paul sich nie zwischen euch beiden entscheiden können. Er wird wieder mal den bequemen Weg gehen, und zwar auf deine Kosten.« Während Lore über Anitas Rat nachdachte, kümmerte sich diese um Rotweinnachschub. Jetzt war es Zeit für eine Zigarette. Lore ging hinaus auf den Balkon, der durch die Küchen- und Wohnzimmertür begehbar war. Anita folgte ihr mit zwei Schnapsgläsern in der Hand, die mit Grappa gefüllt waren. Sie stießen an.

»Auf die Liebe!«

In der Gesellschaft von Anita fühlte sich Lore stark und entschlussfreudig.

»Könnte ich eine Zeit lang bei dir wohnen?«

»So lange du möchtest.«

»Aber das nur für den Fall der Fälle. Wie findest du meine Idee, Klaus und Peter nach Berlin einzuladen?« Lore wollte es jetzt wirklich wissen.

Anita nickte zustimmend. »Sobald du weißt, wann Paul nach Paris reist, rufen wir die beiden an. Vielleicht sind sie so flexibel und können dann kommen. Aber sie müssen sich ein Hotelzimmer nehmen.«

»Und wie begründen wir das?«

»Wir tun so, als ob wir beide zusammenleben würden und keinen Platz für sie haben.«

»Gut, lass es uns so machen!« Lore schien entschlossen.

»Möchtest du heute Nacht hierbleiben? Mein Bett ist groß genug.«

»Ja, gerne. Paul wird sich Gedanken machen, wenn ich nicht nach Hause komme.«

»Das ist ja unsere Strategie!«, bekräftigte Anita siegessicher und hielt ihrer Freundin die Hand zum Einschlagen hin.

Lore hatte nun Appetit bekommen und leerte die Teller mit den übriggebliebenen Resten. Anita zündete Kerzen an, denn es war inzwischen dunkel geworden. Beim Einschenken stellte sie mit Erstaunen fest, dass die Flasche beinahe leer war. Man muss die Feste feiern, wie sie fallen, dachte sie bei sich.

»Ich vermisse ihn.« Lores schwer gewordene Zunge versuchte auszusprechen, was sie gerade fühlte. Ungeschickt führte sie ihr Glas zum Mund und verkleckerte ihre weiße Bluse, ohne es zu merken.

»Deine Bluse«, schrie Anita, »zieh sie sofort aus, wir müssen Salz darauf streuen!«

Sie half Lore beim Ausziehen und behandelte den Fleck auf ihrer Bluse.

»Ich kann dir aushelfen, dann musst du morgen nicht halbnackt ins Büro gehen. Obwohl du mir so ganz gut gefällst!« Lore saß neben ihr, in einem engen schwarzen Rock, sie trug schwarze Pumps, einen weißen BH und eine Perlenkette. Ihre nach hinten gesteckten Haare hatten sich teilweise gelöst. Sie lehnte es ab, jetzt schon die Bluse von Anita anzuziehen, ihr war warm genug. Allmählich wurde sie müde, es war inzwischen spät geworden.

»Ich bin reif fürs Bett. Hast du mir etwas zum Anziehen für die Nacht?«

»Ja, geh schon mal ins Bad, ich lege dir deine Sachen schon mal hin.«

Während sich Lore duschte, klingelte das Telefon. Anita überlegte, wer das wohl sein könnte, und griff nach dem Hörer. Paul war dran.

»Entschuldige, dass ich so spät anrufe, aber ich mache mir Sorgen um Lore, sie ist nicht nach Hause gekommen. Ist sie vielleicht bei dir?«

»Ja, sie ist da. Du Paul, wir müssen reden!«

»Ich weiß. Ich rufe dich an, wenn ich aus Paris zurück bin. Dann habe ich mehr Klarheit. Okay?«

»Ich bin mir nicht sicher, ob Lore das alles mitmachen wird. Die Folgen wirst du tragen müssen.« Diese beiden Sätze gab sie ihm zum Nachdenken mit.

»Ich rufe dich morgen an!« Doch Anita hatte bereits aufgelegt.

»Hat Paul angerufen?«, fragte Lore neugierig, als sie aus dem Bad kam. Als einziges Kleidungsstück hatte sie ein Handtuch um den Kopf gebunden.

»Ja, er hat dich vermisst.«

»Würdest du mich bitte nach Hause fahren?«

»Nein, du bleibst hier!«, antwortete Anita etwas genervt.

Tage später

Lore war nicht zurückgekehrt, hatte auch keine Nachricht hinterlassen, obwohl sie vorgestern in meiner Abwesenheit in der Wohnung gewesen war, um sich ein paar Sachen zu holen. In unserem gemeinsamen Regal im Bad befanden sich nur noch Gegenstände, die mir gehörten. Ihre Haarbürste, sämtliche Kosmetika und auch ihr Schmuck fehlten.

Mir ging es schlecht, das Leben packte mich hart an und ich wusste warum. Wegen Marie hatte Conny die Beziehung mit mir beendet und Lore hatte sich von mir zurückgezogen. Es war nur eine Frage der Zeit, dass auch sie sich von mir trennen würde. All das konnte ich gut verstehen. Aber was sollte ich tun? Ich konnte doch Marie jetzt nicht im Stich lassen, nach all dem, was sie meinetwegen durchmachen musste. Das brachte ich einfach nicht übers Herz. Wenn ich jetzt Anita anrufen würde, um mit ihr über meine Beziehung zu Lore zu sprechen, was hätte ich anbieten können?

So entschloss ich mich, nach Paris zu fahren, in der Hoffnung, gemeinsam mit Marie eine Lösung zu finden. Beim Nachdenken kam mir aber auch keine Idee, wie eine solche aussehen könnte.

17.

Paris Anfang Oktober

Connys Nachricht wollte ich nicht unbeantwortet lassen. Ich schrieb ihr, ebenfalls per SMS, entschuldigte mich von ganzem Herzen und wünschte ihr alles Gute. Mein Daumen zögerte noch eine Sekunde, bevor er Senden anklickte.

Mit Marie telefonierte ich, um zu klären, wann ich kommen könnte. Mein Chef hatte mir zwei Tage freigegeben, mit dem Wochenende waren es dann vier Tage.

»Komm so schnell wie möglich, ich warte auf dich!«

Ich gab ihr Bescheid, als ich den Flug nach Paris Orly für Freitagabend gebucht hatte. Marie wollte mich vom Flughafen abholen.

Vor meinem Abflug wollte ich Lore noch eine SMS schicken und zermürbte mir den Kopf über die passenden Worte. Ich schrieb ihr dann nur einen Satz: »Liebe Lore, bitte habe Verständnis und sei geduldig mit mir! Ich liebe dich doch! Dein Paul«

Als ich die Wohnung verließ, drehte ich mich noch einmal um. Wie würde ich sie vorfinden, wenn ich am Dienstagabend zurückkomme? Ich konnte mir mein Leben ohne Lore nicht vorstellen, tat jedoch genau das, womit ich die Beziehung möglicherweise zerstören würde.

Es war acht Uhr abends, als mein Flieger in Orly zur Landung ansetzte. Schon während des Fluges hatte ich gemischte Gefühle und konnte mich deshalb nicht uneingeschränkt auf Marie freuen. Noch vor Wochen war es Paco gewesen, der sich uns in den Weg stellte. Er saß aber mittlerweile im Gefängnis. Lore wohnte bei ihrer Freundin, die mir nicht gerade wohlgesonnen war. Die Art der Widerstände gegen die Beziehung zwischen Marie und mir hatte sich geändert. Ihre Konstellation hat eine für mich unlösbare Form angenommen, schließlich liebe ich auch Lore.

An und für sich bin ich ein geselliger Mensch, aber diesmal habe ich während des Fluges den Kontakt mit Sitznachbarn vermieden – stattdessen blieb ich ganz für mich. Nur kurz erwiderte ich den Abschiedsgruß der Stewardessen, als ich das Flugzeug verließ. Es regnete in Orly.

Während ich am noch leer laufenden Förderband auf mein Gepäck wartete, spürte ich, wie ich immer nervöser wurde. Marie würde sicher schon am Ausgang auf mich warten, während mein Koffer wie gewohnt auf sich warten ließ. Wenn man einen schwarzen Koffer hat wie ich, tut man sich schwer, ihn rechtzeitig zu erkennen, zumal es ja so viele davon gibt.

Marie machte sich mit einem geöffneten Regenschirm bemerkbar, den sie über die Köpfe der anderen Wartenden hin und her schwenkte. Dies, verbunden mit dem Ausruf »Paul, Paul«, lenkte meine eiligen Schritte direkt zu ihr – der Frau, die mein Leben radikal veränderte.

Knapp vor ihr hielt ich inne und schaute sie an. Jetzt brauchte ich unbedingt das Erkennen ihrer Augen. »Ja, du bist es, mein geliebter Paul!« Ihr Gesicht strahlte. Liebevolle Worte folgten, wie nur Marie sie ausdrücken konnte: »Oui c'est toi, Paul, mon bien-aimé!«. Mein

Mund berührte ihre sinnlich weichen Lippen, die leicht vibrierten, als sie meinen Kuss erwiderten.

Dann brach der Sturm los. Marie drückte mich so sehr, dass mir fast die Luft wegblieb. Wir drehten uns im Kreis, der aufgespannte Regenschirm legte sich auf unsere Köpfe wie ein schützendes Dach. Die anderen Wartenden rückten von uns ab, sodass wir genügend Raum für unser Wiedersehen erhielten – fast wie eine Tanzfläche, die nur uns gehörte.

Wie ein Sturm sich irgendwann legt, so hielten auch wir inne, unsere Köpfe aneinandergelegt, nur noch unser heftiger Atem bewegte unsere Körper.

Ich faltete den Schirm zusammen. Marie, die einen schicken hellen Trenchcoat trug, nahm meine Hand und führte mich nach draußen. Die Transferbusse standen bereit, wir stiegen in den erstbesten ein. An der Haltestelle »St. Michel / Notre Dame« wollten wir dann aussteigen. Auf der Fahrt dorthin passierten wir nahezu alle schicksalsträchtigen Stationen unserer turbulenten Beziehung. Linker Hand lag der Ort der Milonga, in der wir uns kennengelernt hatten, rechts die Klinik Sainte-Anne, dann die Metrostation »Denfert Rochereau« und schließlich der Jardin du Luxembourg. Von dort aus sahen wir auch das Haus, in dem Marie wohnte. Doch wir konnten erst später aussteigen. Eng aneinander gekuschelt genossen wir unser Wiedersehen und der Regen draußen verdichtete den intimen Raum, in dem wir uns befanden. Nicht einmal die sonst so gesprächige Marie redete viel. Worte hätten unser inniges Beisammensein nur gestört.

Der Bus hielt am Place St. Michel, wo wir ausstiegen.

Von hier aus war es nicht mehr weit zu ihrer Wohnung. Ich spannte den Schirm wieder auf und Marie hängte sich bei mir ein.

»Was wünschst du dir jetzt?«

»Ich wünsche mir dich!« Marie lächelte und gab mir einen Kuss.

»Und was möchtest du jetzt tun?«

»Ich möchte dich küssen!«

»Hier an dieser Stelle?«

»Hier und überall. Liebst du mich überhaupt noch?«

Was sollte ich darauf antworten? Ich ließ den lästigen Schirm fallen, nahm Marie in meine Arme und küsste sie.

Der Erzengel Michael, der den monumentalen Brunnen am Place St. Michel bewacht, hatte es sich zu seiner Lebensaufgabe gemacht, den Teufel zu bekämpfen. Möge er mit seiner Kraft nun auch unsere Liebe beschützen! Wie unsere Vergangenheit zeigte, hatten wir diesen Schutz auch nötig.

Das Plätschern des Brunnens vermischte sich mit dem Regen, der auf unseren Schirm trommelte, als ich ihn wieder aufhob. Nun wurden wir beide von St. Michel und dem Schirm beschützt.

»Ich möchte dir mein Viertel zeigen, das Quartier Latin.«

Hatte ich nicht auch schon dieselben Worte von Conny gehört? Auch sie wollte mir dieses Viertel zeigen, wurde aber daran gehindert, als eine neue Patientin in ihrer Klinik eingeliefert wurde: Marie.

Unser Weg in das lebhafte Quartier Latin führte uns an der Brasserie La Gentilhommière vorbei, in der ich mit Conny gegessen hatte. Doch die Vergangenheit wollte ich ruhen lassen. Ich folgte lieber Maries Worten, als sie mir erklärte, in welchen Geschäften sie dieses und jenes gekauft hatte. Auch ihr Stammlokal zeigte sie mir und zog mich an der Hand hinein. Sie steuerte auf ihren Lieblingstisch zu, an dem sie immer gesessen hatte. Dabei wurde sie von den Kellnern erkannt und mit Küsschen begrüßt.

»Ich möchte dich zum Essen einladen.«

»Danke, das ist lieb, aber ich habe zu Hause für uns gekocht. Ist dir das recht? Wir können aber hier einen Aperitif nehmen.«

»Oui d'accord, welch ein schöner Empfang für mich, merci!«

Bei meinen früheren Paris-Aufenthalten interessierten mich die Tafeln vor den Restaurants, die Touristenmenüs anpreisen. Die Kellner wurden dann immer lästig, wenn sie mich ansprachen. Heute war das alles nicht der Fall, denn Marie führte mich mit der Sicherheit einer Reiseleiterin durch die kleinen Sträßchen des sonst so lebhaften Viertels. Doch der Regen verscheuchte die Massen, er entzog den Straßenmusikern ihren Arbeitsplatz und verbannte die Regale mit Ansichtskarten und Souvenirs nach innen. Für mich war das ein eher ungewohntes Bild, denn man saß nicht wie üblich draußen, auch die Passanten verschwanden unter ihren Regenschirmen. So konnte ich mich voll und ganz Marie widmen. Ich bewunderte ihre Stimme, ihre lebhaften Gesten beim Reden und ihr wunderschönes Profil! Ihre ausdrucksstarken Augen, die Nase römisch geschnitten, ihre schwarz gelockten Haare oder auch die großen

Creolen, all das verzauberte mich. Ich wünschte mir, Fotos von ihren Eltern zu sehen. Hatte sie die Schönheit von ihrer Mutter oder von ihrem Vater oder gar von beiden geerbt? Ihre Eltern waren bei einem Verkehrsunfall ums Leben gekommen und ließen Marie als Vollwaise, ohne Geschwister, zurück.

Marie bekam mehr Aufmerksamkeit von mir als das Viertel, das sie mir zeigen wollte. Während die Umgebung durch das schlechte Wetter an Attraktivität verlor, nahm die von Marie zu. Sie war zu jeder Zeit so schön und charmant, bei Tag und bei Nacht, bei Regen und bei Sonnenschein!

Sie führte mich so unauffällig in Richtung ihrer Wohnung, dass es den Anschein hatte, wir würden uns ziellos treiben lassen.

»Wenn du allein wärst, würdest du zu mir nach Hause finden?« Ich überlegte. Wenn ich in dieser Richtung weitergehen würde, käme ich vermutlich zum Jardin du Luxembourg. Würde ich mich zu weit nach links bewegen, könnte ich mich am Boulevard St. Michel orientieren. Ginge ich zu weit rechts, käme ich zur Église St. Sulpice. Also kein Problem! So antwortete ich: »Ja natürlich!«

»Dann lasse ich dich jetzt allein. Ich muss noch unser Essen vorbereiten. Lass dir ruhig Zeit!« Marie gab mir einen Kuss und lief durch den Regen davon. Kurz bevor sie um eine Häuserecke verschwand, drehte sie sich, bereits durchnässt, noch einmal zu mir um und winkte. Sie hatte den Schirm mir überlassen. Das war wieder einmal typisch Marie.

Um mir die Zeit zu vertreiben, schaute ich mich genauer um. Ich stellte fest, dass Paris in Begleitung von Marie wesentlich interessanter auf mich wirkte als sonst, wenn ich allein unterwegs war. Ich vermisste sie jetzt schon und musste mich zurückhalten, um ihr nicht gleich zu folgen.

Urplötzlich stand ich vor einem imposanten Gebäude. Es hatte eine strenge geometrische Architektur mit einem beeindruckenden Säulenvorbau. Der Vorplatz war mit wuchtigen Betonpollern weiträumig abgesperrt. Dieses Gebäude trennte mich noch von Maries Wohnung, ich musste es hinter mir lassen. Ich ließ es rechts liegen, sah den Park und befand mich in ihrer Straße. Sollte ich noch einen Espresso im *Le Rostand* trinken? Ich entschied mich dagegen und drückte zweimal kurz auf die Türklingel.

»Paul, c'est toi?«

»Ja, bin ich zu früh?«

»Nein, komm herauf!«

Schwungvoll nahm ich mit meinem Koffer die Treppen bis zum dritten Stock.

»Bienvenue à notre domicile!« Strahlend, mit geöffneten Armen, empfing sie mich in der Tür. Ihre Haare, noch nass vom Regen, klebten eng am Kopf, was ihr ein zigeunerhaftes Aussehen verlieh. Während wir uns umarmten, stieg ein Duft in meine Nase, der sich verwirrend mit ihrem Shampoo vermischte. Ich schnupperte, der köstliche Duft kam aus der Küche.

»Oh, die Quiche!« Marie eilte zum Herd, ich folgte ihr. Sie drehte die Temperatur zurück.

»Kann ich dir helfen?«

»Nein, setz dich schon mal an den Tisch! Ich möchte dich verwöhnen.«

Meinen Koffer hatte ich im Treppenhaus stehen lassen. Ich holte ihn herein, wollte aber nicht gleich mit Auspacken beginnen, das hatte später noch Zeit. Ich hängte meine Jacke in die Garderobe und setzte mich an den bereits gedeckten Tisch in ihrem Wohnzimmer. Der Tisch war mit einem Blumenstrauß dekoriert, eine Kerze brannte. Klassische Klaviermusik, die mir unbekannt war, ertönte dezent aus den Lautsprechern. Sie sei von Satie, erfuhr ich später. Marie hatte an alles gedacht – ich fühlte mich wie zu Hause angekommen.

»Unser Menü beginnt mit einem Tomatensalat.« Marie stellte zwei kleine Porzellanschalen auf den Tisch.

»Bon appétit!«

»Bon appétit!«

Die Tomaten hatte sie sicher nicht im Supermarkt gekauft, dafür hatten sie ein viel zu köstliches Aroma. Sie kaufte ihr Obst und Gemüse immer auf Märkten ein.

Marie hatte mir noch nicht von den Erlebnissen während ihrer Gefangenschaft erzählt, ich wollte auch nicht aufdringlich sein. Vielleicht ergab es sich nach dem Essen.

Nach dem Salat brachte sie aus der Küche eine Flasche Wein mit und bat mich, sie zu öffnen. Es war ein Vin blanc, eine Flasche ohne Etikett, sicher auch auf von einem Händler auf dem Markt gekauft. Nun kam die Quiche Lorraine auf den Tisch; eine Hälfte davon hatte Marie bereits mit dem Messer aufgeteilt. Nachdem jeder sein Stückchen auf dem Teller liegen hatte, hoben wir die Gläser und stießen an.

»Santé!«

Unterdessen prasselte der heftiger gewordene Regen gegen die Fensterscheiben. Die Klaviermusik war kaum noch zu vernehmen, nur noch die höher angeschlagenen Töne drangen durch. Das Thema von Maries Gefangenschaft stand im Raum, ich musste sie jetzt danach fragen.

»Möchtest du über die Zeit deiner Gefangenschaft sprechen?«, fragte ich vorsichtig.

Marie nahm ein Stück Quiche in den Mund und dachte nach, während sie kaute. Zögernd kamen ihre Worte. Ich sah ihr an, wie sie sich bemühte, ihr Gedächtnis für diesen Zeitraum zu öffnen.

»Anfangs konnte ich mich an gar nichts erinnern, doch ab dem Tag, an dem ich deine CD hörte, erschienen mir manche Szenen in Fragmenten wieder. Sehr subtil, wie wenn man versucht, sich an einen Traum zu erinnern – wohl wissend, dass alles gespeichert ist, nur dass diese Räume manchmal verschüttet sind.«

»Hat dich die Polizei danach befragt?«

»Ja, es war auch eine Psychologin mit dabei. Sie zeigten mir die Fotos meiner Entführer.«

»Hast du sie erkennen können?«

»Nicht alle drei, nur den Guten und den Bösen.«

»Den Guten und den Bösen? Gibt es gute Entführer?« Marie lächelte bei dieser Frage.

»Ja, das war ein hübscher junger Mann, der mich gernhatte.«

»Hat er dir in deiner Gefangenschaft geholfen? Warum ist er der gute Entführer?«

»Ja, er hat mir Sachen mitgebracht, die ich brauchte, und er hat meine wunden Stellen gepflegt.«

»Wieso hattest du wunde Stellen am Körper, haben sie dich geschlagen?«

»Nein, sie haben mich in Ketten gelegt, nachdem ich versucht hatte, mich zu befreien.«

Marie kam langsam in Fahrt; es war sicher kein Fehler, sie darauf anzusprechen. Bei ihrem Bericht vermischten sich allerdings ihre eigenen Erinnerungen mit dem, was sie von der Polizei erfahren hatte. Paco hatte seine Freunde und Kollegen aus dem Gefängnis heraus angestiftet, Marie zu entführen. Doch das Ganze war zu kurz gedacht, denn wie hätte es weitergehen sollen? Die Polizisten, die diesen Fall untersuchten, stellten Naivität und mangelnde Intelligenz bei allen Beteiligten fest. Einzig Paco schwieg beharrlich und blieb stur.

Inzwischen war unsere Quiche kalt geworden. Wir hatten wenig davon gegessen. Schade, das hatte ich nun davon. Wir prosteten uns zu. Ich aß meinen Teller leer, so wie ich es damals als Kind gelernt hatte. Marie ging in die Küche zurück; ich folgte ihr und nahm sie in die Arme, nachdem sie die Platte abgestellt hatte. Vorher hatte ich ihr in die Augen geschaut, deren Tiefe mir eine Trauer zeigte, die mir bislang verborgen geblieben war. Marie hat mir ihre Vergangenheit vorenthalten und damit auch ihre Verletzlichkeit. Nun wusste sie, dass ich es erkannt hatte, und konnte in meinen Armen loslassen. Ihre Aufrichtigkeit war so befreiend für uns beide, dass wir gemeinsam weinen mussten. Meine Tränen offenbarten die ebenfalls unbewältigten Lasten meiner eigenen Vergangenheit. Es war ein Weltschmerz, der all die Trauer, Sorgen und Ängste in sich vereinte. Ich weinte auch um Lore und Conny, denen ich so viel Schmerzen zugefügt hatte. Ich weinte Tränen über die schmerzliche Trennung von meiner Frau und meine Trauer führte mich noch weiter zurück in meine Kindheit. Ich weinte auch über den Verlust meines Vaters, der starb, als ich noch ein kleiner Junge war.

Eng umschlungen standen wir in der Küche – ein kleiner Junge und ein kleines Mädchen.

Irgendwann löste sich Marie von mir und schaute mich mit tränennassen Augen an. Ihre Mundwinkel bewegten sich leicht nach oben, als sie mich fragte:

»Möchtest du noch ein Dessert haben?«

Ich nickte, da ich noch nicht reden konnte.

»Würdest du bitte vorher den Tisch abräumen?«

Ich räusperte mich und brachte ein leises Ja hervor. Jetzt erinnerte ich mich an mein Mitbringsel, einen Grappa, den ich jedes Mal vermisst hatte, wenn ich in Paris gewesen bin.

»Oh, welch schöne Überraschung! Den trinken wir nach dem Dessert.«

»Das sieht gut aus. Was ist es?«

»Eine Crème brûlée. Schon mal gegessen?«

»Ich glaube nicht.« Allmählich brachte ich wieder ein paar Worte zustande. Wann hatte ich das letzte Mal geweint und dabei eine solche Gefühlstiefe erlebt wie gerade eben? Noch nie zuvor in meinem Leben. Deshalb konnte ich mit meinen Gedanken nicht so schnell ins reale Geschehen zurückkehren – nein, ich wollte auch nicht. Diese Trauer erleben zu dürfen hatte etwas Schönes; ich erlebte einen bisher unbekannten Teil von mir, den ich bewahren wollte.

Marie musste mich anschubsen, um mich in die Gegenwart zurückzubringen.

»Wie schmeckt dir die Crème brûlée?« Sie hatte sie mit Himbeeren und Brombeeren garniert und um die Schalen, die auf Tellern standen, Rosenblätter gestreut. Allein die Optik begeisterte mich.

»Fantastisch! Ich glaube, ich werde süchtig danach. Meine Mutter gab mir stets den Rat: Heirate nur eine Frau, die gut kochen kann.«

»Konnte deine Frau gut kochen?«

»Nein.«

»Da siehst du, deine Mutter ist eine weise Frau.« Dieses Kompliment durfte ich leider nicht an meine Mutter weitergeben, ihre Favoritin war Lore.

Dachte Marie an unsere Zukunft? Lore kam mir in den Sinn, auch sie konnte gut kochen. Kurzfristig konnte mich nur der Grappa von diesem Dilemma erlösen, langfristig musste das Leben eine Lösung finden. Eine schmerzfreie Variante gab es nicht. Ich öffnete die Grappaflasche und schenkte uns beiden ein. Marie, die Schnaps nicht gewohnt war, verzog ihr Gesicht.

»Möchtest du in diesen Tagen auf eine Milonga gehen?«

»Möchtest du?«, fragte Paul zurück.

»Nein, ich fühle mich momentan zu unsicher. Aber ich möchte tanzen, mit dir, hier im Wohnzimmer.«

»Jetzt gleich?«

»Ja, aber nur einen Tanz, denn ich bin müde.«

Während Marie eine CD aussuchte, schob ich den Tisch an die einzig freie Stelle an der Wand und stellte die Stühle daneben. Wir beide waren zu schwach, um noch unsere Tangoschuhe anzuziehen. Die Kerze erlosch in dem Moment, als die Musik begann. Ein feines und anspruchsvolles Gitarren-Picking schob sich unaufdringlich durch den Geräuschpegel des Regens. Ich wartete das Vorspiel ab. Erst als der Gesang einsetzte, machte ich den ersten Schritt.

»Mein Lieblingslied«, schwärmte Marie.

»Es ist wunderschön.«

Sie schaute mich an und schloss dann ihre feuchten Augen. Marie mochte das verzögerte Gehen. Ich brauchte für meine Führung den Widerstand ihres Körpers, den sie mir gab. Doch eigentlich führte uns die einfühlsame Stimme von Ane Brun, unterlegt von sanften Bassanschlägen, jeweils zum Taktbeginn, und dem Gitarrenspiel, das im Dreivierteltakt den akustischen Raum füllte.

Schon während der letzten Worte des Liedes »Big in Japan« lagen wir uns in den Armen. Dieses Lied hatten wir noch gebraucht. Es gab uns den Trost, den ein Kind von seiner Mutter erhält, wenn es von ihr in die Arme genommen und an ihre schützenden Brüste gedrückt wird, nachdem es sich wehgetan hatte und mit ›Alles wird wieder gut‹ getröstet wird.

»Lass uns schlafen gehen.« So löste sich Marie aus unserer Umarmung. Später, als ich die Knöpfe ihrer schwarzen Bluse öffnete, bemerkte ich ihre Zurückhaltung und schaute sie an. »Hab' bitte Geduld mit mir, ich brauche noch Zeit«, sagte sie. Ihr bedauernder Blick erkannte meine Verunsicherung. Ich legte mich mit etwas Abstand neben sie.

»Komm doch näher, ich möchte in deinen Armen liegen!«

Am nächsten Morgen, als ich meine Augen öffnete, schaute ich direkt in die ihren. Sie waren so nah, so feucht, unsere Nasen berührten sich. Marie betrachtete mich nachdenklich. Kein Lächeln zeigte sich auf ihrem Gesicht wie sonst. Dachte sie an unsere gemeinsame Zukunft? Mit dieser Situation konnte ich nicht umgehen. Ich entzog mich ihr, indem ich sie küsste. Seltsamerweise erregte mich dieser Kuss nicht, obwohl mir die Morgenstunden fast immer eine starke Libido bescherten. Was war mit mir geschehen?

»Bitte sei mir nicht böse! Die Ärzte sagen, es wird noch etwas dauern, bis ich wieder die alte Marie bin.«

»Es ist schön mit dir, auch wenn es anders ist. Ich kann warten.«

»Bin ich dir fremd geworden?«

»Mach dir keine Sorgen, ich liebe dich!«

Marie kuschelte sich an mich und schlief noch einmal ein, während ich wach blieb und sie festhielt. Ich spürte, dass sie mich sehr brauchte.

Das Knurren meines Magens weckte sie eine Stunde später.

»Möchtest du frühstücken?«, fragte sie verschlafen.

»Ja, aber bleib du nur liegen, ich mach das schon und bringe es ins Bett.«

Sie überdeckte mein Gesicht mit zärtlichen Küssen.

»Bitte bleib bei mir, für immer!«

»Möchtest du das wirklich?«

Marie nickte.

Sie frühstückte nie. Ihr genügte ein Espresso, während mein Magen mehr verlangte. Für mich machte ich einen Kaffee und legte zwei Croissants in den Backofen.

Während wir unser Frühstück im Bett genossen, erklärte mir Marie ihren Tagesplan. Sie wollte mit mir auf den Markt im Bastille-Viertel gehen.

»Vielleicht finde ich etwas auf dem Flohmarkt, dann musst du mir tragen helfen«, zwinkerte Marie mir zu.

Ich zwinkerte zurück: »Wenn es kein Klavier ist!«

»Ich bin dort übrigens mit einer Arbeitskollegin verabredet. Sie ist neugierig auf dich.«

»Sicher wird sie fragen, wann wir endlich heiraten.«

»Ist gut möglich. Sie möchte meine Trauzeugin sein, wenn ich heirate. Deshalb, sei bitte charmant zu ihr!«

»Spricht sie Englisch?«

»Nein, nur Französisch. Ich werde übersetzen, und zwar so, wie ich es möchte.«

»Du bist eine raffinierte Frau!«

»Ich bin eine Pariserin!«

Diese schlagfertige und zugleich auch kesse Art gefiel mir an Marie. Ich trug das Tablett zurück in die Küche und spülte ab, während Marie ins Bad ging. Heute überraschte sie mich mit zurückgesteckten Haaren, was ihr hübsches Profil besonders zur Geltung brachte. Über ihrem schwarzen Kleid trug sie ein sehr kurzes, rotes Strickjäckchen. Die Farben des Tangos.

Sie stand schon an der Tür, als ich aus dem Bad kam.

»Wir nehmen die Metro zum Bahnhof Gare de Lyon. An der Station »Châtelet-Les Halles« müssen wir umsteigen.«

»Muss das sein?« Ich mochte diesen riesigen Umsteigebahnhof nicht, er erinnerte mich an den Alexanderplatz, wo man ähnlich weite Wege zurückzulegen hat, wenn man von der U-Bahn in die S-Bahn oder umgekehrt umsteigen muss.

»Ja leider. Können wir jetzt gehen?«

Ich nickte und öffnete ihr die Wohnungstür. Draußen auf der Straße nahm sie meine Hand, genau an der Stelle, an der sie entführt worden war. Daran erinnerte sie sich jedes Mal, wenn sie nach Hause kam.

Als wir später am Gare de Lyon ausstiegen, brach die Sonne durch und beschien die noch spärlich besuchten Straßencafés am Platz vor dem Bahnhof. Nach dem gestrigen Regen dürfte es heute schwül werden. Zielsicher führte mich Marie durch eine eher kleinere Straße, sie wollte mir sicher etwas Besonderes zeigen. Ich erkannte es schon von Weitem, ein Viadukt, das ziegelsteinfarben zwischen Alleenbäumen hervorschien. Manche der eierschalenfarbenen Torbögen waren offen und frei als Zugang für die Straßen ins Bastille-Viertel, andere beherbergten Geschäfte oder Cafés. In derselben Farbgestaltung erhoben sich dahinter in beeindruckender Größe die Giebel von Wohnhäusern.

»Das ist das Viaduc des Arts, ein ehemaliges Eisenbahn-Viadukt, das früher den Place de la Bastille mit dem Stadtteil Bercy verband. In diesen Geschäften mit Kunsthandwerk musst du nichts kaufen, wir werden auf dem Flohmarkt schönere und günstigere Sachen finden.« Marie zeigte auf eine Treppe, die am Ende des Viadukts nach oben führte. Ich erwartete da oben Bahngleise, wurde aber angenehm überrascht, denn ein langer schmaler Promenadenweg tat sich vor uns auf, als wir die letzten Stufen überwunden hatten. Links und rechts des Weges zeigte sich eine üppige und gepflegte Vegetation. Zwischen Bäumen, Sträuchern und Rosenhainen öffneten sich herrliche Ausblicke auf die Straßen dieses Quartiers. Ein Ort zum Innehalten. Doch Marie zog es weiter, sie schaute auf ihre Uhr.

»Die neue Oper liegt dort drüben, von hier aus kannst Du nur ihre Rückseite sehen.« Ihr freier Arm zeigte in diese Richtung. Wir stiegen die nächste Treppe hinunter und tauchten in das Bastille-Viertel ein. Ein Straßenname, Rue de Charenton, ließ in mir die Erinnerung an einen Roman hochkommen, den ich vor langer Zeit gelesen hatte. »Bastille Tango« wurde in der Zeit geschrieben, als die neue Oper am Place de la Bastille gebaut wurde. Dem Projekt fiel ein Teil dieses Viertels zum Opfer, als Häuser der Oper weichen mussten und ohne Rücksicht auf die Bewohner abgerissen wurden.

Marie unterbrach meine Erinnerungen, als sie eine Nachricht auf dem Handy erhielt.

»Gleich sind wir da. Dominique wird vor der Markthalle auf uns warten.«

Der Markt war an diesem Samstagvormittag bereits gut besucht. Dominique sah uns zuerst und kam uns entgegengelaufen. Sie war um die dreißig, ein wenig pummelig, was ihr weit geschnittenes Kleid etwas kaschierte. Nach den üblichen Begrüßungsküsschen wurde ich ihr vorgestellt.

»Bonjour Monsieur«, sie gab mir die Hand. Dominique musste schon viel von mir gehört haben, denn sie betrachtete mich aufmerksam – und wohlwollend, hatte ich den Eindruck. Falls sie Maries Trauzeugin sein würde, wen hätte dann ich? Spontan fiel mir Olaf ein, mein Freund, Berater und Beschützer.

Marie schlug vor, dass wir zuerst über den Markt gehen sollten und danach in ein Café. Er lag eingebettet auf einer Fläche zwischen der Markthalle und einem halbkreisförmig angelegten Wohnblock. Sie interessierte sich mehr für den Flohmarkt. Käse, Obst und Gemüse hatte sie bereits vorher eingekauft. Dominique und ich gingen hinter ihr her. Marie feilschte mit den Händlern um den Preis, auch wenn sie nicht immer ein ernsthaftes Interesse am Kauf hatte. Eine Blumenvase war es dann, die Marie nach langem Hin und Her erstand. Ungefähr einen halben Meter hoch war sie, mit aufgemalten Blüten auf weißem Untergrund. Die Vase gefiel mir und ich durfte sie auch tragen. Wir zogen uns ins nächstgelegene Café zurück und hatten Glück, es gab noch einen einzigen freien Tisch. Während Ströme von Marktbesuchern durch die Gassen zogen, lernte ich Dominique kennen. Sie war es damals, welche die Polizei informiert hatte, als Marie nach zwei Tagen nicht mehr ins Büro gekommen war und auch von ihr nicht erreicht werden konnte – weder am Telefon noch als sie bei ihr an der Haustür geklingelt hatte.

Dominique hatte eine wohlklingende Stimme, ähnlich der Französin, die in meinem Onlinekurs die Sätze sprach. Trotz meines Bemühens, diese schöne Sprache zu erlernen, konnte ich mich doch noch nicht so richtig am Gespräch beteiligen. Das tat unserer Stimmung allerdings keinen Abbruch. Es war ein Vergnügen, Marie in ihrem Element zu erleben, wie sie zwischen Englisch und Französisch hin und her pendelte. Am Ende schlug

Dominique vor, dass wir uns während meiner restlichen Tage in Paris unbedingt noch einmal treffen sollten. Anscheinend war ich Dominique sympathisch, denn sie verabschiedete sich nun auch von mir mit Küsschen. Sie wollte noch einmal allein über den Markt schlendern.

Marie führte mich kreuz und quer durch das Quartier. Immer wieder begegneten mir Straßennamen, die mich an den Tango-Roman erinnerten. Nachdem ich dieses Viertel nun kannte, möchte ich ihn noch einmal lesen. Ob sich jene düstere Stimmung auf das momentan sonnenüberflutete Bastille-Viertel übertragen ließe, wagte ich zu bezweifeln. Wir sollten am Abend noch einmal hierherkommen, dachte ich, als wir die Rue de la Roquette durchstreiften. Plötzlich standen wir vor einem überdimensionalen Kreisverkehr, in dessen Mitte eine Säule in den Himmel ragte. Ganz oben balancierte eine vergoldete nackte Figur mit Flügeln und erhobenen Armen auf einer ebenfalls vergoldeten Kugel. Die markante Oper mit abgerundeter, silbergrauer Fassade bildete den Gegenpart zur Säule, doch sie wird von der goldenen Figur ignoriert. Deren stolzes Gesicht blickte in die entgegengesetzte Richtung, über Paris hinweg. Sie wandte diesem umstrittenen Neubauklotz ihren Rücken zu. Doch wenn die Statue nach hinten hätte schauen können, hätte sie lesen können: »Lulu« – von Alban Berg, eine meiner Lieblingsopern.

»Marie, ich möchte dich in die Oper einladen. Wollen wir fragen, ob es noch freie Plätze gibt?«

»Nein, lieber Paul, unsere Zeit ist zu kostbar, als dass wir stundenlang in der Oper sitzen. Und außerdem ist das viel zu teuer. Sei mir nicht böse!«

»Was wünschst du dir dann für heute Abend?«

»Ich werde wieder für uns kochen, und wenn wir danach noch Lust haben, gehen wir in den Park. Was meinst du?«

»Okay, klingt gut. Danach noch einen Wein im *Le Rostand*?« Wir beide vermieden das Thema, miteinander ins Bett zu gehen, auch wenn wir wussten, dass es in ein paar Stunden ohnehin so weit kommen würde. Vom ersten Tag an spielte der Sex eine bedeutende Rolle in unserer Beziehung. Zumindest in der nächsten Zeit mussten wir diesen gewohnten und geliebten Teil unseres Lebens ausklammern, was ein Vakuum entstehen ließ, was gewöhnungsbedürftig war. Wir mussten nur darauf achten, dass es nicht zu einem Tabuthema werden würde. Aus diesem Grund versuchte ich auch bei jeder Gelegenheit, ihre weiblichen Vorzüge beim Namen zu nennen, indem ich ihr sagte, wie sehr mir ihre Kleidung, ihre Frisur, überhaupt alles an ihr gefiel. Sie hatte so eine reizvolle Art, ihre Nase zu rümpfen, wenn ihr etwas missfiel, oder auch wie sie manchmal ihre Lippen schürzte, eine Verhaltensweise, die ich bislang nicht deuten konnte. Marie gab mir genügend Gründe für Komplimente. Daher sparte ich auch nicht damit, es ihr zu sagen, während ich sie liebkoste. Auf diese Art und Weise war es mir halbwegs möglich, den Sex zu kompensieren, den wir vermutlich auf unbestimmte Zeit nicht ausleben konnten. Wir hatten eine entspannte Alternative gefunden, die uns beiden Freude machte, denn auch sie ging nicht gerade sparsam mit Komplimenten um.

»Paul, denkst du auch manchmal an unseren Tango?«

»No me preguntes porque? Ja!«

241

Wir wurden uns fast immer einig, wenn Entscheidungen anstanden. Ganz einfach deswegen, weil wir uns selbst genügten. Das Drumherum war ausschließlich der Rahmen für unser Zusammensein.

»Gehen wir über den Platz auf die andere Seite!« Marie nahm wieder meine Hand. Dass wir dabei über einen unterirdischen Kanal und mehrere Metrolinien liefen, war mir nicht bewusst. Marie hatte für einen Moment ihre Rolle als Stadtführerin vernachlässigt. Diese nahm sie aber gleich wieder ein, während wir an vollbesetzten Straßencafés vorbeischlenderten.

»Auf dem Weg nach Hause zeige ich dir den Place des Vosges. Über die Ile de St. Louis erreichen wir das andere Ufer der Seine. Zum Pantheon kommen wir durch das Sorbonne-Viertel und die letzten Meter zu unserer Wohnung kennst du ja.«

Maries Informationen wurden immer spärlicher; es entsprach einfach nicht ihrer Art, Paris mit historischen Daten zu erklären. Sie lebte nicht in der Vergangenheit, hatte aber auch keinen Weitwinkelblick.

»Paul, schau dort drüben an der Straßenlaterne, der gelbe Schmetterling! Siehst du ihn?« So sah sie ihr Paris, nur so konnte sie es mir zeigen – und genau aus diesem Grund liebte ich sie.

Wir fielen erschöpft ins Bett, nachdem wir uns ausgezogen hatten. Nach nur wenigen Minuten schliefen wir ein, eng aneinander gekuschelt.

Marie war mit Kochen bereits fertig, als sie mich weckte. Das Nachmittagsschläfchen hatte uns beiden gutgetan. Unser Alternativprogramm zur Oper passte stimmungsgenau. Und nun standen wir zur nächtlichen Stunde im Wohnzimmer.

»Tango?«, fragte ich.

»Oui«, bestätigte sie.

»No me pregunten porque?«

»Oh Paul!« Marie legt ihre Stirn an meine – ich spürte ihre Dankbarkeit.

Wir wiederholten unser Ritual vom Vorabend, nur dass wir diesmal unsere Tangoschuhe anhatten. Ich schob die Möbel zur Seite. Marie suchte die CD von Canaro heraus und legte sie in den Player. Wir waren noch etwas müde; der schnelle Rhythmus dieses Tangos war deshalb nicht gerade passend. Wir wollten ihn trotzdem tanzen. So ging ich in meiner Führung nicht auf die Taktschläge ein, sondern verzögerte meine Schritte, bis sie mit dem Charakter dieses Tangos und unserer Stimmung in Einklang kamen. Denn genau das entsprach unserem Bedürfnis.

Ich steuerte wie gewohnt auf den finalen Schritt zu, doch Marie verhinderte diesen bereits Takte zuvor, indem sie mich küsste. Die nachfolgenden Tangos liefen weiter, während sie mich nach und nach auszog.

»Ich möchte dich verwöhnen, bis du eingeschlafen bist.«

»Aber ich wollte dich doch verwöhnen.«

»Nein, tu gar nichts, mein Lieber – genieß' einfach!«

Alle meine Versuche, sie ebenfalls auszuziehen, wehrte Marie entschieden ab. Sie führte mich an der Hand ins Schlafzimmer. Sie angezogen, ich nackt, das machte mich verlegen – zudem waren unsere Augen nun auf gleicher Höhe. Marie spürte meine Verlegenheit und dass ich so nicht loslassen konnte. Sie holte aus dem

Kleiderschrank ein schwarzes Tuch, mit dem sie mir, nach einem um Zustimmung fragenden Blick, die Augen verband. Jetzt sollte sich das wiederholen, was ich bereits am ersten Tag in ihrer Wohnung erlebt hatte. Ich stand unbeholfen im Raum und harrte der Dinge, die da kommen mögen. Marie entfernte sich, anscheinend benötigte sie noch etwas. Ich hörte, wie sie ein Streichholz anzündete, und bemerkte trotz Augenbinde, dass das Licht ausging, denn es wurde noch dunkler. Der Duft eines Räucherstäbchens drang in meine Nase. Sandelholz? Wieder hörte ich die Schritte ihrer hohen Absätze, die sich mir näherten. Meine Ohren waren auf subtilen Empfang eingestellt. Doch ich hörte nichts, sondern fühlte. Maries Lippen berührten kaum spürbar meinen Rücken, begleitet von ihren Fingerkuppen, die sanft meine Haut streichelten. Ein wohliger Schauer durchströmte meinen Körper; er mochte diese sensible Art der Berührung.

Ihre Lippen und Hände wanderten tiefer, sie kippte immer wieder ihre Finger und ließ mich ihre Fingernägel spüren. Zunächst nur ganz leicht, mit der Andeutung eines Kratzens, bis sie sich etwas tiefer, mehr Fleisch unter sich spürend, in meine Pobacken krallten. Marie küsste nicht mehr, nein, sie biss lustvoll in das willige Fleisch, das gerade von ihren Nägeln freigegeben wurde. Eine nie zuvor erlebte Vibration schüttelte ekstatisch meinen Körper. Ich warf meinen Kopf in den Nacken, ein aus lustvoller Tiefe emporsteigendes Stöhnen löste sich. Maries Hand schob sich von hinten durch meine Oberschenkel hindurch, ergriff ihn, den bereits Erregten, und zog ihn zu sich. Bitte beiß ihn, wünschte ich mir inständig. Und

Marie erfüllte meinen Wunsch, begierig, ausgehungert durch lange Abstinenz. Meine Hände griffen reflexartig nach ihrem Kopf, verkrallten sich in ihren Haaren, sie für eine gewünschte Ewigkeit in dieser Position festhalten zu wollen. Doch genau das Gegenteil geschah, und nicht gerade das, was ich mir wünschte. Marie ließ keinerlei Aktivität meinerseits zu. Sie öffnete ihren Biss, ließ ihn wieder zurückschnellen, hielt meine Hände fest in meinem Rücken zusammen und schob mich weiter in den Raum hinein. Mit einem Tuch fesselte sie meine Hände, zog mich zum Bett hinüber und half mir, mich hinzulegen. All dies geschah wortlos. Jedes gesprochene Wort hätte diese Atmosphäre gestört. Spüren, fühlen, schmecken, riechen, hören – nur das durfte sein, nur das wollte sie. Marie band nun auch meine Fußgelenke aneinander. Ich ließ es widerstandslos geschehen. Denn letztlich war es ja gerade meine unfreiwillige Passivität, wodurch ihre Lust sich neu entfalten konnte. Nur einmal durfte ich aktiv werden. Sie brachte ihr Ohr an meinen Mund. Meine Zunge spielte lustvoll mit ihrer Creole, während sie ihn festhielt, der ihre Hand sprengen wollte. Ihr Mund wollte ihn haben, ihn gierig verschlingen, mit all ihrer Leidenschaftlichkeit.

Allmählich beruhigten sich unsere bebenden Körper. Sie lag neben mir, unsere Lippen aneinander, bis ich irgendwann vor Erschöpfung einschlief.

In den frühen Morgenstunden zeigte mir Marie ihre neuentdeckte Lust, ihren unersättlichen Nachholbedarf. Im Halbschlaf weckte sie meine Triebe und brachte uns beide auf Hochtouren, ihn und mich. Realität und

Traum vermischten sich – ich ließ es gerne geschehen. Noch in der Nacht hatte Marie mich von meinen Fesseln erlöst.

An diesem Tag, es war ein Sonntag, ließen wir uns treiben. Aus einem Frühstück wurde ein Brunch, zusammengestellt aus der Fülle des Übriggebliebenen, was der Kühlschrank noch hergab. Ich konnte nur mit einer Hand essen, denn Marie hielt die andere, als wollte sie sie nie wieder loslassen. Den Champagner durfte ich nur aus ihrem Mund trinken, was seinen Alkoholgehalt nicht minderte – im Gegenteil. Ich war schon ziemlich beschwipst, als bei ihr alle Dämme brachen. Jetzt wollte sie mich ins Schlafzimmer ziehen, dachte ich, als sie sich an mich presste. Doch diese Strecke wäre einer Weltreise gleichgekommen. An Ort und Stelle ließen wir uns zu Boden gleiten und rissen uns das Wenige, das wir anhatten, vom Leib. Wir liebten uns auf unserer Tanzfläche, direkt neben dem Frühstückstisch. Ein Stuhl fiel krachend um. Ich dachte eine Sekunde lang an die Mitbewohner im Haus, dann verlor ich mich in ihr.

Den ganzen Tag über hielt sich eine knisternde Spannung zwischen uns. Lange würde ich das physisch nicht verkraften können. Doch ausgedehnte Spaziergänge im Park wirkten Wunder, sie verwandelten unsere pure Lust in ein liebevolles Miteinandersein.

Gegen Abend meldeten sich unsere knurrenden Mägen. Marie wollte heute nicht kochen. So schlug ich vor, ins *Le Rostand* zum Essen zu gehen. Dieses war wie immer gut gefüllt, alle Tische waren besetzt. Und wir sahen sie gleichzeitig: Conny, in männlicher Begleitung an einem Tisch sitzen. Hatte sie sich so schnell mit einem andern getröstet? Ich wollte vorbeigehen, ohne von ihnen gesehen zu werden. Von wegen – Marie winkte Conny in ihrer spontanen Art zu, schließlich wusste sie ja nichts von unserer Vergangenheit.

»Bonsoir Madame Docteur!« Nun nahm das Schicksal seinen Lauf. Marie zog mich zum Tisch der beiden. Conny, ganz die professionelle Psychologin, stand lächelnd auf, ohne sich etwas anmerken zu lassen. Auch ihr Begleiter, ein interessanter Mann mittleren Alters, eine gepflegte Erscheinung, erhob sich. Marie stellte mir ihre Psychologin vor, bei der sie immer noch in Behandlung war.

»Paul, das ist meine Psychologin, Frau Dr. Ahrendt«, stellte sie mir Conny freudestrahlend vor.

»Paul Berger«. Ich sah Conny mit gemischten Gefühlen in die Augen und gab ihr die Hand. Unsere Mienen hatten wir auf neutral geschaltet, als ob wir uns zum ersten Mal begegnet wären. Wir wollten bei den andern nicht den geringsten Verdacht aufkommen lassen. Ein Glück, dass ich sie nicht allein getroffen hatte, auch wenn eine gegenseitige Aussprache dringend notwendig gewesen wäre.

»Monsieur«. Ich gab auch ihm die Hand. Der Druck seiner Hände war fest, er hatte eine intelligente Ausstrahlung. Im maßgeschneiderten Anzug steckte ein mittelgroßer Mann, der sich mit kräftiger Stimme vorstellte.

»Legrand.« Offen und direkt war sein Blick, als er mich mit einem leichten Kopfnicken begrüßte.

»Paul, du kannst dich auf Deutsch mit der Frau Doktor unterhalten.« Ein minimaler Ansatz eines Lächelns umspielte nun Connys Mund. Was hätten wir uns hier auch sagen können, doch Conny umspielte geschickt diese peinliche Situation.

»Gerne hätten wir Ihnen einen Platz an unserem Tisch angeboten, Herr Berger, aber Sie sehen ja, auch wir haben gerade noch einen Zweiertisch bekommen.«

Marie, die sich Legrand zuwenden wollte, mischte sich ein; sie verstand zwar die deutsche Sprache nicht, konnte aber aus den Gesten Connys herauslesen, was sie mir gerade gesagt hatte.

»Das ist nicht schlimm. Paul wird bald hier wohnen, dann werden wir noch häufiger die Gelegenheit haben, uns zu sehen.«

Welch ein Tag! Ich sehe Conny mit ihrem Neuen, nachdem sie erst vor ein paar Tagen unsere Beziehung beendet hatte, und dann eröffnet Marie mir auch noch, dass ich bald bei ihr wohnen würde. Also ein Grund mehr, meine Mimik unter Kontrolle zu halten.

Mit einem erneuten Händeschütteln und gegenseitigem »Bonne soirée!« ließen wir Conny und Monsieur Legrand im *Le Rostand* zurück.

Ich konnte es irgendwie nicht glauben, aber ich war mir sicher: Conny hatte mir zugeblinzelt, als wir uns die Hände zum Abschied drückten. Doch nun war es zu spät zurückzublinzeln. Wenigstens drehte ich mich kurz zu ihr um, da ich ihren Blick im Rücken spürte, was denn auch so war. Mit einem gemeinsamen Sekundenblick verabschiedeten wir uns ein zweites Mal.

»Ich kenne ihn aus den Magazinen, Monsieur Legrand ist ein bekannter Pariser Galerist!« Seit der Begegnung mit ihrer Therapeutin wirkte Marie jugendlicher, fast wie ein aufgeregtes Mädchen.

»Meinst du, die sind ein Paar?«

»Ich glaube schon, aber sie kennen sich ganz bestimmt noch nicht lang.«

Nach dem McDonalds auf der gegenüberliegenden Seite folgten noch weitere Restaurants in der Rue Soufflot in Richtung Pantheon. Ohne auf die Speisekarte zu schauen, entschieden wir uns, sozusagen aus dem hungrigen Bauch heraus, für das nächstbeste und setzten uns an einen freien Tisch.

Siamesischen Zwillingen gleich verbrachten wir die verbleibenden zwei Tage miteinander. Zusammensein war uns das Wichtigste. Essen, Spazierengehen, Tangotanzen, Kino und Kuscheln – so erlebten wir unsere letzten gemeinsamen Stunden bei Tag und bei Nacht.

Dominique besuchte uns am Sonntagnachmittag. Sie war Maries einzige und beste Freundin. Ich sollte allmählich in Maries kleinen Freundeskreis integriert werden. Die beiden Freundinnen kochten zusammen; sie hatten sich telefonisch abgesprochen und Dominique brachte ihre Einkäufe in einer Tasche mit. Beim Verabschieden tauschten wir noch unsere Telefonnummern aus und verblieben so, dass wir uns bald wiedersehen würden.

Mein Rückflug am Dienstagabend rückte gnadenlos näher. Ich wollte gar nicht daran denken, was mich in Berlin erwartete. Bei Marie zu sein und an Lore zu denken, das war mir nicht möglich. So verdrängte ich Lore und widmete mich voll und ganz Marie. Sie hatte sich gestern an diesem kühlen Tag eine Erkältung zugezogen und litt unter Halsschmerzen. Deshalb ließ ich es trotz ihrer heftigen Widerstände nicht zu, dass sie mich zum Flughafen begleitete. Auch genoss ich die Intensität ihrer Abschiede viel lieber in der Intimität ihrer Wohnung. Wie jedes Mal wollte mich Marie nur ungern gehen lassen, was mich dann in Zeitnot brachte. Ich musste mich geradezu von ihr losreißen, stürmte mit meinem Koffer das Treppenhaus hinunter, drängelte mich fast ruppig an einer älteren Dame vorbei, »Pardon Madame«, und öffnete heftig atmend die Tür. Der Regen schlug mir entgegen, ich hatte wieder mal keinen Schirm dabei. Marie lehnte sich aus dem Fenster, rief heiser durch die Regenwand hindurch meinen Namen und winkte mir zu. Ich schaute zu ihr hoch, winkte zurück, während ich, den Rollkoffer hinter mir herziehend, über den Gehsteig zur Straße ging. Die Zeit wurde knapp. Ich kämpfte mit den Elementen, wollte aber Marie bis zuletzt nicht aus den Augen verlieren, winkte ihr nochmals mit einer Hand zu, schob mit der anderen unbewusst den Koffer auf die Straße, während ich zu ihr hochschaute. Ich sah nur Marie, aber nicht das Auto, das sich mir bedrohlich näherte. Der Fahrer bemerkte meinen Koffer zu spät, konnte nicht mehr ausweichen und erfasste ihn. Mein erschrockener Blick begegnete Maries weit aufgerissenen Augen, die zusehen mussten, wie ich, immer noch meinen Koffer festhaltend, heftig gegen das Auto geschleudert wurde. In diesen zwei, drei Sekunden erlebte ich alles gleichzeitig, ungefiltert und gnadenlos: den Aufprall, einen unerträglichen Schmerz, Maries gellenden Schrei, quietschende Bremsen – und dann nichts mehr.

18.

Im Hôpital Sainte-Anne

Marie wurde in der Aufnahme mitgeteilt, sie möge sich doch im Wartezimmer aufhalten, bis sie aufgerufen wird. Als sie aus dem Fenster schaute, konnte sie sich an diesen kleinen Park im Hinterhof erinnern. Schließlich war es nicht so lange her, dass sie sich in dieser Klink als Patientin aufgehalten hatte. Ihr Blick ging hinaus auf den Park, der von Bäumen umsäumt war. Dazwischen befanden sich Parkbänke, auf denen Marie schon manches Buch gelesen hatte. Die Nachmittagssonne beschien gerade noch einen kleinen Teil dieser Anlage, als Marie in ihrem rechten Augenwinkel eine Bewegung im Raum wahrnahm. Sie drehte ihren Kopf und sah eine etwa gleichaltrige hübsche Frau, die sie beobachtete, auf einem Stuhl sitzen.

»Bonjour!«

»Bonjour!«

Marie setzte sich mit einem Stuhl Abstand neben diese Frau. Irgendetwas verband sie miteinander, das spürte sie deutlich. Nur fanden beide keinen Grund, ein Gespräch miteinander zu beginnen. Über die Patienten, die man besuchte, wollte man sich nicht im Wartezimmer unterhalten – die Krankheitsbilder in dieser Klinik erforderten eher gegenseitige Diskretion.

Nach einer Weile wurde die Tür zum Wartezimmer von einer Krankenschwester geöffnet.

»Sie können nun Herrn Berger besuchen, aber nicht

länger als zehn Minuten. Er ist noch sehr schwach.« Die Schwester hatte sie beide angesprochen, die sich jetzt erstaunt ansahen.

»Sie sind doch Marie!« Lore hatte Marie einmal kurz im »Tangotanzen macht schön« an der Kasse gesehen.

»Ja, und wer sind sie?«

»Ich bin Lore. Paul und ich wohnen in Berlin zusammen.« Lore streckte Marie ihre Hand entgegen, die sie erst nach kurzem Zögern ergriff, aber dann fest drückte.

»Ich freue mich, Sie endlich kennenzulernen. Paul hat immer so nett von Ihnen erzählt.«

Lore wusste nicht, wie sie diese Bemerkung einschätzen sollte. Beide folgten der Krankenschwester durch einen weiß gestrichenen Flur, an dessen Ende Pauls Zimmer lag. Sie klopfte an die Tür und öffnete sie mit der Bemerkung:

»Sie haben etwa zehn Minuten Zeit für Ihren Besuch! Ich hole noch zwei Vasen für Ihre Blumen.«

Etwas schüchtern wie Konfirmandinnen, ihre roten Rosen in den Händen vor sich haltend, näherten sich die beiden zaghaft Pauls Bett. Lore ließ Marie den Vortritt, deren Kopf sich vorsichtig am Infusionsschlauch vorbeibewegte.

»Paul, mein lieber Paul, wie geht es dir?« Er sah sie durch seinen Kopfverband hindurch an. Seine Mimik deutete ein Lächeln an. Er gab aber keine Antwort, konnte offensichtlich auch keine geben.

»Schön, dass du da bist, liebe Marie! Es geht mir gut« hätte sie so gerne von ihm gehört. Er konnte den Kuss auf seinem Mund nicht spüren, den er von ihr bekam. Die starken Betäubungsmittel, die er erhielt, nahmen ihm zwar die Schmerzen, aber leider auch das Empfinden für ihren Kuss.

Marie trat nun zur Seite, um Lore Platz zu machen. Diese beugte sich vor, legte ihren Kopf dicht neben den seinen und flüsterte ihm durch den Verband ins Ohr:

»Ich liebe dich!« Ein Satz für die universale Datenbank aller ausgesprochenen Gedanken. Auch wenn Paul ein »Ich liebe dich auch!« nicht erwidern konnte, so ging Lores Aussage doch nicht verloren.

Die Besucherinnen konnten nicht einschätzen, was Paul wahrnehmen und ob er sie überhaupt erkennen konnte. Nur seine Augen wanderten von einer zur andern, bis sie irgendwann erschöpft zufielen, doch sein Lächeln blieb. So war es fast eine Erlösung für die beiden, als die Tür aufging und die Schwester hereinkam. Sie nahm ihnen die Rosen ab, steckte sie in die Vasen und stellte diese in Sichtweite von Pauls Augen auf ein Tischchen.

»Unser Patient braucht jetzt dringend Ruhe, sie können ihn ja morgen wieder besuchen.«

Damit ließen sich die besorgten Frauen aber nicht abspeisen; sie verlangten nach dem behandelnden Arzt, der nicht lange auf sich warten ließ. Seine Auskunft klang weder beruhigend noch gab sie Anlass zur Sorge. Er meinte, Paul hätte trotz allem Glück gehabt: Die Folgen seines Unfalls waren eine Schädelfraktur, Verletzungen im Gesicht und Prellungen am Körper. Lebensgefahr bestehe aber nicht. Mit dieser Auskunft wollte er sich verabschieden, doch Marie hakte nach:

»Eine Frage noch – versteht er, was gesprochen wird?«

»Ja, aber er kann noch nicht darauf reagieren. Er bekommt starke Medikamente. Haben Sie noch ein bisschen Geduld mit ihm!«

»Kann er hier in der Klinik bleiben oder wird er nach Berlin überführt werden?«, wollte Lore wissen.

»Wir müssen ihn vorerst hierbehalten und seine Gehirnfunktionen testen. Herr Berger wird nicht so schnell transportfähig sein.« Mit dieser Auskunft verabschiedete sich der Arzt und überließ die beiden sich selbst.

»Ich brauche jetzt eine Zigarette. Lass uns nach draußen gehen!« Marie hatte hier Heimrecht, Lore folgte ihr gerne nach. Doch nahm sie draußen die ihr angebotene Zigarette nicht an, vielmehr überlegte sie, wie sie mit Marie ins Gespräch kommen könnte.

Eine Krankenschwester, die in ihrer Pause gerade einen tief inhalierten Zug in die Luft blies, beobachtete die beiden Frauen, die sich unterhielten und mit gemächlichen Schritten unter den Alleebäumen hindurch auf das Tor zugingen. Schön sind sie, die beiden, dachte sie. Die Dunkelhaarige im kleinen Schwarzen, die Brünette in einem weißen Kleid. Wen sie wohl besucht haben?

Das fragte sich auch Conny, die an der Pforte stand und ebenfalls eine Zigarettenpause einlegte. Sie wollte von Marie nicht erkannt werden und trat deshalb ein paar Schritte zurück in den Schutz des Pförtnerhäuschens.

Marie kam ihr heute nicht wie eine Patientin vor, sondern eher wie eine Besucherin. Und wer war wohl die andere Frau in Begleitung von Marie? Das machte Conny neugierig.

»Jacques, mein Lieber«, bezirzte sie den Pförtner, »bitte schau doch mal nach, wer in den letzten Tagen in die

Klinik eingeliefert wurde!« Jacques würde für Conny alles tun, schnipste seine Zigarette weg, ging zurück in die Pforte und nach ein paar flinken Fingerbewegungen auf der Tastatur las er vom Bildschirm mehrere Namen vor. Auch wenn er den Namen Paul Berger französisch aussprach, wurde dieser von Conny erkannt.

»In welcher Abteilung liegt dieser Monsieur Berger?«

»In der Notaufnahme, Zimmer 104.« Jacques bekam ein Küsschen für seine Auskunft. Conny eilte die Allee entlang in die Richtung, aus der gerade Marie und die andere Frau gekommen waren. Ihr Herz klopfte heftig und nicht nur, weil sie schnell gegangen war, es schlug auch wegen Paul. Weswegen war er in die Klinik eingeliefert worden? Das würde sie sicher von ihrem Kollegen erfahren, wenn sie ihn fragte. Doch sie begegnete niemandem, als sie über die Treppe den ersten Stock erreichte. Menschenleer war der Flur, als sie die Tür mit der Nummer 104 suchte. Conny atmete ein paar Mal tief durch, klopfte kurz an und ging hinein. Sie musste ganz nah an das Bett herangehen, bis sie Pauls Gesicht durch die ausgesparte Lücke zwischen den Verbänden erkennen konnte. Er schlief und lag schwach und hilflos vor ihr. Was war wohl mit ihm geschehen? Noch vor ein paar Tagen hatte sie mit ihm gesprochen. Conny berührte mit ihrem Zeigefinger seinen Mund, streichelte ihn und küsste ihn vorsichtig. Spätestens jetzt musste sie sich eingestehen, dass sie ihn immer noch liebte, und er sollte dies wissen! Conny zog ihren Ring ab, suchte den passenden Finger an Pauls rechter Hand und steckte ihn ihm an. Es war sein kleiner Finger. Wenn er ihn bemerkte, würde er sich an sie erinnern?

Unterdessen unterhielten sich Marie und Lore unter dem Torbogen am Eingang des Klinikareals. Es hatte den Anschein, als seien sie sich sympathisch. Und dies zeigte sich auch, als sie sich zum Abschied die Wangen küssten und sich innig umarmten.

»Au revoir Lore!«

»Au revoir Marie!«

Das Urteil

Charles Poissonnier, Richter am Pariser Strafgericht, sprach relativ milde Urteile aus und blieb somit unter den Anträgen der Staatsanwaltschaft. Nur Paco Nitario, der vor Kurzem noch im Untersuchungsgefängnis eingesessen hatte, traf die volle Härte des Gesetzes. Es stellte sich nämlich heraus, dass er der Auftraggeber der Entführung gewesen war, sich aber bei deren Ausführung selbst im Hintergrund gehalten hatte. Seine Motive waren verletzter Stolz und Rache, weil Marie ihn verlassen hatte. Nitario gestand zwar seine Schuld nicht ein, wurde aber durch die Aussagen seiner Kumpels schwer belastet.

Das Entführungsopfer Marie Augier erkannte bei einer Gegenüberstellung zwei der drei Entführer wieder und konnte Hinweise über deren Beteiligung an der Entführung und der anschließenden Gefangenschaft geben. Ein gewisser Bernard Ledoux, den Marie als den Kopf der Entführer identifizierte, erhielt eine Freiheitsstrafe von einem Jahr und sechs Monaten ohne Bewährung. Die beiden anderen Mitschuldigen sahen sich angeblich aus solidarischer Männerfreundschaft verpflichtet mitzumachen. Eric Bonnet, der von Marie nicht erkannt wurde, jedoch ein Geständnis abgelegt hatte, erhielt zehn Monate auf Bewährung. Er war der klassische Mitläufer, gehorsam, ohne eigene Meinung, sozusagen der typische Befehlsempfänger. Stephane Chevrier erhielt ebenfalls eine Bewährungsstrafe, und zwar in Höhe von acht Monaten. Marie erkannte ihn bei der Gegenüberstellung und konnte nur Gutes über ihn aussagen. Chevrier schien seine Mitwirkung an der Entführung Maries gleich nach der Tat bereut zu haben und half ihr während ihrer Gefangenschaft, wo er nur konnte. Schließlich ließ er bei seinem letzten Besuch die Tür zu ihrem Gefängnis unverschlossen, was ihr unter günstigeren Umständen zur Flucht verholfen hätte. Paco Nitario, der Drahtzieher, wurde im Gutachten des Gerichtspsychologen als ein uneinsichtiger Wiederholungstäter eingestuft. Er erhielt eine Strafe von drei Jahren und zwei Monaten.

Der Anwalt der drei Entführer tat sich in seiner Verteidigungsrede schwer mit strafmildernden Argumenten für seinen Mandanten Ledoux. Da er nicht Pacos Anwalt war, versuchte er, diesen als Hauptschuldigen hinzustellen, dem sich seine Mandanten verpflichtet fühlten. Schließlich waren sie eine Clique von Männern, die notfalls füreinander durch Dick und Dünn gehen würden.

Der Staatsanwalt hatte es dagegen leichter in seinem Plädoyer. Er attestierte Nitario und Ledoux eine hohe kriminelle Energie, während er Bonnet und Chevrier lediglich als Mitläufer beschuldigte. Die Antwort auf die Frage, was letztendlich mit Marie Augier hätte geschehen sollen, falls sie nicht befreit worden wäre, musste offenbleiben. Dennoch unterstellte er den Angeklagten Mordabsichten. Dies wiederum sah der Richter anders.

Er bezeichnete Paco Nitario als blindwütigen und rachsüchtigen Menschen, der aufgrund seiner cholerischen Art weder zu einer langfristigen Planung noch zu einer sorgsam durchdachten Lösung in der Lage sei. Allen vier Angeklagten bescheinigte er eine überdurchschnittliche Naivität und mangelnde Intelligenz.

In eine ähnliche Richtung zielten die Ausführungen der Verteidigung. Bonnet und Chevrier, die jüngsten Mitglieder dieser Männerclique, hätten bei ihrer Mittäterschaft nicht als Feiglinge dastehen wollen. Auch habe ihnen der Mut gefehlt, sich zu verweigern, da Ledoux, der in der Spedition ihr Capo war, keinen Widerspruch duldete. Daher sei ihre Mitwirkung an der Entführung nur eine Folge des Abhängigkeitsverhältnisses gewesen, so die Verteidigung.

Anders als bei Bonnet, der keinerlei Gewissensbisse zu haben schien und bei dem die Beweislage eindeutig war, billigte das Gericht dem jungen Chevrier strafmildernde Umstände zu, kam er doch durch seine Schuldgefühle in arge Bedrängnisse, wie Marie Augier bezeugen konnte. Aussagen wie diese, aber vor allem die Geständnisse machten es dem Richter leicht, die Urteile zu fällen.

19.

Berlin im Oktober

Die Pariser Polizei fand Pauls Adresse mit Telefonnummer auf dem Anhänger seines beschädigten Koffers. Lore kam gerade von der Arbeit nach Hause und breitete die eingekauften Lebensmittel auf dem Küchentisch aus, als ein Anruf der Pariser Polizei sie erreichte.

»Bonjour, spreche ich mit Frau Berger?«

»Äh ja, um was geht es?« Lore schaltete sofort auf Französisch um und konnte in dieser Sprache auch noch lügen, aber das hätte sie ja später noch richtigstellen stellen können. Jedenfalls fühlte es sich gut an, mit Frau Berger angesprochen zu werden.

»Inspecteur Durant von der Pariser Verkehrspolizei. Ich muss Ihnen leider mitteilen, dass ihr Mann verunglückt ist.«

»Mon Dieu, was ist geschehen?«

»Monsieur Berger wurde von einem Auto erfasst, als er eine Straße überqueren wollte. Er wurde schwer verletzt, befindet sich aber nicht in Lebensgefahr.«

»Wo ist er jetzt?«

»In der Klinik. Notieren Sie bitte diese Adresse: Centre Hospitalier Sainte-Anne, 1 Rue Cabanis, Telefon 0033 1 45 65 80 00«

»Merci beaucoup!« Lore bedankte sich bei dem Polizisten, nachdem sie alles aufgeschrieben hatte.

»Madame, bitte kommen Sie bei uns im Commissariat vorbei, wenn Sie Ihren Mann in der Klinik besuchen! Das werden Sie doch tun?«

»Ja, sicher. Ich werde so schnell wie möglich nach Paris fliegen. Wo finde ich Sie?«

»Wir sind hier im 6. Arrondissement, 78 Rue Bonaparte. Nehmen Sie die Metrolinie 4 bis zur Station ›Saint-Sulpice‹!«

Lore notierte sich auch den Namen des Inspektors und bedankte sich für den Anruf. Sie konnte sich während des Gesprächs noch zusammenreißen, doch jetzt verließ sie die Kraft. Sie setzte sich hin, legte die verschränkten Arme auf den Küchentisch und ließ den Kopf darauf sinken. Lore weinte still, in ihren Augen sammelten sich Tränen, die sich einen Weg über ihre Wangen bahnten und in den Manschetten ihrer weißen Bluse versiegten. Diese Marie bringt Paul kein Glück, dachte sie, als sie sich wieder gefangen hatte. Nach einigen Minuten richtete Lore sich wieder auf; sie brauchte jetzt Kraft für die Dinge, die es zu tun gab. Sie musste in der Klinik anrufen, um zu erfahren, wie es Paul geht und ob sie ihn besuchen kann. Falls ja, müsste sie ihren Chef fragen, ob er ihr freigeben würde. Doch vorher wollte sie das alles Anita erzählen, deren Nummer sie gleich wählte.

»Ja, Lore?« Anitas Stimme hatte den Klang einer selbstbewussten Geschäftsfrau. Nachdem Lore ihr Herz ausgeschüttet hatte, zögerte Anita ein paar Sekunden, bevor sie antwortete:

»Es ist gut, dass das Schicksal Paul noch eine Chance gegeben hat. Nur sollte er allmählich aus den Ereignissen lernen, bevor er zugrunde geht. Marie wird ihm kein Glück bringen.«

»Das denke ich auch. Was meinst du, soll ich ihn besuchen?«

»Aber ja. Marie wird sich zwar im Krankenhaus um ihn kümmern, aber sie kann die anderen Dinge nicht regeln. Ist eigentlich die Schuldfrage geklärt? Du musst auch Pauls Krankenversicherung benachrichtigen.« Anita dachte immer an alles.

»Gut, dann werde ich den Flug buchen, wenn mein Chef mir freigibt.«

»Ruf unbedingt vorher Pauls Krankenkasse an und erkundige dich, was du tun musst.«

Lore organisierte alles, bekam auch einen frühen Flug und reiste zwei Tage später nach Paris.

Im Wartezimmer der Klinik traf sie auf Marie und lernte sie im Gespräch kennen. Fast unwirklich die Situation, als die beiden Frauen, die um Pauls Liebe buhlten, einmütig nebeneinander am Krankenbett standen. Nachdem sie Pauls Krankenzimmer nach nur zehn Minuten Besuchszeit verlassen hatten, setzten die beiden ihre Unterhaltung noch eine Zeitlang fort und verabschiedeten sich wie gute Freundinnen.

Bevor Lore wieder nach Berlin zurückflog, schaute sie wie versprochen im Commissariat des 6. Arrondissements vorbei. Sie berief sich dort auf ihr Telefonat mit Inspektor Durant und hatte Glück; er war da und nahm sich Zeit für sie. Geschickt umging er die Tatsache, dass Paul kurz vor seinem Unfall die Wohnung Maries verlassen hatte. So ging man unausgesprochen davon aus, dass Paul vom Auto erfasst wurde, nachdem er das Hotel verlassen hatte – auch wenn der Ort des Geschehens für die Unfallursache nicht relevant war.

»Die Schuldfrage konnte bis jetzt noch nicht geklärt

werden. Wir haben unseren Bericht an die Staatsanwaltschaft weitergeleitet, die nun untersuchen wird, ob die Schuld dem Autofahrer wegen Unachtsamkeit gegeben wird oder Ihrem Mann, der eventuell fahrlässig gehandelt hat. Dabei spielt die Geschwindigkeit des Autos eine Rolle, aber auch der Abstand des Autos zu dem auf der Straße befindlichen Koffer. Nur ein Ortstermin in Anwesenheit des Richters und der Zeugen kann Aufschluss über den Vorgang des Unfalls und letztendlich über die Schuldfrage geben.«

»Und was kann ich nun für meinen Mann tun oder brauchen die Behörden noch etwas von mir?«

»Besuchen Sie Ihren Mann so oft Sie können und halten Sie sich bereit, falls das Gericht etwas von Ihnen benötigen sollte.«

Durand erhob sich, gab Lore die Hand und wünschte ihr alles Gute.

20.

London im November

Mein Chef hatte mich gebeten, meinen Krankenstand für einen wichtigen Auftrag in London ausnahmsweise zu unterbrechen. Inzwischen war ich wieder nach Berlin zurückgehrt, doch noch nicht gesundgeschrieben. Ich fühlte mich einigermaßen fit, wenn auch noch nicht stabil. Aber ich war es ihm schuldig, da er sich in den letzten Monaten mir gegenüber sehr großzügig gezeigt hatte. So nahm ich die Gelegenheit wahr, mich zu revanchieren. Er hatte mich schon im Spätsommer vertreten, als unsere Werbeagentur auf den frisch abgemähten Getreidefeldern der Grafschaft Suffolk für ein Londoner Modelabel Aufnahmen gemacht hatte, mit »Late Summer« als Arbeitstitel. Das ging damals auch ohne mich erfolgreich über die Bühne. Kurz danach erhielt unsere Agentur einen Nachfolgeauftrag – »Harvest Night«, so hieß die neue Kollektion unseres Londoner Auftraggebers.

Unser englischer Art-Director Scott hatte schon alles vorbereitet, als ich in London ankam. Wir mussten nicht weit fahren, nachdem er mich von meinem Hotel abgeholt hatte. Es lag im Osten Londons, nahe dem Wapping Viertel und unweit der Themse, eine Gegend mit Hafencharakter, stillgelegten Werften und Docks. Hier sollten die Aufnahmen entstehen. Nur wenige Tage vor meiner Ankunft in London war mir das Konzept vorgelegt worden. Gedeckte Herbstfarben vor Ziegelsteinwänden, Ton in Ton, dazu ein paar hervorstechende Farbtupfer, sowohl bei der Kleidung wie auch im jeweiligen Hintergrund. Scott führte mich an die Stellen, die er für besonders geeignet hielt, um Aufnahmen von Teilen der Kollektion zu machen: Häuserfronten in Beige und rötlich-farbene Ziegelsteinwände. In Frage kämen Fensterrahmen mit knallblauem Anstrich, vor denen sich die Models postieren würden. Ein weiterer Farbkontrast wären blaue, grüne oder rote Strümpfe. Mir gefiel das, aber ich hatte auch noch eigene Vorschläge, denn ich war nach meiner Ankunft nicht untätig geblieben. Bei einem meiner Streifzüge entdeckte ich ganz in der Nähe meines Hotels eine Gasse, wo sich Gebäude mit spitzgiebeligen Ziegelsteinfronten aneinanderreihten. In meiner Vorstellung sah ich die Models in einer Reihe hintereinander vor dieser Kulisse entlangschreiten. Sie würden sich in der regennassen Straße spiegeln, so meine Idee. Eine weitere stimmungsvolle Variante wäre, in den frühen Morgenstunden im Dunst der Themse Bilder zu machen. Doch bei solchen witterungsabhängigen Vorhaben muss auch das Wetter stimmen, zumal wir für das Fotoshooting insgesamt nur zwei Tage zur Verfügung hatten.

Am kommenden Morgen trafen wir uns schon früh in einem angemieteten Loft in der Wapping High Street. Unser Modeschöpfer war unausgeschlafen und daher in launischer Stimmung, doch Scott mit seiner souveränen Art konnte geschickt mit ihm umgehen. Der Fotograf Karl Danner, ein Freelancer in Diensten unserer Agentur, war bereits anwesend, ebenso seine Assistentin, eine Visagistin, sowie die vier Models, die ebenso ihre Mühe mit dem frühen Arbeitsbeginn hatten. Karen empfing uns mit starkem Kaffee, der uns in Schwung bringen sollte.

Scott hatte den Bereich auf der Straße, an dem die Aufnahmen gemacht werden sollten, mit farbigen Bändern freigehalten. Karl brachte am Set sein Equipment in Position, während sich die Models im Loft in Schale warfen. Tyler Sebastian, eine auffällige Erscheinung mit modischer Glatze und einem dieser typischen, eng geschnittenen schwarzen Anzüge, war der Schöpfer dieser Kollektion. Mit seiner hektischen Art stellte er eine echte Herausforderung dar, nicht nur für mich, sondern für uns alle. Im Gegensatz zu mir schien er die weiblichen Reize der Models nicht wahrzunehmen. Auch konnte ich seine sexuelle Ausrichtung nicht einschätzen und ging ihm daher aus dem Weg. Wir hatten keinen Draht zueinander, gingen aber professionell miteinander um.

Scott hatte die Models nach Typ und Haarfarbe ausgewählt, passend zu den Farbtönen der Kollektion. Lyz, die Irin, eine Rothaarige – Kate, hellblond, langhaarig, mit ausgesprochen knackiger Figur – Abigail mit dunkelbraunen Korkenzieherlocken und sinnlicher Ausstrahlung. Last but not least Florence, die Exotin im Quartett, mit kurzen schwarzen Haaren.

Alle vier kamen von derselben Agentur, kannten sich von früheren gemeinsamen Engagements, verstanden sich bestens und waren durch und durch Profis. Ich versuchte mir vorzustellen, mit welcher ich am liebsten heute Abend zum Tangotanzen gehen würde – im Grunde genommen mit jeder. Doch Florence hatte das gewisse Etwas, das mich an Marie erinnerte. Ihr Temperament und ihr Charme zogen mich an, sodass ich mich während der Shootings gerne in ihrer Nähe aufhielt. Das blieb ihr nicht verborgen. Hinter einem Arkadenbogen gab sie mir in einem der seltenen Momente, unbeobachtet von den anderen, ein Küsschen, begleitet von einem sympathischen Lächeln ihres sinnlichen Mundes.

Der Tag verlief wie geplant und auch das Wetter spielte mit. Für die nacheinander folgenden Sets wechselten die Models die Kleidungsstücke der Kollektion. Das geschah jedes Mal im nahegelegenen Loft. Karen hielt dort immer Sandwiches, Kaffee und Wasser für uns bereit.

Ich konnte mit dem Ergebnis des ersten Tages zufrieden sein, denn im Großen und Ganzen waren wir fertiggeworden. Für den kommenden Tag war Regen angesagt, eine gute Gelegenheit für spezielle Innenaufnahmen im Loft, so wie ich es mit Scott besprochen hatte

Nach Feierabend gingen wir alle auseinander und verabredeten uns für den nächsten Morgen. Scott ging nach Hause zu seiner Familie, Tyler Sebastian, der Nachtmensch, wollte mit seinen Models die angesagten Locations aufsuchen und Karl hatte vor, mit seinen beiden Mitarbeiterinnen noch Essen zu gehen. Ich hätte sie begleiten sollen, doch ich lehnte ab, denn ich wollte diesen Abend in einer Milonga Londons verbringen. Florence steckte im Vorbeigehen ihre Handynummer in meine Sakkotasche. Ich verlor mich fast in ihren großen dunklen Augen, die mir etwa folgendes sagen wollten: Bitte ruf mich heute Abend an! Das hatte ich auch vor, wusste aber noch nicht, wie mein Abend verlaufen würde.

Ganz in der Nähe der Royal Opera in Covent Garden kannte ich ein gemütliches Ristorante mit nettem Personal, das noch von einer typisch italienischen Mama geführt wurde. Dort fuhr ich hin, nachdem ich mich im Hotel umgezogen hatte. Den Weg zur Milonga, die ich nach dem Essen besuchen wollte, hatte ich mir notiert.

Nachdem ich an der Underground Station »London Bridge« ausgestiegen war, wurde es mit der Orientierung schwierig. Ich konnte einfach nicht den passenden Ausgang zur London Bridge Street finden. Oben auf der Brücke mit der Karte in der Hand wurde ich auch nicht schlauer, denn das Gewirr von Straßen und Überführungen zeigten meinem sonst so guten Orientierungssinn seine Grenzen auf. So ging ich zurück und begann nochmals von vorn. Unter der Geräuschkulisse des Verkehrs, den gewaltigen Glockenklängen der Kirche nebenan und den rockigen Klängen einer Live Band ging ich erneut auf die Suche. Das höchste Hochhaus Londons, The Shard, hätte mir ein Wegweiser sein können, doch der Dunst der Themse und der Londoner Nebel versteckten dieses gewaltige Gebäude. Ich entdeckte es erst dann, als ich die Straße gefunden hatte. Nur die Lichter der unteren Stockwerke konnte ich sehen, als ich vor dem gesuchten Lokal stand: Tito's Peruvian Restaurant.

Oft sind schon von draußen Tangoklänge zu hören, sodass man weiß, wo's langgeht. Doch hier gab es nur Plakate im Eingangsbereich, die darauf hinwiesen, dass die Milonga im Untergeschoss stattfindet. Diese hatte noch nicht begonnen. Stattdessen war eine Tangolehrerin zu sehen, die mit ihren Schülern gerade eine Figur einstudierte. An der Kasse saß eine hübsche junge Frau, mit der ich später gerne tanzen wollte. Das sagte ich ihr auch. Ich wählte den Tisch gleich neben der Bar, an der man seine Getränke holen musste; von dort aus ließ sich das Geschehen auf der Tanzfläche am besten beobachten. Ich fand es angenehm, etwas früher anzukommen, als mich gleich mitten in das Milonga-Getümmel stürzen zu müssen.

Mein ringsum wandernder Blick entdeckte *sie* am Tisch gleich nebenan. Ihre langen dunkelbraun gewellten Haare machten mich neugierig. Ihr Gesicht konnte ich zunächst nicht sehen. Doch sie gefiel mir, als sie einmal zur Seite sah. Eine Spanierin? Mit ihr wollte ich zuerst tanzen. Aber es kam anders. Als der Kurs zu Ende war und der erste Tango gespielt wurde, befand sich die Tangolehrerin ganz in meiner Nähe. Ich forderte sie auf. Wir hatten keine Mühe miteinander, sie folgte traumwandlerisch meiner Führung. Genau das ist das Besondere am Tango Argentino, dass das gegenseitige Verständnis beim Tanzen der Figuren überall auf der Welt funktionieren kann. Leider blieb sie auch während der Tanda ganz die Lehrerin und belehrte mich, ich möge doch in der Reihe tanzen, die hier exakt eingehalten werden sollte.

Nach der Cortina ging ich zu meiner Tischnachbarin und nickte ihr zu. Mit einem bedauernden Lächeln schüttelte sie ihren Kopf. Sie könne nicht tanzen, sie hätte nur ihre Mutter begleitet, die bei ihr saß. So stand ich gleich darauf auf der Tanzfläche. Die Mutter, die mehr oder weniger Anfängerin war, hatte noch kurz zuvor am Kurs teilgenommen. Ich bemühte mich sehr, mich ihrem Niveau anzupassen. Doch schon nach dem ersten Tango bedankte sie sich freundlich mit den

Worten, sie müsse gehen, die Babysitterin ihrer Tochter ablösen. Diese winkte mir noch zu, als sie anschließend gemeinsam die Milonga verließen. In der Pause, die ich mir jetzt gönnte, holte ich mir ein weiteres Glas Wein. Dabei kamen mir Marie und Lore in den Sinn. Wie schön wäre es doch, wenn jetzt eine von beiden hier wäre!

Die Kassiererin wurde gerade abgelöst. Ich ging schnell nach vorn, um mit ihr die gerade angespielte Vals-Tanda zu tanzen. Es wäre noch ein anderer Deutscher hier, erzählte sie mir. Mit ihm hatte ich mich auch schon unterhalten, allerdings in Englisch – da wussten wir noch nicht, dass wir Landsleute sind. Die Selbsteinschätzung der Milonga-Ankündigung im Internet »Known for being one of the friendliest milongas in town« war nicht übertrieben. Es gefiel mir hier. Und ich wurde erneut aktiv. Eine Frau, Ende dreißig, stand mir gegenüber. Eine Milonga-Tanda wurde angespielt. Wir tanzten in engem Körperkontakt, der für diesen Tanz üblich ist. Besser hätte es nicht gehen können. Wie gerne hätte ich sie, deren Namen ich mir nicht merken konnte, mit nach Berlin auf eine Milonga genommen, denn sie hatte das Niveau von Lore und Marie. Sie sagte, sie habe von Berlin gehört, wie interessant es dort sei, und sie sei neugierig auf die dortige Tangoszene. »Dann komm nach Berlin! Ich würde mich freuen, wieder mit dir zu tanzen.« Immerhin konnte sie schon ein paar Worte Deutsch. Sie trennte sich von mir mit einem freundlichen »Dankeschön«.

Inzwischen hatte ich genug getanzt. Florence kam mir in den Sinn. Jetzt wäre ich bereit gewesen, sie zu treffen; dafür wäre ich sogar bis ans andere Ende der Stadt gefahren. So suchte ich in meinen Taschen nach ihrer Telefonnummer, fand sie auch und holte mein Handy heraus. Eine SMS war angekommen.

»Bitte ruf mich so schnell wie möglich an!« Eine Nachricht von Conny, und dann auch noch so dringend? Ich ging die Treppen hinauf nach draußen und wählte ihre Nummer. Sie hob gleich ab.

»Paul, es ist was Schreckliches passiert. Halte dich fest!«

»Marie?«

»Ja. Marie ist tot!«

Ich wollte es nicht begreifen. Ich brachte kein Wort heraus. Ich war wie gelähmt.

»Paul, es tut mir so leid!«

»Was ist passiert?«

»Sie hatte einen Autounfall.«

»Ich kann es einfach nicht glauben!«

»Paul, du musst so schnell wie möglich nach Frankreich kommen. Ihre Beerdigung findet morgen am frühen Nachmittag in Bonnieux statt.«

»Oh Gott!«

»Bitte komm! Ich warte auf dich.«

»Wo liegt Bonnieux?«

»Im Luberon. Du musst nach Marseille fliegen.«

»Ich versuche zu kommen, obwohl ich mir nicht vorstellen kann, ob ich dazu imstande bin.«

»Danke. Versuch's einfach und melde dich von unterwegs! Ich umarme dich.«

Die Verbindung wurde unterbrochen.

Mein erstarrtes Gemüt stellte sich auf rationales Funktionieren um. Ich ging wie ein Roboter nach unten, wechselte meine Schuhe, zog meinen Mantel an und verließ die Milonga, ohne mich noch einmal umzuschauen, was ich sonst immer tat. Der Dunst auf der London Bridge, die ich überquerte, entsprach meiner Stimmung. Nichts, was ich um mich herum hätte wahrnehmen können, interessierte mich. Ich suchte nur noch das rote kreisrunde Symbol mit dem dunkelblauen Querbalken für die Underground. In »Aldgate East« stieg ich aus und ging wie in Trance zu meinem Hotel. Ich konnte meine Gefühle so weit unterdrücken, dass ich wenigstens das Notwendigste erledigen konnte. An der Rezeption bat ich die Dame, mir einen Flug für den nächsten Morgen nach Marseille zu buchen, dazu noch einen Mietwagen. Offenbar sah sie mir meinen Zustand an, war daher sehr hilfsbereit und kümmerte sich sogleich um einen Flug. Um 11.15 Uhr könne ich ab Heathrow fliegen, meinte sie. Ich buchte mit Rückflug für denselben Tag.

In der Zimmerbar fand ich eine kleine Flasche Wein, öffnete sie aber erst, nachdem ich Scott angerufen und ihm meine Situation erklärt hatte. Er reagierte sehr verständnisvoll und wies darauf hin, dass es ohnehin nur noch um Aufnahmen ging, die nicht unbedingt benötigt würden.

Nun hatte ich alles geregelt, jetzt musste ich mich den Tatsachen stellen. Ich saß apathisch auf meinem Bett, trank aus der Flasche und gab mich der Trauer hin. Es war alles so unwirklich. Ich konnte es einfach nicht glauben. Und ausgerechnet Conny überbrachte mir diese Nachricht. Zwei, drei Sätze – und ein ganze Welt brach für mich zusammen. Ich musste sie anrufen, es noch mal hören; doch sie hob nicht ab, ließ mich allein. Meine liebe Marie, sie ist tot! Ich legte mich in voller

Kleidung aufs Bett, ließ die leere Weinflasche kraftlos auf den Boden fallen und überließ mich dem Schmerz, der mich jetzt vollends überwältigte. Meine Marie! Ich sah sie vor mir, wie wir uns das letzte Mal verabschiedet hatten, in einer nicht enden wollenden Umarmung. Diese wunderbare, schöne, lebenslustige Frau sollte jetzt tot im Sarg liegen?

An der Wand klopfte es. Mein Weinen mussten meine Zimmernachbarn gehört haben, doch auf sie konnte und wollte ich keine Rücksicht nehmen. Als es kurz darauf an meiner Tür klopfte, stand ich auf und öffnete. Die Dame von der Rezeption fragte mit besorgtem Blick, ob sie mir helfen könne. Eine Minute später brachte sie mir eine Schlaftablette und versprach, mich rechtzeitig zu wecken.

21.

Bonnieux im November

Die Boeing der British Airways, in der ich saß, drehte eine Schleife über dem Mittelmeer vor Marseille, bis sie tiefer ging und zum Landeanflug ansetzte. Hier zu landen, verband ich bisher immer mit einem langersehnten Badeurlaub am Mittelmeer. Diesmal jedoch krampfte sich alles in mir zusammen, als ich mich dem Erdboden und damit der unvorstellbar schrecklichen Realität näherte, mit der ich konfrontiert werden sollte. Ich wollte nicht hier sein, nicht aus diesem Anlass. Marie, dieser für mich so liebevolle Mensch, reduziert auf ein paar Gramm Asche, sollte in einer Stunde in einem Dorf, das ich nicht kannte, begraben werden. Fast auf den Tag genau, 30 Jahre später, ereilte Marie dasselbe Schicksal wie ihre Eltern. Sie wollte ihrer Arbeitskollegin Dominique den ehemaligen Ort ihrer Gefangenschaft zeigen, als deren Auto auf regennasser Straße ins Schleudern kam und gegen einen Alleenbaum prallte. Dominique, die Fahrerin, wurde dabei nur leicht verletzt, während Marie bei dem Aufprall starb. Damit ereilte sie dasselbe Schicksal wie ihre Eltern.

Ich hatte kein Gepäck dabei und konnte deshalb gleich zum Ausgang gehen. Das Schild »Location de voitures / Car rental« zeigte mir den Weg zu meinem Mietwagen. Schnell entdeckte ich die einfachen Bungalows der bekannten Leihwagenfirmen. Die Formalitäten waren

schnell erledigt. Bevor ich mit dem schwarzen Clio los-
fuhr, gab ich die Adresse von Bonnieux im Navi meines
Smartphones ein.

Wie in Trance fuhr ich durch das Straßengewirr am
Flughafen.

Kurz vor Avignon verließ ich die Autobahn. Die Land-
schaft veränderte sich, es wurde hügeliger, typisch für
den Luberon. Noch war ich so mit mir beschäftigt, dass
ich weder den in Wolken gehüllten Mont Ventoux zur
Linken noch die verdorrten Überreste der längst ver-
blühten Kornblumen am Straßenrand wahrnahm. Die
Häuser dieser Region erstrahlten in eierschalenfarbenen
Tönen.

Ein Anruf von Conny riss mich aus meinen Gedanken
und brachte mich in die Realität zurück.

»Paul, wo bleibst du denn? Die Beerdigung wird gleich
beginnen. Wo bist du jetzt?«

»Ich stecke in einem Stau.«

»Das ist schlecht, dann wirst du es kaum schaffen.«

»Normalerweise wäre ich in zwanzig Minuten da, aber
es wird sicher später.«

»Wenn Du angekommen bist, folge den Hinweisschil-
dern »Forêt des cèdres« und »Cimetière«. Der Friedhof
ist ganz oben im Dorf, du kannst von unten schon die
Kreuze erkennen. Ich werde am Eingang auf dich warten.«

»Danke, ich beeile mich.«

Bonnieux war, wie andere Ortschaften auch, malerisch
auf einem Hügel gelegen. Am Ortseingang angekommen, schaute ich nach oben und konnte bereits die Grab-
kreuze erkennen. Sie waren für einige Minuten ein Ori-

entierungspunkt für mich. Danach folgte ich der Straße, die mich durchs Dorf die Serpentinen hinaufführte. An einer Engstelle zwang mich eine rote Ampel zum Anhalten. Darunter wurden absteigende Zahlen angezeigt, die mir signalisierten, wie lange ich noch warten musste. Ich hatte die Zahl 67 vor mir. Wie nervig, wenn man es eilig hat, zumal ich von dieser Stelle aus nicht einmal die wunderschöne Aussicht genießen konnte! Nach 1 blinkte die Ampel, ich drückte aufs Gas. Am Ortsende musste ich links abbiegen und folgte dem Hinweis »Cimetière«. Noch zwei Rechtskurven auf einem holprigen Weg und ich war endlich angekommen.

Conny, ganz in Schwarz gekleidet, erwartete mich am unteren der beiden Friedhofstore. Ihre Augen waren noch tränenfeucht, als sie mich in die Arme nahm.

»Die andern sind schon gegangen. Ich zeige dir das Grab und lass dich dann allein.«

Auf dem Weg dorthin hatte ich das Gefühl, dem Himmel nahe zu sein – als ob hier oben die Seelen der Verstorbenen fast unmittelbar vor dem Tor des Jüngsten Gerichts zu warten hätten. Selbst die Zypressen, die die Wege säumten, zeigten wie Finger unmissverständlich nach oben. Conny führte mich durch Reihen liebevoll gepflegter, beeindruckender Grabstätten aus Marmorplatten mit grandioser Aussicht auf den Luberon, bis wir im hinteren Bereich des Friedhofs ankamen. Hier befanden sich die schlichten, teilweise auch verlassenen Gräber, um die sich seit langer Zeit niemand mehr gekümmert hatte. Zwei Totengräber machten sich an einem Grab zu schaffen. Als sie uns näherkommen sahen, arrangierten sie noch schnell Kranz und Blumengebinde und zogen sich diskret zurück. Conny drückte mir den Strauß roter Rosen, den sie für mich besorgt hatte, in die Hand und ließ mich nach einer kurzen Umarmung an Maries Grab allein.

Nun stand ich vor den Überresten der leidenschaftlichsten Beziehung meines Lebens. Vor mir unten im Grab befand sich Marie – und doch wieder nicht, die Urne war nur ein Bezugspunkt. Ich wusste, Marie war bei mir, aber ich konnte sie nicht wahrnehmen, so sehr ich mich auch auf sie einstellte. Ich fühlte nur noch Schmerz. Ich sank auf die Knie und beweinte Marie, meine wundervolle Marie, bis ich irgendwann das Gefühl hatte, mit ihr in Kontakt zu sein. Eine stille Kraft umhüllte mich und zauberte ein Lächeln auf meine Lippen. Marie ging es gut, ich wusste es in diesem Augenblick.

Nach drei Jahrzehnten waren sie wieder miteinander vereint, Marie und ihre Eltern. Die Nachmittagssonne beschien den verwitterten schlichten Grabstein, der oben mit einem Rundbogen und einem darauf stehenden Kreuz abschloss. Auf der Vorderseite des Grabsteins war eine weiße Marmorplatte angebracht mit der Aufschrift:

Émile Augier	Bernadette Augier
1943 – 1982	1947 – 1982

Ich spürte, dass jemand hinter mir stand; es war Conny. Als letzten Gruß legte ich den Rosenstrauß auf die Urne, die schon zur Hälfte mit Erde bedeckt war und erhob mich. Arm in Arm gingen wir wortlos zum Ausgang des Friedhofs.

»Maries Arbeitskollegen sind bei Sylvie, dort wollten wir uns alle noch mal zusammensetzen. Danach werden sie nach Paris zurückfahren.«

»Ist Dominique auch dabei?« fragte ich Conny.

»Nein. Sie wurde bei dem Unfall zwar nur leicht verletzt, steht aber noch immer unter Schock.«

»Kümmerst du dich um sie?«

»Ja, das tue ich.«

Wir machten uns auf den Weg zu Sylvies Lokal, ich fuhr Conny hinterher. Sie war allein gereist, war mit dem Zug nach Avignon gefahren und hatte sich dort ein Auto gemietet. An der Ampel mussten wir nicht lange warten, denn diesmal wurden 11 Sekunden angezeigt. Ohne Connys Begleitung hätte ich mir schwergetan, den Weg zu finden. Das Lokal lag im Schatten eines alten Baumes an einem der wenigen ebenen Plätze dieses Örtchens. Nachdem wir davor geparkt hatten, führte mich Conny durch den von Blättern übersäumten Vorgarten. An drei zusammen geschobenen Tischen saß eine kleine Trauergemeinde. Alle erhoben sich, als wir hereinkamen. Fünf Frauen und drei Männer begrüßten mich mit herzlicher Umarmung. Auch die Wirtin, die Marie gut gekannt hatte, sprach mir ihr Beileid aus. Wir alle hatten uns zuvor noch nie gesehen, doch wussten wir voneinander. Ich vermisste Dominique, meine einzige Bekannte aus Maries Umfeld; ich machte mir Sorgen um sie, denn sie gab sich die Schuld an ihrem Tod, wie mir Conny erzählte. Diese hatte nun die Aufgabe, zwischen den andern und mir zu übersetzen. Während Sylvie Kaffee und Kuchen servierte, klärte mich ein Arbeitskollege auf, wie es zu dem Unfall gekommen war. Ich befand mich im

Zwiespalt, wollte es wissen, es aber nicht hören. Trotzdem hörte ich ihm zu, ich hätte ihn auch kaum davon abhalten können.

Es war so, dass Marie ihrer Kollegin Dominique das Gehöft zeigen wollte, in dem sie damals gefangen gehalten wurde. Sie war zwischenzeitlich wieder so gefestigt, dass sie sich diesem traumatischen Erlebnis stellen konnte. Sie tat das allerdings, ohne sich mit ihrer Psychologin vorher abgesprochen zu haben. Beide fuhren also nach Arbeitsschluss mit Dominiques Auto durch den dichten Feierabendverkehr und verließen Paris auf der A7 in Richtung Fontainebleau. Inzwischen hatte die Dämmerung eingesetzt und der Regen erschwerte zusätzlich die Sicht. Auch für meinen Erzähler war nicht nachvollziehbar, warum sich die beiden für dieses Vorhaben ausgerechnet so einen Tag aussuchen mussten, statt auf ein Wochenende und besseres Wetter zu warten. Als sie von der Autobahn abgefahren waren, bekam Marie Probleme mit der Orientierung. Sie verunsicherte mit ihren widersprüchlichen Wegangaben die Fahrerin, die einen Moment lang unkonzentriert war und beinahe auf das unbeleuchtete Fahrzeug vor ihnen aufgefahren wäre. Nur durch eine Vollbremsung konnte sie einen Unfall verhindern. Dabei verlor Dominique allerdings die Kontrolle über das Fahrzeug. Dieses geriet ins Schleudern, kam rechts von der Straße ab und prallte seitlich gegen einen Alleenbaum. Dominique wurde dank Airbag nur leicht verletzt, während sich das Auto auf Maries Seite um den Baum wickelte. Marie hatte nicht die geringste Chance, sie starb noch an der Unfallstelle.

Ich stützte den Kopf in meine Hände, schloss die Augen und versuchte, mir bildhaft vorzustellen, was er mir da gerade erzählt hatte. Das hätte wirklich nicht sein müssen. Aber es war geschehen – und das machte mir Angst, Angst vor dem Leben, das so viel Unvorhersehbares und manchmal auch Schreckliches bereithält.

»Merci Monsieur. Ich bin Ihnen sehr dankbar.«

Das musste ich erst mal verdauen und zog mich daher innerlich zurück.

An den anderen Tischen wurde über die Pflege von Maries Grab gesprochen und wen man dafür wohl beauftragen könnte. Jeder der Anwesenden sollte seine Idee für die Grabgestaltung vorbringen. Dabei kam Conny des Öfteren an die Grenzen ihrer Übersetzungskunst. Denn was heißt zum Beispiel Kieselstein auf Französisch? Jemand hatte die Idee, die rechteckige Form des Grabes, das mit Natursteinen eingefasst war, mit kleinen weißen Kieselsteinen auffüllen zu lassen. Darauf eine Schale mit frischen Topfpflanzen, die bei Bedarf erneuert werden sollte. Sylvie notierte die Adresse einer Gärtnerei im nahegelegenen Abt und reichte sie derjenigen, die sich am meisten in die Diskussion eingebracht hatte.

»Maries Name muss noch eingraviert werden. Kennt jemand ihr Geburtsjahr?«

»Ich weiß es: 1971. Hat Maries Inschrift überhaupt noch Platz auf der Marmorplatte oder brauchen wir eine neue?« Sylvie, die ja von hier war, bot sich an, das nachzuprüfen.

»Ich schlage vor, dass wir einmal im Jahr uns hier treffen und Marie besuchen. Würden Sie auch mitkommen, Monsieur Paul?«, fragte die Dame, die mir gegenübersaß.

Doch so weit in die Zukunft konnte ich nicht planen und zögerte daher mit meiner Antwort.

»Kommen Sie doch, bitte! Wir verbinden diese Reise mit einem Betriebsausflug und Sie sind herzlich eingeladen.« Das sagte sie so nett. Die Übersetzung von Conny war emotional so authentisch, dass ich gerührt nickte. In diesem Moment musste ich auch an Dominique denken.

»Bitte grüßen Sie Dominique von mir! Ich möchte sie gerne bald besuchen.«

»Sie müssen sowieso demnächst nach Paris kommen, denn sie hat alles geerbt und möchte, dass Sie sich ein Andenken an Marie aussuchen.«

»Wenn ich mit meiner Arbeit in London fertig bin, komme ich. Darf ich mich dann an Sie wenden?«

»Selbstverständlich!« Ich vermutete in ihr Maries ehemalige Abteilungsleiterin. Sie notierte für mich Name, Adresse und Telefonnummer.

Nun wurde es allmählich Zeit für mich, zum Flughafen zu fahren. Ich schaute Conny an und sie nickte mir zu. Wir beide hatten noch etwas zu besprechen.

Es fiel mir nicht leicht, mich von diesen sympathischen Menschen zu verabschieden. Nach herzlichen Umarmungen und einem vielfachen »Au revoir« verließ ich gemeinsam mit Conny das Lokal. Während wir nebeneinander hergingen, ergriff ich die Initiative.

»Danke für deinen Ring, das hat mich sehr gefreut! Ich muss tatsächlich deinen Besuch verschlafen haben.« Conny lachte.

»Du hast geschlafen wie ein Murmeltier. Der Besuch der beiden hübschen Frauen muss dich sehr mitgenommen haben. Wer war denn die gutaussehende blonde

Frau, die dich damals gemeinsam mit Marie besucht hat?«

»Du bist vielleicht neugierig!«

»Ich bin eine Frau!«

»Also gut. Das war Lore, meine ehemalige WG-Partnerin.«

»Nur deine WG-Partnerin? Mach mir nichts vor, ich kenne dich doch!« Sie brachte mich in Gewissensnöte, deshalb zögerte ich mit meiner Antwort.

»Ich bin mir sicher, ihr seid ein Paar gewesen oder seid es immer noch. Ihr passt auch gut zusammen. Na komm, sag schon!« Nun hatte mich die Psychologin in der Zange. Ich hätte leicht alles abstreiten können, doch mit Maries Tod war für mich der Zeitpunkt gekommen, meine Lügengeschichten zu beenden.

»Lore hat mich wegen Marie verlassen. Marie hatte ihr in Paris von unserem Plan erzählt, zusammenzuziehen.«

»Und ich habe dich ebenfalls wegen Marie verlassen. Das heißt also, du hattest drei Frauen gleichzeitig.« Frau Dr. Ahrendt hatte sich während dieser Sätze in eine aggressive Conny verwandelt. Ich hatte kein gutes Argument, um mich zu erklären, und so antwortete ich etwas kleinlaut:

»Ich habe euch alle geliebt. Und ich liebe euch immer noch.«

»Und der feine Herr lässt die Frauen leiden, die er in sein großes Herz geschlossen hat, nur weil er nicht kapieren will, dass er auch einmal nein zu sich sagen könnte, um Klarheit zu schaffen, anstatt hemmungslos seinem Jagdtrieb zu frönen!« Conny hatte sich in Rage geredet und gab mir nicht die geringste Chance, mich zu verteidigen.

»Aber…«

»Was heißt hier aber? Da gibt es kein aber! Geh, und geh weit weg, ich will dich nie wieder sehen!«

Conny war laut geworden, drehte sich abrupt um und kramte wie eine Gehetzte in ihrer Handtasche nach dem Autoschlüssel. Voller Wut schlug sie die Tür zu. Der Motor heulte auf und die Reifen quietschten, als sie durch die engen Gassen von Bonnieux davonjagte.

Diese Situation war furchtbar peinlich für mich; ich wollte mich den erschrockenen Blicken der Passanten nicht länger aussetzen, stieg eilig in den Clio ein und verließ deprimiert wie auch nachdenklich diesen Ort.

Wenn du die Lösung nicht finden kannst, wird sich das Leben darum kümmern. Dieser Satz ging mir nicht mehr aus dem Kopf. Jetzt erst konnte ich ihn in seiner ganzen Tragweite verstehen. Jedes Wort, das Conny mir in ihrem Zorn an den Kopf geworfen hatte, war berechtigt. Ich sah auch mit Schmerzen Lores Trauer. Und Marie? Sie hatte bis zum Schluss von den andern nichts gewusst.

Ich konnte mich nicht mehr daran erinnern, wie ich zum Flughafen gelangt war. Das Eintauchen in die Vergangenheit meiner Beziehungen, der Verlust von Marie und das Mitgefühl mit Lore und Conny besetzten jede meiner Zellen mit großer Trauer. Unentwegt liefen mir während der Fahrt die Tränen übers Gesicht.

Während des Rückflugs nach London beruhigte sich mein Gemüt. Die Gedanken kamen nahezu zum Stillstand, so auch mein Atem, der sich leicht und kaum spürbar bewegte. Und dann wusste ich, ich musste diesen Frauen begegnen. Und ich wusste auch warum.

22.

Berlin im Dezember

Nach meiner Rückkehr aus London entspannte sich die Arbeitssituation in der Agentur. Das Weihnachtsgeschäft war gut gelaufen und wir erwarteten neue Aufträge für das kommende Jahr.

Nach ein paar Tagen in Berlin machte ich mich auf den Weg, um Dominique in Paris zu besuchen. Sie hatte das Angebot, in Maries Mietvertrag einzusteigen und die Wohnung zu übernehmen, abgelehnt und lediglich ein paar Erinnerungsstücke für sich ausgesucht. Nach ihrem Aufenthalt in einer psychosomatischen Klinik kehrte sie allmählich in den Arbeitsprozess zurück, wenn auch zunächst nur für einzelne Stunden. So konnte sie im Alltag wieder Fuß fassen und auf andere Gedanken kommen.

Ich erkannte sie fast nicht mehr, als sie mich am Bahnsteig abholte. Alle überflüssigen Kilos hatte ihr der Kummer geraubt und sie hatte sich in eine hübsche Frau verwandelt. Nur ihre Augen drückten eine tiefe Traurigkeit aus, als ob ihr jeden Moment die Tränen kommen würden. Und so passierte es auch, als wir uns auf dem Bahnsteig des Gare du Nord innig umarmten. Auch wenn mein Besuch die Erinnerung an Marie bei ihr wieder aufleben ließ, schien er ihr dennoch gut zu tun. Niemand hatte ihr bisher etwas nachgetragen, auch ich nicht. Das half ihr, sich im Laufe der Zeit von ihren Schuldgefühlen zu lösen. Zudem wünschte ich Dominique ihr herzliches Lachen zurück.

Bevor man Maries Wohnung auflösen würde, sollte ich noch einen Durchgang machen, um mir ebenfalls Erinnerungsstücke auszusuchen. Alles, was übrigblieb, sollte einer gemeinnützigen Organisation zur Verfügung gestellt werden.

Ich war nicht mit einem Transporter angereist, sondern mit dem Zug gekommen; denn ich hatte mich entschieden, nur wenige Kleinigkeiten mitzunehmen. Meine bedrückte Stimmung, in der ich Maries Wohnung betrat, machte es mir schwer, etwas aus ihrem Lebensgefüge herauszunehmen, zu dem ich bald selbst hätte gehören sollen – das zumindest hatte Marie sich so vorgestellt. Schließlich konnte ich mich dennoch dazu überwinden, ein paar Gegenstände, die für mich einen großen Erinnerungswert hatten, in eine mitgebrachte Tasche zu stecken. Das waren Fotos von ihr, die mir Dominique überlassen hatte, einige ihrer Tango-CDs, unter anderem die von Canaro, die ich ihr damals geschickt hatte, je ein Buch von Sartre und Simone de Beauvoir und die Reproduktion von Edward Hoppers »Nighthawks«, die ich zusammenrollte. So wie der einsame Mann nachts in einer New Yorker Bar, dargestellt auf dem Gemälde, fühlte auch ich mich ohne Marie.

»Nimm doch noch etwas mit! Es ist noch so viel da und du hast noch Platz in deiner Tasche.« Dominique half mir, persönliche Sachen von Marie auszusuchen, die sie nicht Unbekannten überlassen wollte.

Ich hatte die Rückfahrt für denselben Tag gebucht. Dominique brachte mich mit ihrem Auto zum Bahnhof. Wir versprachen, in Kontakt zu bleiben. Spätestens im kommenden Jahr beim Betriebsausflug nach Bonnieux wollten wir uns wiedersehen.

In den folgenden Tagen ging es mir nicht nur nicht gut, sondern richtig schlecht. Lores Zimmer stand immer noch leer. Ich wollte die Wohnung mit niemand anderem teilen, außer mit ihr. Obwohl sie mich verlassen hatte, wollte ich weiterhin alle Türen für ihre Rückkehr offenhalten. Sie hatte mir im Abschiedsbrief ihre neue Adresse verheimlicht und mitgeteilt, sie hätte einen Nachsendeantrag bei der Post gestellt, weshalb auch keine Briefe mehr für sie ankamen. Obwohl ich wusste, wo Lore arbeitete, hielt ich mich zurück, denn ihre Haltung mir gegenüber war unmissverständlich: »Ich wünsche Dir von ganzem Herzen für Deinen weiteren Lebensweg mit Marie alles Gute.« So stand es in ihrem Abschiedsbrief. Lore hatte mich abgeschrieben. Auch wollte ich sie nicht in der Ersatzrolle Maries sehen, denn sie war weit mehr als das. Meine Wertschätzung ihr gegenüber zwang mir schweren Herzens Zurückhaltung auf, auch wenn es fast nicht auszuhalten war. In der Person Anita konnte ich keine Vermittlerin finden, schließlich war sie diejenige, die Lore dazu gedrängt hatte, aus unserer WG auszuziehen. So litt ich unter dem Verlust Lores, denn weder Marie noch Conny standen als Trösterinnen zur Verfügung. Als mich vor Jahren meine Frau verlassen hatte, befand ich mich in einem ähnlichen Zustand wie heute: Allein! Ich fühlte mich wie ein kleiner Junge, der seine Mama verloren hatte. In diesem Weltschmerz konnte ich keinerlei Perspektive erkennen. Dass wie nach meiner Scheidung wieder bessere Zeiten kommen könnten – solches zu hoffen war ich in diesem Moment nicht imstande.

Nur ein letzter Rest von Lebenswille ließ mich meine Tagesgeschäfte erledigen. Meine regelmäßigen Milongabesuche beschützten mich vor den einsamen Abenden zu Hause, an denen ich Lores Stimme vermisste. Da waren Erinnerungen wie etwa »Paul komm doch endlich, das Essen steht schon auf dem Tisch«; auch ihre verliebten Blicke und ganz besonders, wie sie mich berührte, das alles fehlte mir so sehr. Zugegeben, ich hoffte, ihr auf einer dieser Milongas zu begegnen, doch sie erschien nirgendwo. Stattdessen war ich mit der Frage konfrontiert: »Wo ist Lore – was ist mit euch, seid ihr nicht mehr zusammen?« Mit meiner Antwort »Wir haben uns getrennt« mussten sie sich zufriedengeben. Ich wollte nur noch tanzen und ansonsten in Ruhe gelassen werden. Möglichkeiten, die sich über das Tanzen hinaus leicht hätten ergeben können, beispielsweise mit einer Frau intim zu werden, nahm ich einfach nicht wahr. Einige Bekannte schüttelten nur noch den Kopf über mich.

Wir hatten dieses Jahr eine bitterkalte Adventszeit. Deshalb hatte ich für meinen Besuch auf dem Flohmarkt bei der Markthalle in der Bergmannstraße mir meine wärmsten Wintersachen herausgeholt. In meiner Wohnung hatte ich zwar alles, was ich brauchte, doch mit Lores Auszug verschwanden all die Gegenstände, die eine Wohnung verschönern, sie wohnlich gestalten und ihr einen persönlichen Stil verleihen. Das vermisste ich besonders in diesen dunklen und obendrein für mich so deprimierenden Tagen. Einen Adventskranz hatte ich mir bereits gekauft. Auf dem Flohmarkt hoffte ich, irgendwelche dekorativen Gegenstände zu finden, ohne eine konkrete Idee davon zu haben, was ich suchte. Eine dreiviertel Stunde später feilschte ich um eine Blumenvase, die jener ähnlich sah, die in unserer Wohnung stand, aber von Lore mitgenommen wurde.

Am Eingang zur Markthalle lief mir Anita über den Weg. Küsschen bekam ich keine von ihr, aber eine Frage gestellt: »Du hier in Berlin? Ich dachte, du würdest inzwischen in Paris leben.«

»Nein, so konkret ist das damals noch nicht gewesen, wie Marie es Lore vielleicht geschildert hat.«

»Na, das wäre ja auch nicht in deinem Sinn gewesen. Eine feste Bindung einzugehen ist nicht gerade deine Stärke. So gut kenne ich dich inzwischen.« Anita nahm nie ein Blatt vor den Mund, so machte ich mich auf weitere Vorwürfe gefasst.

»Du hättest dein Spiel ewig so weitergetrieben, wenn Lore nicht ausgezogen wäre!«

»Nein, du schätzt mich völlig falsch …« Anita fiel mir ins Wort.

»In deiner Unfähigkeit, dich für eine feste Beziehung zu entscheiden, richtest du so viel Schaden an wie ein Heiratsschwindler. Hast du dich wenigstens endgültig für Marie entschieden?« Anita kam in Fahrt, ihre Stimme wurde immer lauter, sodass die Umstehenden Zeuge unserer Unterhaltung wurden, egal, ob sie wollten oder nicht.

Ich antwortete leise: »Marie ist tot.«

»Was hast du gesagt?«

»Marie ist tot.« Mein Herz krampfte sich zusammen

und meine Augen füllten sich mit Tränen. Es folgten Sekunden der Stille. Ich muss einen sehr traurigen Eindruck auf Anita gemacht haben. Ihre Erstarrung löste sich erst mit einem tiefen Atemzug und ihr mitfühlendes Herz übernahm die Führung. Sie fiel mir um den Hals und drückte ihre Wange gegen meine. Um uns herum lief das Geschehen im gewohnten Rhythmus weiter, während wir uns immer noch drückten, anstatt zu reden. Was hätten wir uns in diesem Moment auch sagen können?

»Das tut mir sehr leid. Wenn du Hilfe brauchst, ruf mich an!«, flüsterte sie in mein Ohr, löste sich von mir und ging davon, ohne sich noch mal umzudrehen.

Anita und ich hatten nicht einmal über Lore geredet. Ich hatte es auch versäumt, ihr liebe Grüße ausrichten zu lassen. Meine Vase blieb zum Glück unversehrt; ich nahm sie schützend in meine Arme, wie eine Kostbarkeit, die ich bald mit jemandem teilen wollte.

Eine große Stille breitete sich aus, als ich mich vom Trubel des Flohmarktes entfernte und nach Hause fuhr.

Ein paar Tage darauf war es wieder einmal spät geworden, als ich die Agentur verließ.

Genau in dem Moment, als ich die mehrspurige Straße überqueren wollte, wechselte die Fußgängerampel auf Rot. So blieb ich stehen. Und auch die Autos mussten noch mehrere Sekunden warten, bevor die Ampel auf Grün wechselte. In diesem Augenblick, als alles stillstand, sah ich sie: Lore, goldgelb von der hinter ihr stehenden Abendsonne umrahmt, die ihre Konturen schmälerte und sie fast durchscheinend wirken ließ. Ja, es gab keinen Zweifel – es war Lore!

Auch sie hatte mich gesehen. Überrascht von dieser plötzlichen Begegnung standen wir uns fast ungläubig gegenüber, während uns nur noch das rote Signal der Fußgängerampel trennte. Eine tiefe Freude über unser Wiedersehen erfüllte mich und ich hob meine Hand als Zeichen des Erkennens.

Das Ende

Lore sah nur noch Paul, angestrahlt von der tiefstehenden Sonne auf der gegenüberliegenden Straßenseite. Nichts anderes existierte mehr für sie. Vier Fahrspuren und ein Mittelstreifen trennten sie von ihm – er schien so weit weg, so unerreichbar. Doch seine grüßende Hand übte eine magische Anziehungskraft auf sie aus. »Jetzt oder nie« sagte sie zu sich und lief los. Und da es gut war, wie Lore sich entschieden hatte, sorgten ihre Schutzengel für freies Geleit.

Glossar

Milonga: *Eine Tango-Tanzveranstaltung, zugleich auch die Bezeichnung für einen rhythmischen Tanz im Zwei-Viertel-Takt, der ebenso wie der Vals im Drei-Viertel-Takt zum Spektrum des Tangotanzens gehört.*

Tanda: *Eine Tanzrunde mit vier bis fünf Stücken im selben Stil, d.h. es werden entweder Tangos, Milongas oder Vals' gespielt. Eine Cortina unterbricht jeweils diese Serie.*

Cortina: *Ein kurz angespieltes Musikstück (kein Tango), welches das Ende einer Tanzrunde (Tanda) anzeigt und die nächste Tanzrunde ankündigt.*

Cabeceo: *Der Tänzer fordert die Frau, mit der er tanzen möchte, durch Kopfnicken auf. Voraussetzung ist der vorangegangene Blickkontakt (Mirada).*

Seele: *Die Seele ist ein baguetteartiges Weißbrotgebäck aus der schwäbischen Küche. Sie ist außen knusprig, innen weich und luftig gebacken.*

Dank

Ohne diese hilfsbereiten und engagierten Menschen hätte dieses Buch nie entstehen können. Mein ganz besonderer Dank geht an:

Ulrich Stock, Michael Büchner, Hannelore Burgi, Mariell Kiebgis, Xenia Vergianitis, Wolfgang Schneider, Rolf Mager, Jürgen Rockstroh, Stefan und Heike Schwab, Deborah Elliot-Urbain, Axel Dietrich und all die anderen, die mich mit ihrem Wissen, ihren Ratschlägen und nicht selten auch durch kritische Anmerkungen unterstützt haben.